陈平原　凌云岚　编

茶人茶话

生活·讀書·新知 三联书店

Copyright © 2023 by SDX Joint Publishing Company.
All Rights Reserved.
本作品版权由生活·读书·新知三联书店所有。
未经许可，不得翻印。

图书在版编目（CIP）数据

茶人茶话/陈平原，凌云岚编．—北京：生活·
读书·新知三联书店, 2023.9
（闲趣坊）
ISBN 978-7-108-07612-0

Ⅰ.①茶… Ⅱ.①陈… ②凌… Ⅲ.①散文集-中国
Ⅳ.①I26

中国国家版本馆CIP数据核字(2023)第069651号

责任编辑	卫　纯
装帧设计	薛　宇
责任印制	卢　岳

出版发行　生活·讀書·新知 三联书店
　　　　　（北京市东城区美术馆东街22号 100010）
网　　址　www.sdxjpc.com
经　　销　新华书店
印　　刷　河北松源印刷有限公司
版　　次　2023年9月北京第1版
　　　　　2023年9月北京第1次印刷
开　　本　850毫米×1168毫米 1/32 印张13
字　　数　245千字
印　　数　0,001-5,000册
定　　价　52.00元

（印装查询：01064002715；邮购查询：01084010542）

出版说明

为继承中国现代文明传统，追慕闲情雅致的文化趣味，自二〇〇五年起，我们刊行"闲趣坊"丛书，赢得读者和市场的普遍认可，至今已达三十余种。这套书以不取宏大叙事、不涉形而上话题为原则，从现当代作家、学人的散文随笔中，分类汇编，兼及著述，给新世纪的中国读书人提供一些闲适翻看的休闲读物。

"闲趣坊"涉及二十世纪以来文化生活的诸多面向：饮食、访书、茶酒、文房、城乡与怀旧，表现了知识阶层和得风气之先者，有品位、有趣味的日常，继而通过平凡琐事，映射百年中国的人情世态，沧海桑田。"闲趣坊"的精神内核不在风花雪月，而是通过笔酣墨饱的文章，倡导一种朴实素雅、温柔敦厚、不同流俗的生命观，是对三联书店"知识分子精神家园"意涵的解读与发扬。

在日新月异的今天,我们认为正视和尊重这份价值仍有必要。希望新版"闲趣坊"能够陪伴新一代读者,建设"自己的园地",有情、有趣、有追求地生活。

生活·讀書·新知 三联书店
二〇二三年四月

目　录

1　小引　　　　　　　　陈平原

辑一　茶雅

3　关于苦茶　　　　　　周作人
7　《茶之书》序　　　　　周作人
10　茶汤　　　　　　　　周作人
12　茗饮　　　　　　　　范烟桥
14　说茶　　　　　　　　曙　山
18　中国人与茶　　　　　钱歌川
23　外国人与茶　　　　　钱歌川
32　品茶　　　　　　　　黄　裳
38　吃茶颂　　　　　　　谢兴尧
44　吃茶　　　　　　　　邓云乡

55	《金瓶梅》里的饮茶风俗	陈 诏
63	茶诗四题	林 林
70	茶禅闲话	葛兆光
77	茶禅续语	葛兆光

辑二　茶俗

87	上海的茶楼	郁达夫
91	茶馆	金受申
105	喝茶	金受申
117	陆羽茶山寺	曹聚仁
124	茶在英国	萧 乾
131	茶馆	黄 裳
136	中山公园的茶座	谢兴尧
144	洞庭碧螺春	周瘦鹃
147	苏州的茶食店	莲 影
152	英茶小史	华吟水
157	茶坊哲学	范烟桥
161	茶馆	缪崇群
167	阿婆茶考	陈 诏
170	泡茶馆	汪曾祺
180	喝茶	唐鲁孙
183	北平四川茶馆的形形色色	唐鲁孙

190	门前的茶馆	陆文夫
194	大理茶忆	晓　雪
199	香港茶事	柳　苏
204	细说中国茶道：潮州功夫茶	雷　铎
211	水乡茶居	杨羽仪
216	西湖茶事	于冠西

辑三　茶话

227	喝茶	周作人
231	茶和交友	林语堂
240	《古今茶事》序	胡山源
246	戒茶	老　舍
248	喝茶	苏雪林
251	吃茶文学论	阿　英
255	喝茶	梁实秋
260	茶话	周瘦鹃
265	俗客谈茶	秦瘦鸥
269	茶	钟敬文
274	茶	马国亮
280	喝茶	杨　绛
283	我和茶	叶君健
288	清风小引	袁　鹰

292	嗜茶者说	韩作荣
298	茶话	老 烈
303	泡沫红茶	周志文
306	我们吃下午茶去!	董 桥

辑四 茶事

313	再论吃茶	周作人
319	茶淘饭	叶灵凤
321	茶之幸运与厄运	潘序祖
328	谈喝茶	唐鲁孙
332	寻常茶话	汪曾祺
339	品茶	贾平凹
344	说茶	邓友梅
351	我和茶神	邹荻帆
356	台湾饮乌龙	唐振常
359	一杯一壶	唐振常
362	风庐茶事	宗 璞
366	粗饮茶	张承志
380	漫说茶文化	唐 挚
386	龙井寺品茶	韩少华
392	坐茶馆	舒 湮
399	孵茶馆	秦绿枝

小　引

陈平原

平日里与烟酒无缘，勉强称得上"嗜好"的，便是吃茶了。因"吃茶"而关注茶人茶话、茶事茶文，好歹也算"水到渠成"。

按国人的思路，所谓"茶余饭后"，必是"闲话"无疑。既是"闲话"，很容易以"很久很久以前"起兴。我的"很久"，其实也就十几年。记得是九十年代初，游学日本，访得岩波文库本《茶之书》，对冈仓天心（一八六三至一九一三年）关于茶道的理想即是从日常生活的细节中悟出"伟大"这一禅的概念的产物，大为喜欢。回来后，翻阅周作人文集，方知其早已着我先鞭。在撰于一九四四年的《〈茶之书〉序》中，知堂感慨"中国人未尝不嗜饮茶，而茶道独发生于日本"；且称谈酒论茶，"若更进而考其意义特异者，于了解民族文化上亦更有力"。我虽深好此语，惜心有余而力不足。直到两年前，指导一日本学生撰成硕士论文《周作人与日本文化——以饮食文化为中心》，着重考察周作人如何借冈仓天心接受、理解、阐发日本的茶道精神，才算圆一小小的心愿。

我之所以格外欣赏冈仓天心以及周作人之谈论茶人茶事，不仅仅是学问，也不仅仅是生活态度，某种意义上，更是因为文章。私心以为，茶之甘醇与文之幽深，二者之间，存在着某种神秘的联系。借用陈继儒的话来说，便是："热肠如沸，茶不胜酒；幽韵如云，酒不胜茶。"（《茶董小序》）古往今来，嗜茶的文人很多，因茶而兴的好文章，想来当也不少。几年前，一个偶然的机缘，为百花文艺出版社编《中国散文史》，竟收入诸多谈论茶人茶事的好文章，如陆羽的《茶之源》《茶之饮》，吴自牧的《茶肆》，陈继儒的《茶董小序》，袁宏道的《惠山后记》，张岱的《闵老子茶》，田艺蘅的《宜茶》，以及近人周作人的《喝茶》、阿英的《吃茶文学论》、黄裳的《茶馆》等。并非有意为之，只能说是趣味使然；等到书出版后，闲来翻阅，自己也都大吃一惊。

几年前，在北大为中文系研究生讲"明清散文"选修课，在分析陈继儒的为人与为文时，谈到"酒和茶不止是两种性质不同的饮料，它对人的身体，对人的气质，对人的情感，对想象力的驰骋，都会有所影响"；甚至表示，希望有一天能借"茶与酒"来谈论中国文化和中国文学。讲稿整理后，交三联书店出版。责任编辑郑勇君以前随我念过书，对我的生活趣味及文章风格颇有了解，于是再三催逼，希望早日兑现诺言。正为"提倡有心，创造无力"而苦恼不已，郑君又有新的主意：邀请我和以前的学生、现在中国传媒大学任教的凌云岚君合作，选编《茶人茶话》。

半个多世纪前，世界书局曾出版过作家胡山源"将古今有关茶事的文献，汇成一编，以资欣赏"的《古今茶事》。据编者称，此书材料，"统由各种丛书及笔记中采撷而来"（《古今茶事·凡例》）；可实际上，该书选材，仅及于清代。毫无疑问，晚清以降诸多谈论茶人茶事的好文章，也都值得"汇成一编，以资欣赏"。如此设计，有趣，且难度不大。编选工作主要由凌君负责，我只是出出主意，并撰写序言。

从八十年代末编"漫说文化"丛书，到今天奉献给读者《茶人茶话》，时光流逝，老大无成，唯一感到欣慰的是，坚信日用起居以及饮食男女中，蕴藏着大智慧、好文章，这一思路没错。卸下盔甲，抖落尘埃，清茶一壶，知己三两，于刹那间体会永恒，此乃生活的艺术，也是文章的真谛。

二〇〇六年五月十七日于京北云佛山

尽管在本书编选、出版阶段，我们和三联书店一直在尝试多方努力，希望取得入选稿件作者的出版授权，但迄今仍有部分本书作者未能取得联系,请版权持有人见书后惠函三联书店,以便寄奉样书和稿酬。

编　者

二〇〇七年八月八日

辑 一

茶 雅

关于苦茶

周作人

去年春天偶然做了两首打油诗,不意在上海引起了一点风波,大约可以与今年所谓中国本位的文化宣言相比,不过有这差别,前者大家以为是亡国之音,后者则是国家将兴必有祯祥罢了。此外也有人把打油诗拿来当作历史传记读,如字的加以检讨,或者说玩骨董那必然有些钟鼎书画吧,或者又相信我专喜谈鬼,差不多是蒲留仙一流人。这些看法都并无什么用意,也于名誉无损,用不着声明更正,不过与事实相远这一节总是可以奉告的。其次有一件相像的事,但是却颇愉快的,一位友人因为记起吃苦茶的那句话,顺便买了一包特种的茶叶拿来送我。这是我很熟的一个朋友,我感谢他的好意,可是这茶实在太苦,我终于没有能够多吃。

据朋友说这叫作苦丁茶。我去查书,只在日本书上查到一点,云系山茶科的常绿灌木,干粗,叶亦大,长至三四寸,晚秋叶腋开白花，自生山地间，日本名曰唐茶（Tocha），一名龟甲茶，汉名皋芦，亦云苦丁。赵学敏《本草拾遗》卷六云：

"角刺茶，出徽州。土人二三月采茶时兼采十大功劳叶，俗名老鼠刺，叶曰苦丁，和匀同炒，焙成茶，货与尼庵，转售富家妇女，云妇人服之终身不孕，为断产第一妙药也。每斤银八钱。"案十大功劳与老鼠刺均系五加皮树的别名，属于五加科，又是落叶灌木，虽亦有苦丁之名，可以制茶，似与上文所说不是一物，况且友人也不说这茶喝了可以节育的。再查类书关于皋芦却有几条，《广州记》云：

"皋芦，茗之别名，叶大而涩，南人以为饮。"又《茶经》有类似的话云：

"南方有瓜芦木，亦似茗，至苦涩，取为屑茶饮亦可通夜不眠。"《南越志》则云：

"茗苦涩，亦谓之过罗。"此木盖出于南方，不见经传，皋芦云云本系土俗名，各书记录其音耳。但是这是怎样的一种植物呢，书上都未说及，我只好从茶壶里去拿出一片叶子来，仿佛制腊叶似的弄得干燥平直了，仔细看时，我认得这乃是故乡常种的一种坟头树，方言称作枸朴树的就是，叶长二寸，宽一寸二分，边有细锯齿，其形状的确有点像龟壳。原来这可以泡茶吃的，虽然味大苦涩，不但我不能多吃，便是且将就斋主人也只喝了两口，要求泡别的茶吃了。但是我很觉得有兴趣，不知道在白菊花以外还有些什么叶子可以当茶。《毛诗草木鸟兽虫鱼疏》"山有栲"一条下云：

"山樗生山中，与下田樗大略无异，叶似差狭耳，吴人以其叶为茗。"《五杂俎》卷十一云：

"以菉豆微炒，投沸汤中倾之，其色正绿，香味亦不减新茗，宿村中觅茗不得者可以此代。"此与现今炒黑豆作咖啡正是一样，又云：

"北方柳芽初茁者采之入汤，云其味胜茶。曲阜孔林楷木其芽可烹。闽中佛手柑橄榄为汤，饮之清香，色味亦旗枪之亚也。"卷十《记孔林楷木》条下云：

"其芽香苦，可烹以代茗，亦可干而茹之，即俗云黄连头。"孔林吾未得瞻仰，不知楷木为何如树，唯黄连头则少时尝茹之，且颇喜欢吃，以为有福建橄榄豉之风味也。关于以木芽代茶，《湖雅》卷二亦有二则云：

"桑芽茶，案山中有木俗名新桑荑，采嫩芽可代茗，非蚕所食之桑也。"

"柳芽茶，案柳芽亦采以代茗，嫩碧可爱，有色而无香味。"汪谢城此处所说与谢在杭不同，但不佞却有点左袒汪君，因为其味胜茶的说法觉得不大靠得住也。

许多东西都可以代茶，咖啡等洋货还在其外，可是我只感到好玩，有这些花样，至于我自己还只觉得茶好，而且茶也以绿的为限，红茶以至香片嫌其近于咖啡，这也别无多大道理，单因为从小在家里吃惯本山茶叶耳。口渴了要喝水，水里照例泡进茶叶去，吃惯了就成了规矩，如此而已。对于茶有什么特别了解，赏识，哲学或主义么？这未必然。一定喜欢苦茶，非苦的不喝么？这也未必然。那么为什么诗里那么说，为什么又叫作庵名，岂不是假话么？那也未必然。今世虽不出家亦不打诳语。必要说明，还是去小学上找罢。吾友沈兼士先生有诗为证，题曰《又和一首自调》，此系后半首也：

  端透于今变澄彻　鱼模自古读歌麻
  眼前一例君须记　荼苦原来即苦茶

二十四年二月

（原载《益世报》，一九三五年三月十三日）

《茶之书》序

周作人

方纪生君译冈仓氏所著《茶之书》为汉文,属写小序。余曾读《茶之书》英文原本,嗣又得见村冈氏日本文译本,心颇欢喜,喤引之役亦所甚愿,但是如何写法呢。关于人与书之解释,虽然是十分的想用心力,一定是挂一漏万,不能讨好,唯有藏拙乃是上策,所以就搁下来了。近日得方君电信,知稿已付印,又来催序文,觉得不能再推托了,只好设法来写,这回却改换了方法,将那古旧的不切题法来应用,似乎可以希望对付过去。我把冈仓氏的关系书类都收了起来,书几上只摆着一部陆羽的《茶经》,陆廷灿的《续茶经》,以及刘源长的《茶史》。我将这些书本胡乱的翻了一阵之后,忽然的似有所悟。这自然并不真是什么的悟,只是想到了一件事,茶事起于中国,有这么一部《茶经》,却是不曾发生茶道,正如虽有《瓶史》而不曾发生花道一样。这是什么缘故呢?中国人不大热心于道，因为他缺少宗教情绪，这恐怕是真的，但是因此对于道教与禅也就不容易有甚深了解了罢。这里我想起中国平民的吃茶来。吃茶的地方普通有茶楼茶园等名称，此只是说村市的茶店，盖茶楼等处大抵是苏杭式的吃茶点的所在，茶店则但有清茶可吃而已。茹敦和《越言释》中店字条下云：

古所谓坫者，盖垒土为之，以代今人卓子之用。北方山桥野市，凡卖酒浆不托者，大都不设卓子而有坫，因而酒曰酒店，饭曰饭店。即今京师自高梁桥以至圆明园一带，盖犹见古俗，是店之为店，实因坫得名。

吾乡多树木，店头不设坫而用板桌长凳，但其素朴亦不相上下，茶具则一盖碗，不必带托，中泡清茶，吃之历时颇长，曰坐茶店，为平民悦乐之一。士大夫摆架子不肯去，则在家泡茶而吃之，虽独乐之趣有殊，而非以疗渴，又与外国人蔗糖牛乳如吃点心然者异，殆亦意在赏其苦甘味外之味欤。红茶加糖，可谓俗已。茶道有宗教气，超越矣，其源盖本出于禅僧。中国的吃茶是凡人法，殆可称为儒家的，《茶经》云："啜苦咽甘，茶也。"此语尽之。中国昔有四民之目，实则只是一团，无甚分别，搢绅之间反多俗物，可为实例。日本旧日阶级俨然，风雅所寄多在僧侣以及武士，此中同异正大有考索之价值。中国人未尝不嗜饮茶，而茶道独发生于日本，窃意禅与武士之为用盖甚大。西洋人读茶之书固多闻所未闻,在中国人则心知其意而未能行,犹读语录者看人坐禅,亦当觉得欣然有会。一口说东洋文化,其间正复多歧,有全然一致者,亦有同而异,异而同者,关于茶事今得方君译此书,可以知其同中有异之迹,至可忻感,若更进而考其意义特异者,于了解民族文化上亦更有力,有如关于粢与酒之书,方君其亦有意于斯乎。

中华民国三十三年十一月二十日
(原载《立春以前》,太平书局一九四五年版)

茶汤

周作人

我们看古人的作品,对于他的思想感情,大抵都可了解,因为虽然有年代间隔,那些知识分子的意见总还可想象得到,唯独讲到他们的生活,我们便大部分不知道,无从想象了。我们看宋朝人的亲笔书简,仿佛觉得相隔不及百年,但事实上有近千年的历史,这其间生活情形发生变动,有些事缺了记载,便无从稽考了。最显著的事例如吃食。从前章太炎先生批评考古学家,他们考了一天星斗,我问他汉朝人吃饭是怎样的,他们能说出么?这当然是困难的事,汉朝人的吃食方法无法可考,但是宋朝,因为在历史博物馆有老百姓家里的一张板桌,一把一字椅,曾经在巨鹿出土,保存在那里,我们可以知道是用桌椅的了;又有些家用碗碟,可以推想食桌的情形。但是吃些什么呢?查书去无书可查,一般笔记因为记录日常杂事嫌它烦琐,所以记的极少,往往有些食品到底不知是怎样的,这是一个很大的缺恨。现在我们收小范围,只就一两件事,与现今可以发生联系的,来谈一下吧。

《水浒传》里的王婆开着茶坊,但是看她不大卖泡茶,她请西门庆喝的"梅汤"和不知是什么的"和合汤",看下文西门庆说:"放甜些",可知是甜的东西,末了点两盏"姜汤"了。后来她招待武大娘子,"浓浓地点道茶,撒上些白松子胡桃肉",那末也不是清茶了,却是一种好喝的什么汤了。这里恰好叫我想起北京市上的所谓"茶汤"了。这乃是一种什么面粉,加糖和水调了,再加开水滚了吃,仿佛是藕粉模样,小孩们很喜欢喝。此外有"杏仁茶"和"牛骨髓茶",也与这相像,不过那是别有名堂,不是混称茶汤了。我看见这种"茶汤",才想到王婆撒上些白松子胡桃肉的,大约是这一类的茶了。茶叶虽然起于六朝,唐人已很爱喝,但这还是一种奢侈品,不曾通行民间,我看《水浒传》没有写到吃茶或用茶招待人的,不过沿用茶这名称指那些饮料而已。

据这个例子,假如笔记上多记这些繁琐的事物,我们还可根据了与现有的风俗比较,说不定能够明白一点过去。现在的材料只有小说,顶古旧也不能过宋朝,那末对于汉朝的吃食,没有方法去知道的了。

(原载《新民报晚刊》,一九五七年十月六日)

茗饮

范烟桥

苏州人喜茗饮，茶寮相望，座客常满，有终日坐息于其间不事一事者。虽大人先生亦都纡尊降贵入茶寮者。或目为群居终日，言不及义。其实则否，实最经济之交际场俱乐部也。

茶即茗，见《尔雅》"槚，苦茶"。《飞燕别传》云：后梦见帝，赐坐，命进茶。左右奏云："向侍帝不谨，不合啜此茶。"则西汉时已有茗饮。《三国志·吴书·韦曜传》云：孙皓每饮群臣酒，"以七升为限"。曜饮不过二升，或为裁减，或赐茶茗以当酒。则唐诗"寒夜客来茶当酒"之所本矣。《续博物志》云：开元中灵岩寺有降魔师，教人不寐，人多作茶饮，因以成俗。是则茗饮之习，亦印度文化也。欧俗喜红茶加糖，盖病其苦也。然咖啡质腻重，加糖固当。茶质清冽，似不宜取甜。《茶余客话》谓古人煎茶，必加姜盐，则更不知有何美味？《物类相感志》云："芽茶得盐，不苦而甜。"此说未经尝试，不敢信。余以为茗饮取其涤污除垢，加姜辛辣，加盐苦涩，皆败胃，甜可养胃，加糖固合于摄养，要不如清饮之爽口也。渔洋谓："茶取其清苦，若取其甘，何如啜蔗浆枣汤之为愈也。"其言至为痛快。

酒食征逐，或嫌其华，乃易以茶话，此亦西方之习，而中土人仿之。其实则虚有其名，因未必有茶，即有之，亦未必皆举杯以饮也。近年订婚，或款亲友以茶点，此则与受茶之谊相合。吴下旧俗订婚，乾宅必馈茶于坤宅。《天中记》云："凡种茶树，必下子，移植则不生。故妇聘必以茶为礼，盖意取繁殖，而兼励贞洁也。"舞场有茶舞，旋旖风光，别有意属。大概舞必以夕，佐舞必以酒，今曰茶舞，则于薄晚行之，而舞客不必费香槟也。乡村间有辟两三座卖茶者，谚所谓"来扇馆"也。往往附以博局，为一方之蠹，余尝谓此而不除，乡村风纪无由整饬。今日言社会教育者，有民众茶园之辟画，因势乘便，改善染濡，颇能扼要，唯须尽力向乡村推展耳。

（原载《茶烟歇》，中孚书局一九三四年版）

说茶

曙山

　　人每每于饭饱、酒醉、疲劳过甚或忧愁莫解的时候，一旦遇有一杯芬芳适口的香茗，把它端起来咕噜咕噜的几口喝下去，其功用正如阿芙蓉膏之对于泪流气沮的黑籍朋友，能立刻的使其活跃鼓舞，精神焕发；又如深恶严冬困苦的人们，一到清朗明媚的春天，忽置身于清旷秀丽的境地，有谁能不陡觉那般清快怡悦的舒服，真无言可喻！

　　毕竟我们中国人，不愧为拥有五千年来最古最高文化的优等民族，所以早早的就在人类生活史中发明了这种有益于人的"清心剂"——茶，也曾以此夸耀过世界，称为中国的特产。

　　讲起茶道，我固然是一个爱喝白水的门外汉（但我以前也是一个爱喝好茶者，只因在学校时，被那走廊下的大茶壶把我的胃口灌坏，于是我的这种口福遂完全被剥夺而犹未复），谈不出来一篇什么大道理。不过我在人海中浮沉，从来就欢喜在工作余暇乱翻些书籍，故此也就拾得先民的牙慧不少。

例如，唐代的那位"茶神"或"茶颠"的陆羽先生，他因嗜茶，曾著了一部千秋不朽的《茶经》；到了宋代，又有两位大茶客丁谓和蔡襄，前者复撰《茶图》以行世，后者亦著《茶录》以传后，就仅仅的在这些书里面，已把茶道讲得没有我们插嘴的余地。其他如卢仝的《茶歌》、东坡的《茶赋》，更都是千载不朽的茶铭，而今可视为"喝茶礼"。即如吴淑的《茶赋》，使我们一读其"嘉雀舌之纤嫩，玩蝉翼之轻盈"的句子，也就足够我们冥想到那口快心悦的一种味儿了。

又《唐书》内所说："唐大中时，东都进一僧，年百三十岁。宣宗问：'服何药？'对曰：'臣少也贱，素不知药，惟嗜茶。'因赐名茶五十斤，命居保寿宫。"可见在唐代喝茶风气最盛的时候，茶不但是"清心剂"，并被看做"保寿散"或"延命丹"。

因为茶对人有这样的功用，遂往往被视为风流人物的韵事，且也易与文士诗人缔结了良缘。先就我国的古人来说，如上所述的几位"茶神""茶颠""茶客"等，兹不再赘，他如齐之晏婴，汉之扬雄、司马相如，吴之韦曜，晋之刘琨、张载远、祖纳、谢安、左思等，谁非屈指的"茶"迷？

美国的白洛克（H. I. Brock）氏，他于一九三一年在 *The New York Times Magazine* 七月号之中发表了《大作家的创作秘诀》一文，劈头的就说："最近高尔斯华绥（John Galsworthy）

氏在牛津大学讲演关于他的创作秘诀,他因此说小说家必定不是仅以他自身的事为题材,而成功为创作的作家的,是把烟管、笔尖和稿纸,注意于其结联成一片。"以下他又大论作家之吸烟,由此导入了梦国,虽然这梦与在那烟管上的烟,终至归于消灭了无踪,但必陶醉于那幻想之中的。由此我又想到作家之于茶必定比烟还重要,因为我们常看到,极大多数的作家都喜爱进咖啡店去品饮名茶,甚至于有什么什么"茶会"的组织,然终未闻谁进 smoking room,也拿来当做一回事谈说(记者按:此语诬也。世上成功文人之书斋,无一非 smoking room 也)。

我在南京,所以再略谈谈南京的茶风。所谓"到夫子庙吃茶去"的一句话,差不多成为"南京人"的一种极流行的口头禅。他们不但应酬或消遣常说这句话,其实凡是有闲阶级或失业的人,十之八九都以那里为其消磨岁月的乐园,甚至风雨无阻的天天早半跑到那里去,直到子午炮忽张口怒吼的时候,才各鸟兽星散。

夫子庙有名的茶社,当然是大禄、新奇芳阁、六朝居、民众等家。因此你偶尔的要到那几家去吃一回,便往往会因为座上客常满,叫你连呼倒霉不置而抱头鼠窜。幸而挤在黑暗的一角坐下来,那末你非牺牲了半天工夫,使劲的把性子捺住了不可。不然的话,你不致因等待不迭而拂袖欲去,便因叫嚣恼怒而肚皮已饱。只怪那些干丝、大面和烧饼、包子等,到底不能把人的嘴满满的塞起来,所以从各人的牙缝虽少少的漏出几句话，却因其总和之力业已震动屋瓦欲飞。呵，不错！意大利的谚语说："在有三个女人和一只鹅的地方，那里就成了市场。"（女同胞们，这我是说人家的话啦，请恕我无罪！）那末，明乎此则这也就不足怪了。

这些茶社和上海的青莲阁差不多，可以为议和会场，可以为临时法庭，可以为婚姻介绍所，可以为选举运动铺，还可以为朋谋敲诈、密议抢劫等等的流动魔窟。这里的茶呢，自然全为滋润他们粗燥喉咙的液汁，助长他们谈吐声音的嘹亮。

至于下晚入夜的一场，那情景与早半的便完全不同了。至此锣鼓喧天，灯光灿灼，一般金迷纸醉、人肉熟烂的气氛，简直使你一不当心便会醉倒如泥而一塌糊涂。这时大开其张的却不止是上举的几家了，如什么麟凤阁、天韵楼、大世界、又世界、月宫、四明楼等等，莫不是门庭若市，生意兴隆。以这一带通天赤地的光亮，与下关大马路上的遥遥相映，其魅力殆同样的互相颉颃，各显神通。然其主要的支柱是什么呢？决不是茶，而是元好问早说过的"学念新诗似小茶"的"牙牙娇女"、个个"堪夸"的摩登女郎。她们所有的东西是声、色、肉，这里若缺少了她们便没有戏唱，更没有饭吃，自然也决不会还有人来喝那一杯少有滋味的苦茶。

二二，三，一九，于昏沉的灯下
（原载《论语》第十五期，一九三三年四月十六日）

中国人与茶

钱歌川

茶是中国人发现的一种饮料,与中国文化同具悠久的历史。懂得喝茶的艺术,又能辨别茶的好坏的,当然以中国人为第一。远在四五千年前,"神农氏尝百草,一日遇七十二毒,得茶而解之"。又传说,"茶茗久服,令人有力悦志"。这是喝茶对人的好处,也是最古的记录。茶最早产于蜀地,秦人取蜀以后,逐渐移植到全国各地。茶成为日常的饮料,喝茶的习惯蔚为全国人民的一种风气,则似乎是秦亡以后的事。我想在春秋战国时代,那些辩士们讲得舌敝唇焦的时候,一定是要用茶来解渴的。不过最早见诸史册的,是西汉的赵飞燕别传,上面载有"成帝崩后,后一日梦中惊啼甚久,侍者呼问方觉。乃言曰:吾梦中见帝,帝赐吾坐,命进茶。左右奏帝云:向者侍帝不谨,不合啜此茶"这样一段文字,可见早在汉代,宫廷里喝茶已很普通。又《三国志·吴书·韦曜传》上说,孙皓每次大宴群臣，每人须饮酒七升，韦曜不能饮酒，孙皓密赐他苑茶一觚，他便把茶当作酒饮。由此可见，到了三国时代，喝茶的风气已经更加普遍了。

后魏杨衒之撰述的《洛阳伽蓝记》上说："吴人之鬼，住居健康……菰蒲为饭，茗饮作浆。"这是说江浙一带喝茶的风气，不但在人间盛行，连鬼都是一样。到了唐代，出了一个茶博士陆羽，而茶的焙制及烹饮的方法，才得到一个完善的注释，使世人更懂得喝茶的艺术了。陆羽撰有《茶经》一书，凡三卷，出版于公元七百八十年，至今已有一千二百多年的历史了。这是最早的关于茶的专门著作，茶之所以大行其道，陆羽功不可没。据宋人陈师道指出，"夫茶之著书，自羽始，其用于世，亦自羽始，羽诚有功于茶者也。上自宫省，下迄邑里，外及戎夷蛮狄，宾祀燕享，预陈于前，山泽以成市，商贾以起家，又有功于人者也。"

因此，喝茶的风气，唐朝达到流行的顶点了，不独人人喝茶，家家都要喝茶，在贸易繁盛地带或通行大道上设有茶座，自不待言，即令乡间墟集草市，也都有茶座的开设。唐人封演作的《封氏见闻记》上说："古人亦饮茶，但不如今人溺之甚，穷日尽夜，殆成风俗。……自邹、齐、沧、棣，渐至京邑。城市多开店铺，煎茶卖之，不问道俗，投钱而饮。"这时的茶座，是单纯卖茶的地方，没有其他复杂的饮料，更没有点心之类可吃的。

中国人与茶

但是到了宋代，茶座又称茶坊，所卖的茶，五光十色，除纯茶外，又有酸梅汤、姜茶、和合汤、宽煎叶儿茶等等。《水浒传》中记述北宋时的茶坊，又有不少花样，例如王婆在清河县城紫石街开设的茶坊，在茶内还放得有白松子或胡桃肉。此外，又有甜的杏仁茶，咸的牛肉茶，随客人的嗜好而供应。

南宋时设在临安（今杭州）的茶坊，又称茶肆，比王婆的茶坊又大异其趣。宋人吴自牧的《梦粱录》所描写的是："今杭城茶肆亦如之，插四时花，挂名人画，装点门面，四时卖奇茶异汤。冬月添卖七宝擂茶（即用七种果仁与茶叶擂烂而泡来饮的），馓子（面粉做成细丝用油炸的食品），葱茶，或卖盐豉汤。暑天添卖雪泡梅花酒（即冰冻甜酒）或缩脾饮暑药（即冰冻酸梅汤）之属。"夏天卖雪泡梅花酒的茶肆，陈列奇松异桧等盆景，装饰店面，又有人在其中教习歌曲乐器。有些高尚的茶肆，士大夫常在其中以文会友，谈诗论艺，与今日的文艺沙龙相近。

陆羽之后，有南唐毛文胜的《茶谱》。到宋朝的蔡襄，以陆经不载闽产，乃作《茶录》来补充它，到此谈茶的事，可说是已够完备的了。至于那以后的，如宋黄儒的《品茶要录》，宋熊蕃的《宣和北苑贡茶录》，宋子安的《东溪试茶录》，清陆廷灿的《续茶经》及《大观茶经》等等，大都是订定补辑，使古人著作更合于实用罢了。

在中国，茶是民间最普通的饮料，全国各地都有种植，但有些地方，因天时地利的特惠，以及品种的优异，所以产品特别有名，驰誉遐迩。据陆经所载，原有五种不同的名称，如早采的叫荼，晚撷的叫茗。荼又称苦荼，也就是槚。茗又名荈。以上各种称呼，都经陆羽将荼字减少一笔统称为茶了。但后来茶产愈来愈多，只得个别另立名目，以资分辨。如以采取时间而得名的有春社茶、谷雨茶或雨前茶、白露茶等；以产地而得名的有浙江的龙井茶、福建的武夷茶、安徽的六安茶、云南的普洱茶、湖南的君山茶、台湾的冻顶茶等；以象征事实或吉祥文字而得名的有龙凤茶、龙团茶、雀舌茶、碧螺春、寿眉茶、铁观音等；以色泽而得名的有绿茶、红茶、白毛尖茶等；以香气而得名的有香片茶、茉莉花茶、菊花茶等；以味道而得名的有甘露茶、苦茶等。至于团茶、沱茶、砖茶、块茶、梗片等，便是以制出后的形式而得名的；又可根据茶叶外形而区分为三种：一是扁形茶，如龙井茶、大方茶和旗枪茶等；二是长形茶，叶修长成条的，如眉茶、雨茶和毛峰茶等；三是圆形茶，如珠茶、贡熙茶、蟹目茶等。诸如此类，不一而足，可见茶的种类繁多了。

在《宣和北苑贡茶录》上说道："茶芽有数品，最上曰小芽，如雀舌鹰爪，以其劲直纤挺，故号芽茶。次曰拣牙，乃一芽带一叶者，号一枪一旗，次曰中芽，乃一芽带两叶，号一枪两旗。其带三叶、四叶者，皆渐老矣。"

当春季茶树发芽时，即由茶树上采摘嫩叶，叶的尖端即称为尖,或名叫枪,分有五等:第一是蕊尖,无汁;第二是贡尖,或称皇尖,即所谓一枪一旗的;第三是客尖,即所谓一枪两旗的;第四是细连枝,有一梗带三叶;第五为白茶,有毛的虽粗也称白茶,无毛的即细也只能叫作明茶。明茶又有耳环、封头等名称,都是比较老的茶叶了。

采摘时多用小刀或剪刀,但妇女用指甲采的更为名贵。上面说的这些,都是春茶。至于在秋季采的,就统称为秋茶,或白露茶,也可索直地叫它做老茶,品级远不如春茶了。

茶叶采摘后,马上就得进行焙制。制法不外晒干、揉团、摊开、焙烘几个阶段。制绿茶时必须先用高温把叶中的酵素杀死,以阻止它发酵,所以绿茶又称不发酵茶,可以保持茶叶天然翠绿的色泽。至于红茶的制法,是把从茶树上取来的青叶,略为晒干,加以揉捻,使茶叶中的细胞破裂,挤出液汁,然后放着让它发酵。发酵时茶叶的叶绿素破坏了,出现红色,加以烘烤,便成红茶。在中国的安徽祁门,便是著名出产红茶的地方。

茶叶之所以芬香,是因为它含有芳香油的缘故。芳香油很香,但容易挥发,红茶在发酵后,经过长时间的烘烤,芳香油大部分都消失了,没有绿茶芳香,事属当然,无须多辩。

(选自《钱歌川文集》,辽宁大学出版社一九八八年版)

外国人与茶

钱歌川

中国饮茶的风尚，到了七世纪的唐代，已经相当盛行了。那时日本派有大批的留学生，到中国来学习中国文化，自然也学会了中国的饮茶。日本现在的所谓茶道，向西方人士夸说是日本独特的艺术（an art peculiar to Japan），其实完全是中国的古风，明代以前的烹茶办法。唐、宋人饮茶，都是要把绿茶研成细末，再经过三滚的烹茶过程后才饮用的，如宋人罗大经在《鹤林玉露》中，有咏烹茶的诗说，"砌虫唧唧万蝉催，忽有千车捆载来。听得松风并涧水，急呼缥色绿瓷杯"。又说，"松风桧雨到来初，急引铜瓶离竹炉。待得声闻俱寂后，一瓯春雪胜醍醐"。

饮茶的风尚和佛教在唐代同时传入日本，后来到了日本嵯峨天皇时，因他个人特别喜欢饮茶，所谓"上有好者，下必有甚焉"。他的臣民也就对茶感到兴趣了，不过那时茶叶和茶具，都要向中国去买,价钱昂贵可想,所以一般平民还不能享受,只有皇帝和贵族才能饮茶。

日本到了镰仓时代,由于寺院禅僧们的大力提倡,饮茶的风气大开,普及全国各地。到了十五世纪,日本从中国移植的茶树,由于自然环境及土壤的关系,长出来枝叶较小,不过栽培得颇为普遍,年产的茶叶,已够日本自己饮用了。

他们采茶,最早是在五月,叶小而嫩,实为绝品。第二期在炎夏,第三期在秋凉,所采的茶,都远不如春天的头号茶。不过日本有句俗话说,"女鬼十八岁,番茶当令时",意指哪怕是粗茶,在柔嫩的时候也是好的。

日本现所流行的茶道,原是十五世纪一位禅宗的和尚所制定的,初期只是作为一种宗教的仪式来举行而已,到十七世纪时,才深入民间,而成为一般讲究饮茶的人所夸说的艺事了。

除日本以外,最讲究喝茶的外国人,应该是英国人了。在四千七百多年前,中国人就懂得喝茶了,一向不把茶叶当作专利品,也和中国的文化一样,随时都愿意介绍给外国人共同享受。英国人懂得喝茶,至今还不过二三百年的历史,那是先由高僧携往印度,然后由英国侵略印度的东印度公司,第一次把茶叶从海外运到英国。

又有人说最先把中国饮茶的习俗传到西欧的是荷兰人,他们为迎合英国人的口味,在茶内加少许白糖和丁香,使泡出来的茶又甜又香。而茶在伦敦有名的咖啡馆中第一次出现,却是在一六五七年，于是便开了风气之先。从那以后，中国茶叶便成了英国贵族们的时髦饮料。他们付出六镑到十镑的高价，来买一磅中国的名贵茶叶，不但毫无吝色，而且自认了不起，能懂得饮茶的艺术。

英国十七世纪的诗人瓦勒（Edmund Waller，1606—1687），从一个到过中国的波斯人那里，学会了饮茶之后，便写诗大为赞美中国茶的美味。诗云："软滑，醒脑，愉快，像女人的柔舌在转动着的饮料。"一六六〇年英国日记作者匹普斯（Samuel Pepys，1633—1703）第一次喝到一杯香气浓郁的中国茶，在日记中大为赞美说："一杯中国清茶，其味无穷。"可见在十七世纪中叶以前，茶还没有在英伦三岛风行，只不过少数的文人雅士，偶尔加以品尝罢了。

英国查理二世（Charles II，1630—1685）的皇后，原为葡萄牙的公主，凯塞琳自称"茶痴"，嗜茶成癖，把饮茶的习惯传到英国宫廷里去，她时常在宫中举行奢侈的茶会。于是贵族们纷纷起来效尤，奠定了茶在英国不可动摇的地位，到十八世纪时，茶已成为英国人"不可一日无此君"的日常饮料，而当时的约翰生博士（Dr. Samuel Johnson，1709—1784），自称为"无厌的茶鬼"。

但是当时英国政府对中国茶课以重税，于是茶叶走私的风气很盛，英国人所喝的茶有三分之二都是走私来的。后来英国政府把茶税减低，走私进口的茶叶渐次绝迹，而合法的茶叶才能源源而来了。

英国人为了茶叶,曾经发动了好几次战争。美国的独立战争,也就是由于茶叶而引起的。英国人对北美殖民地的人,课以很重的茶税(每磅课三便士),又不许殖民地的商人,侵犯东印度公司对茶叶生意的垄断,因此殖民地的臣民大为不满,于是在一七七三年十二月十六日的夜里,就有一群波士顿的年轻人,化装成红印第安人,登上停泊在波士顿海湾中的三艘英国运茶的船,把船上的茶叶全都抛入海中去了。这便是美国历史上有名的"波士顿茶团"(Boston Tea Party)。此举表示北美殖民地的人反抗英国的压迫,促进了他们的革命精神,不到两年之后,美国独立战争就爆发了。

在满人入关以后,有些汉人不堪压迫,便逃亡到印度东北部的阿萨密区,把中国的茶树大量移植过去,而使那地方后来竟成为一个世界著名的产茶区。英国人曾经为争夺这个产茶区,而展开了好几次战争。很多英国人都知道种茶可以致富,便纷纷跑到印度去,争取阿萨密的茶园,可是因不懂经营,蚀本的大有人在,几乎使得整个阿萨密的产茶区都要荒废了。直到一百年前,茶树的种植才恢复旧观,进而建立了相当的规模,于是阿萨密才正式成为一个世界著名的产茶区了。

锡兰红茶的驰名世界,纯粹出自偶然。英国人先在那里种植咖啡,因为那时种植咖啡可获厚利,不意在一八七七年遭遇到一场植物病害,使咖啡树都死光了。于是英国人便试改种茶树，想不到茶树种下去欣欣向荣，大为繁茂，使得那些亏本的英国人，突然大交好运，竟造成锡兰一跃而为世界红茶最大的产区。

在十九世纪以前，世界各地所需的茶叶，都是中国供给的，而且大都是绿茶，到了印度与锡兰的红茶销行以后，便取代了中国的绿茶，成为英国人新的饮品，每天的下午茶所不可或缺的宠物，因为加上牛奶白糖来喝，绿茶味淡，不及红茶的味浓可口呢。

中国人喝茶，至多只能加点香花进去，是绝不可以掺以牛奶和白糖的，否则就失去了茶味，不成其为清茶了。前次英国玛嘉烈公主访问中国香港，喝了几次"奇种寿眉"，大为赞赏，可能英国人以后又要流行再饮清茶了。

下午茶成为英国人一种牢不可破的习俗，被他们认为是一天当中最大的享受。我们上茶馆吃点心是在上午，他们却是在下午四五点钟时举行。文豪萧伯纳曾说："破落的英国绅士，一旦他们卖掉了最后的礼服时，那钱往往是预备拿去喝下午茶用的。""茶鬼"约翰生博士的茶壶，每天从早到晚都是热的，他早晨以茶提神，晚上以茶解睡，一天到晚，浸淫在茶中，优哉游哉，自得其乐。

英国人夸说他们喝茶为世界第一，每一个英国人在一年中要喝上九磅半的茶叶，这数量要五十二株茶树全年生产才够供应。三千万英国人一天平均各喝七杯茶，如果把英国人一年所喝的茶，倒下到一个湖里去，便能浮起三十艘伊丽莎白邮船那么大的巨轮了。

《爱丁堡评论》创刊者之一，英国神学者及著作家史密斯（Sydney Smith, 1771—1845）把英国人在战场上所获得的胜利，也归功于茶。他说："茶之为物，实在是生命的元素，可以使人增加勇气，产生精力。英国人在战争中所获得的胜利，其实是茶的胜利。许多受伤或失血的士兵，第一步就给他喝一杯茶。"这真是对茶推崇备至了。

美国人又和英国人不同，也许是在波士顿茶团那次事件之后，对抗了英国人，连茶也抵制了吧。他们是不大喝茶的，认为茶太刺激，而多半爱喝咖啡，成为美国日常的饮料。他们认为咖啡只可以解渴，并没有刺激作用，所以睡前喝一杯咖啡，也不会妨害睡眠。

美国没有欧洲式的咖啡馆，更没有中国式或日本式的茶馆。他们为了解渴，可到酒吧（Bar）里去喝咖啡，他们要想松弛紧张的神经，或消除一天的劳累，就去喝酒，而且多半是一人独酌。在高度个人主义的美国，一个人要找三五知己是不大容易的。他们没有知己，你只消看他们朋友同去吃饭喝酒，最后各付各的账一事就可知道。他邀你同去吃饭喝酒，你决不可误会是他要请客，结果还是要你付自己的钱的，他不过邀你做伴而已。他不请你，你也不可以请他，你要替美国人付账，他反而认为你瞧他不起。这便是个人主义的精神所在。

说美国人完全不喝茶也是假的，任何饮食店有咖啡卖的就有茶卖，当然卖的都是牛奶加糖的红茶。有个在东方住得较久的美国人，却爱上了中国式的绿茶。他批评美国人喝茶的情形说："用开水煮茶，加冰块使冷，掺白糖使甜，滴柠檬使酸。"

美国是一个高速社会，一切都讲究快速和省事。喝茶的事当然也不在例外。他们如果在家里想要喝茶，也不会像中国人或英国人泡一壶或一杯茶来喝，而是取一包李甫顿（Lipton）茶公司的出品，所谓茶袋（Tea bag）的东西，把它泡在滚水里，再加牛奶和白糖来喝。这样既快速而又省事多了。那公司还出了一种罐装茶，自然连冲水加糖奶的麻烦都没有，更加省事，可与可口可乐等冷饮分庭抗礼，也算是一种进化吧。

瑞典人原是爱好喝咖啡的，后来也盛行喝茶了，因为在十八世纪时，瑞典国王古斯托夫三世（Gustov Ⅲ），为着要了解到底喝咖啡和喝茶，何者比较有害健康，他便下令在宣判了终身监禁的杀人犯中，挑出两个同年的人给他们缓刑。然后规定他们两人的后半生，一个只许喝咖啡，一个只许喝茶。最后所得的结果，是那个喝茶的人迟了三十年才死去，年龄达八十三岁。

一九五六年从法国的殖民地而宣布独立的，西北非洲的摩洛哥，虽受法国的长期统治，但他们的生活并没有完全法国化，比方说，法国人是爱喝咖啡的，而他们却爱喝茶。几乎家家户户都放着一壶茶，以供随时饮用。

摩洛哥人最爱喝的是中国绿茶。他们认为中国的绿茶，是世界上各种茶叶中味道最好的。他们对于茶叶，很有鉴赏力，只要把茶叶放近鼻孔一嗅，或放进口中咀嚼一下，便立刻能辨好坏，判断是中国绿茶或是日本绿茶。

摩洛哥人虽然这样爱好喝茶，但在他们的国内并不产茶，所饮用的茶叶都是外国来的，主要是从中国和日本输入，中国茶占三分之二。不过在摩洛哥独立后不久，一九六〇年便移植了中国的绿茶，联合国的专家实地调查的结果，发现在摩洛哥国境内，适合种茶的土壤，达五十万公顷以上，即今在山地的丹吉尔省，也有很大的面积可以种茶。于是中国便派遣更多的技术人员，去协助他们普遍地种植中国的绿茶。

据估计他们只要种植了四万五千公顷土地的茶树，便足够摩洛哥人全年茶叶的消费量。从中国移植过来的茶树，都长得枝叶繁茂，每年丰收，如加扩展，远景是很可乐观的。

北非的利比亚人也是爱喝茶的，他们叫喝茶为"惬意"，工作之余坐下来喝一杯茶，确是一件惬意的事。他们不论达官贵人，或贩夫走卒，每天都要喝上四五次茶。富有的人家，还要加上点心，和茶一同享用，认为人生一乐。

遇有客人来访，主人一定敬茶。当着客人烹调，烹好了倾入小茶杯内饮用，好像我国潮州人饮功夫茶一样，不可牛饮，要细尝品味。客人至多喝三小杯,喝到第四杯就失礼了。有些主人一面烹茶,一面自制点心飨客,天南地北,高谈阔论,一顿茶喝下来,总要两三小时才散。可见有些非洲人,也是重视饮茶的艺术的。

(选自《钱歌川文集》,辽宁大学出版社一九八八年版)

品茶

黄裳

茶是人人都吃的。可是不一定人人都说得出吃茶的道理。茶成为"开门七件事"之一,可见它和人民生活关系之密切。但这七件事中,只有茶曾经有人给写过一部《茶经》,这也是不平常的。中国有《茶经》,日本却有"茶道",这正是后来居上了。清雍正中陆廷灿作了一部《续茶经》,是就唐代陆羽的原本重加补辑之作,凡三卷。共分十类:源、具、造、器、煮、饮、事、出、略、图。末附茶法一卷。这是一部内容丰富、编次有法的集大成的撰著,在"九之略"中首先列出了"茶事著述名目",自唐陆羽《茶经》至清《佩文斋群芳谱茶谱》,共七十二种。当然还有漏略,但即此也可说是洋洋大观了。照例底下还有诗文略。当然不过是稍加点缀而已。其实是收不胜收的。古今人诗集中谁没几首品茗的诗呢?如果今天要就陆氏书续加补辑,只此诗文一略,没有几十百万字怕就收容不下。当然这里不过是说说而已，无此必要也少有可能。不过我觉得有一篇文字应该是例外，那就是曹雪芹写的"贾宝玉品茶栊翠庵"，这是《红楼梦》的第四十一回，作者总共不过花了一千六百字的篇幅，可是品茶的全过程都细细地写到了，不只是写吃茶，同时还用轻盈准确的彩笔点染了人物，一颦一笑都活生生地凸现出来。语言中充满了机锋，没有一字一句是可有可无的。表面看去，不过是闲闲写来，细加琢磨，知道这实在是精心结撰的。《红楼梦》中这一类精妙的片段是很多的。它们都可以独立成章，但又是整体不可分割的有机组成部分。这就有些像戏曲里的折子戏。随便什么时候都是可以抽出来独立欣赏的。

栊翠庵的一幕出现在贾母带了刘姥姥游园火炽热闹大段故事的结尾处。浓墨重彩如火如荼的描绘中忽然投入清幽淡远的一笔，不但增加了文情的跌宕，也协调了全篇的节奏。正如盛筵之后端上来的一碟泡菜，是可以起清口作用的。

贾母带了刘姥姥与众人，到了栊翠庵中，提出要吃茶。这以后妙玉的语言动作，就都从宝玉的眼中写出。妙玉亲自捧了一个海棠花式雕漆填金云龙献寿的小菜盘，里面放一个成窑五彩泥金小盖盅，奉与贾母。贾母道："我不吃六安茶。"妙玉笑说，"知道，这是老君眉。"贾母又问是什么水，妙玉笑说，是旧年蠲的雨水。

从这简单的问答中，就点出了主客都是品茶的行家，并涉及了茶的品种与烹茶用水,这两处在《茶经》中都列入重要的项目,各用专章加以论述。此外就还有"茶之器",妙玉给贾母专用的成窑五彩盖盅,给众人用的一色官窑脱胎填白的盖碗,还有拉了宝钗黛玉吃体己茶时所用的茶器,都是为茶人所重视的,难怪作者要花力气来细工描写。宋江在浔阳楼上称赞说"美食不如美器",在这里道理也是一样的。

妙玉给贾母和众人所用的茶具是实写,给宝钗、黛玉、宝玉所用的可就有些玄虚了。给宝钗的一只,杯旁有一耳,杯上镌着"瓟斝"三个隶字,后有一行小真字是"晋王恺珍玩",又有"宋元丰五年四月眉山苏轼见于秘府"一行小字。另一只形似钵而小,也有三个垂珠篆字,镌着"点犀䀉",则奉与黛玉。这些随笔点染,不能不使人想起秦可卿卧室里的古董陈设。这当然都出于作者的虚拟,两者用意并不相同。栊翠庵中品茶与可卿房中午睡,到底写的不是同一类的故事。

《红楼梦》中写妙玉,笔墨不多可是多半与宝玉有牵连。算来只有宝玉向她乞红梅;宝玉生日,她投了"槛外人妙玉恭叩芳辰"的帖子,都是虚写,妙玉本人并未出场。还有就是凹晶馆联句由她出来收场,那是与黛玉、湘云有关的。从前面两笔虚写中,已暗点了妙玉对待宝玉的感情、态度。这一回栊翠庵品茶,才是正面的妙玉本传。她因刘姥姥吃过一口,就嫌脏不要了成窑茶杯;但却用自己常日吃茶的绿玉斗,斟茶给宝玉。来吃体己茶的三人中,宝钗、黛玉是客。宝玉的关系又自不同,写得自然,但又刻露。宝玉却不知足,说什么"世法平等","他两个就用那样古玩奇珍,我就是个俗器了"。不知道宝玉是不是真的不理会妙玉拿他当作"自己人",才拿自己日常用的茶斗给他使,因此而引来了妙玉的反驳:"这是俗器?不是我说狂话,只怕你家里未必找的出这么一个俗器来呢。"难道这只是谈论茶具吗?

在这一节文字中,妙玉对宝玉时时加以调侃、讥嘲,毫不假借,但口气中又处处露出非比寻常的亲昵,这与对待宝钗、黛玉的态度也有分明的差异。她笑宝玉要吃一海,说,"你虽吃得了,也没这些茶糟蹋。岂不闻一杯为品,二杯即是解渴的蠢物,三杯便是饮牛饮骡了。你吃这一海,便成什么?"这里所说,正是品茶的精髓,宝玉"细细吃了,果觉清淳无比"。轻轻一笔,却将品茶的趣味全然写出了。

妙玉心中的宝玉,在六十三回中单借邢岫烟之口点了出来。宝玉因接到妙玉"遥叩芳辰"的帖子,想不出怎样回复,正巧遇见便告诉了岫烟。

"岫烟听了宝玉之话,且只顾用眼上下细细打量了半日,方笑道,'难道俗话说的闻名不如见面,又怪不得妙玉竟下这帖子给你,又怪不得上午竟给你那些梅花……"细细打量写得深入而突兀,难道她是初见宝玉么?岫烟是妙玉的旧交知己,从她口中的一番话,可不就说出了妙玉心目中的宝玉么?至于在栊翠庵中妙玉正色对宝玉说:"你这遭吃的茶,是托他两个的福,独你来了,我是不能给你吃的。"实在说得极妙,也正经得好。试想,宝玉又哪能有机会自己一个人闯到栊翠庵来讨茶吃,妙玉又哪里有机会亲手给宝玉烹茶。说来说去,实在只有感谢宝钗和黛玉,当然也就不能不领他们的情。不只宝玉这样说,妙玉是也赞成的,"这话明白"。文章写到这里一泻而下,入情入理,但不细读恐怕就很难领略隐含在小儿女口角中的微妙含义。

这一节品茶文字,是议论烹茶用水而结束的。黛玉随口问:"这也是旧年的雨水?"却引来妙玉的一大段讨论:

> 妙玉冷笑道:"你这么个人,竟是大俗人,连水也尝不出来。这是五年前我在玄墓蟠香寺住着,收的梅花上的雪,共得了那鬼脸青的花瓮一瓮,总舍不得吃,埋在地下。今年夏天才开了,我只吃过一回,这是第二回了。你怎么尝不出来?隔年蠲的雨水,那有这样轻浮,如何吃得?"

《续茶经》"五之煮"部分几乎都说的是煮茶用水。可见正是茶人极为重视的,中国有那许多名家,也都是因烹茶而得名的。也间有说到用伏中雨水,用缸贮西湖水的。谢在杭说,"惟雪水冬月藏之,入夏用乃绝佳。"是仅有的使用雪水的记录。不过只是一句话,远不及《红楼梦》的尽兴一写,来得笔酣墨饱。尤其值得注意的是妙玉对黛玉的批评,竟自如此不留余地。《红楼梦》写黛玉,是连一半句奚落的话也经不起的。这里却用"黛玉知他天性怪僻,不好多话,亦不好多坐"一句话收束,这和前面妙玉的"冷笑",都是少见的特笔。难怪有人说妙玉是黛玉的影子,甚至说黛玉本是妙玉。这中间是有消息可寻的。《红楼梦》是小说,书中保留了大量封建社会晚期风俗习惯的真实记录,其价值不下于正史或野史,也许更加翔实而生动。这品茶的一章就是好例,又因为它是伟大的小说,在事实的铺陈中处处不离人物性格的刻画,因之也就更为可贵。这就是我觉得续写《茶经》时千万不可遗漏了这一节好文章的理由。

(选自《河里了集》,安徽教育出版社二〇〇六年版)

吃茶颂

谢兴尧

茶这样东西，虽然不如衣食之重要，但它总是人们生活上不可一日或缺之物，所以古来的妈妈经济家，也把它列入开门七件事之一。而饮食两字又联成一个名词，并且"饮"还在"食"之上。则其重要，实在不逊于衣食。诗人的"寒夜客来茶当酒"，的是名句，不特境界清幽，趣致亦高雅。又昔日文人诗文中，以咏酒记茶之篇最多，我想这是时代的不同，到后来便以烟代替了酒。我个人也是喜欢这两样，而不大喝酒的。尤其是好烟佳茗，无论是花晨月夕，也不管是春风秋雨，都可以慰人寂寥，沁人心脾。不过近来纸烟缺乏，不大好买，而我又是懒得成随遇而安的人，有时候在"二者不可得兼"的环境下，于是茶更显其重要。真是"谁谓茶（荼改）苦，其甘如荠"。故平常每当一张（报）在手一枝（烟）在口的时候，这一杯好茶的需要，比任何事物还要迫切。这种嗜好，我想世人中总不在少数吧。

吃茶说雅一点便是品茗，虽然是件日常的普通事，但这里面也有很多的讲究，极专门的学问。所以关于"茶经""茶典""茶史"等那一套，都暂且不想提它，只是谈谈我个人对于吃茶的兴趣罢了。我觉得茶，它的好处，也可说是它的长处，便是无论在什么场所，它都可以与思虑、情感融化，决不随主观而有喜厌。譬如我在上海的时候，常常同朋友到永安茶室去吃茶。虽然那个地方是繁华中枢，那个所在是洋楼大厦，吃茶的时候，又只见一片人海，万头攒动，且市声嘈杂。但与二三知己，上下古今，高谈阔论。闹中取静，以绚烂为平淡。一杯清茗，反觉得悠闲舒适。古人说："臣门如市，臣心似水。"颇可于此借用。所以在热闹的地方吃茶，也不失其清幽。至于久居北京，自然以公园之地最雅，茶最新，松柏参天，花叶满地，树下品茗，顿觉胸襟开朗，尘俗全消。而红男绿女，雅士高人，土气粉香，袭入眼鼻，身坐园林，特感幽趣。论其境界，一动一静，虽不必说有高下之分，实在有老少之别。因为在精神上，好像一个是摩登少年的，一个是澹静老年的。

还有他的功用，就是调剂疲劳，除了吃茶以外，没有再好的方法。所以常看见北平的车夫，每逢走到有名的茶叶店门前，总是进去买一包"高末"（好茶叶末儿），预备回头休息的时候养养神。因此它能够普及的原因，便是同纸烟一样，没有阶级性。不像雪茄烟，老是拿在富贵人的手中，平常的人拿着,与身份也不大调协。有点"鼻子大了压倒嘴"的神气。

关于论茶的文章,虽然很多,但大都偏于煮茶与茶具方面,明人言之尤详,李渔的《闲情偶寄·一家言》即其代表。而说得较深刻有趣致者,还是文震亨的《长物志》,其卷十二香茗云:"香茗之用,其利最溥。物外高隐,坐语道德,可以清心悦神。初阳薄暝,兴味萧骚,可以畅怀舒啸。晴窗榻帖,挥麈闲吟,篝灯夜读,可以远辟睡魔。青衣红袖,密语谈私,可以助情热意。坐雨闭窗,饭余散步,可以遣寂除烦。醉筵醒客,夜语蓬窗,长啸空楼,冰弦戛指,可以佐欢解渴。品之最优者,以沉香岕茶为首,第焚煮有法,必贞夫韵士,乃能究心耳。"这段虽然以"香"与"茗",同时描写,而香究属于气味,虚无缥缈,故仍着重茶字,以香作陪衬耳。

至于讲论吃茶,似以陈金诏《观心室笔谈》所述,最为可取。他说:"茶色贵白,白亦不难,泉清瓶洁,旋烹旋啜,其色自白。若极嫩之碧螺春,烹以雨水文火,贮壶长久,其色如玉。冬犹嫩绿,味甘香清,纯是一种太和元气,沁入心脾,使人之意也消。"又云:"茶壶以小为贵,每一客一壶,任独斟独饮,方得茶趣。何也,壶小香不涣散,味不耽迟,不先不后,恰有一时,太早不足,稍缓已过,个中之妙,以心受者自知。"又云:"茶必色香味三者俱全,而香清味鲜,更入精微。须真赏深嗜者之性情,从心肺间一一淋漓而出。"以上各条,由平淡中深得妙谛,知作者于吃茶一事,可谓三折肱矣。陈氏又论茶云："江南之茶，唐人首称阳羡，宋人最重建州。近日所尚者，惟天目之龙井。盖所产之地，朝光夕晖，云瀹雾浮，酝酿清纯，其味迥别，疑即古之顾渚紫笋也。要不若洞庭之碧螺春，韵致清远，滋味甘香，全受风露清虚之气，可称仙品。"按陈氏为清道咸间人，故他的高论，与我们的见闻，尚不相差太远，也能作会心的领悟。不似明以前的文章，无论如何精辟，于时代上，总觉得隔一层似的。

又吃茶遗事，清乾嘉时破额山人《夜航船》记"绛囊三品"："偶阅宋史天禧末年，天下茶皆禁止，主吏私以官茶贸易及一贯五百者死。自后定法，务从轻减。太平兴国二年，主吏盗官茶贩鬻钱三贯以上，黥面送阙下。欧阳文忠公上奏：往时官茶容民入杂，故茶多。今民自买卖，须要真茶，真茶不多，其价遂贵。予想今若此渴杀人矣。叶生在旁曰：我与君无碍，菖蒲汁橄榄汤，乱嚼槟榔木，尽可应酬涸舌。所苦者眉生耳。眉生者进士新淦令莼卿公次子，酷嗜茗茶者也。生尝曰：茗茶味苦，益人知虑不浅。座右书一联云：'身健却缘餐饭少，诗清每为饮茶多。'喜砚石；善清谈，麈挥玉映，香屑霏霏，竟易厌。遇龙图，雀舌、蒙顶、日铸，则漱口汩汩，枯肠沃透，若清明后勿润喉也，谷雨后勿沾唇也。每造友家，辄自带茶，恐主人茶不佳也。主人艳其茶好，恒与索之。于是座客尽索之，生窘甚。归家制绛纱囊三枚，上囊曰原，中囊曰法，下囊曰具，依陆鸿渐《茶经》三篇之名而名之。上系领上，中系肘后,下系腰间。上贮绝妙佳品,非原原本本,殚见博闻,兼诗骨高超,功深养邃,有益于己者,不得丐其余沥。若胸无城府,语亦中听,可以中囊之法字号与饮。然已不可多得。目前泛泛之交,下囊应酬而已。"眉生名士,虽然懂茶,未免把茶看得太珍惜一点,还是随便些听其自然,则更有逸趣。于上记可知"官茶"容民入杂。民自买卖,始得真茶,但价亦贵。这与今天的配给相似,凡是所谓"官米""官面""官烟""官糖",总是有假。自由买卖的,价钱又贵。真是自古已然,于今为烈了。

还有一种吃茶的方式,于时间上地理上,都称得起上乘,便是乡间的"野茶馆"。只可惜都会的人们,少有机会去享受。所谓野茶馆,在北京大半都在城外,或依古寺,或近村庄,有临时搭棚的,有于屋前藤萝花架下,取自然环境的。座位不多,天然幽静。尤其大清早晨,红日未升,余露犹湿,鸟语花香,气新神爽。凡来"溜弯"吃茶的养鸟的人,将鸟笼挂于檐前,让它去"调嗓",引吭高歌。自己一面啜茗,一面和同道或谈些市井琐事,或讲些社会新闻。真可说是世外桃源,羲皇上人。我以为这种境界,与"杨柳岸晓风残月"的图画实相仿佛。城里虽然有什刹海,也可以临水看荷,但终不是农田乡下。越是久居城市的人,越感觉得这种地方悠闲无为的可贵与可爱。

末了附带的说到"茗具",自明以来,便一致公认以砂壶为最合适。李笠翁《一家言》，有茶具一篇，他说："茶注莫妙于砂壶，砂壶之精者，又莫过于阳羡。又云：凡制茗壶，其嘴务直，一曲便可忧，再曲则称弃物矣。……星星之叶，入水即成大片。啜茗快事，斟之不出，大觉闷人。"李氏所谈，可谓快语。清中叶以后，砂壶之中，又重陈曼生（鸿寿）所制，名为"曼壶"。确较一般精雅别致。不过近来曼壶真者，颇不易得，即有价亦昂贵。日前在隆福寺古玩摊上，见有小砂壶一具，质式均极精巧，一入眼即知其必系名作，壶底果有"宣统元年匋斋自制"篆章，惜壶盖略有残缺，乃用糨糊粘合者。嫌其破损，太息而去。返家后于心耿耿，终不能释。乃于第二日亟去寻购，据云余看后即出手矣。按匋斋系清人端方号，端方好收藏古物。辛亥革命前，在四川被杀，其枕匣中只一部旧抄本《红楼梦》。可见好东西自有识者。余所置虽有砂壶数件，而日用者仍为瓷壶。老实说还是没有这种真正的闲心逸情，所以虽然天天吃茶，而没有一次品茗。所谓品的环境与机会，也确是很难得的。

一九四三年七月

（选自《堪隐斋随笔》，辽宁教育出版社一九九五年版）

吃茶

邓云乡

有人写文章，说到《红楼梦》中喝茶的事。这本来是个很好的题目，但读者不谙于旧时的风俗，所以说来说去，未说到点子上，不唯有隔靴抓痒之感，而且看了很使人气闷，感到太可惜这个题目了。

说到吃茶，在我国可谓源远流长。不要说《诗经》中"谁谓荼苦，其甘如荠"等那样的老话了，即以唐代陆鸿渐的《茶经》、卢仝的"七碗"说起，那也都是一千几百年前的旧事，要说也是说不胜说的了。而这里要把范围大大地缩小，只说《红楼梦》中的吃茶。这是二百来年前的旧事，上接明代末叶，下启清朝后期。正是这个时期的吃茶情况，未说之前，先要分分类。第四十一回妙玉说：

"岂不闻：'一杯为品，二杯即是解渴的蠢物，三杯便是饮牛饮骡了。'你吃这一海，便成什么？"

这虽是玩笑的风趣话,但却也反映了当时吃茶的实际情况。因而要把《红楼梦》中吃茶来分分类,大约可分这样几种:一是品茶,这就是妙玉在栊翠庵中请宝玉、黛玉、宝钗三人吃的。二是家常吃茶,这个很多,吃完饭,吃杯茶,按照第三回所写荣国府的规矩,先是漱口的茶,"然后又捧上茶来,这方是吃的茶"。半夜口渴了,吃杯茶,第五十一回写宝玉要吃茶,麝月"向暖壶中倒了半碗茶,递给宝玉吃了,自己也漱了一漱……"第二十四回写宝玉要喝茶,叫人没有,"只得自己下来,拿了碗,向茶壶去倒"。三是礼貌应酬茶,在这点上我国南北的习惯基本相同,客人来了,不管客人口渴不渴,这是礼貌。第二十六回写贾芸来看宝玉,袭人送茶与他,"只见有个丫鬟端了茶来与他",贾芸笑道:"姐姐怎么给我倒起茶来?"第二十四回贾芸找宝玉,没有见到,临走时,焙茗道:"我倒茶去,二爷吃了茶再去。"四是饮宴招待茶。第三回写黛玉初到贾府见到凤姐后,"说话时,已摆了果茶上来,熙凤亲自布让。"第七回写宝玉初见秦钟,"一时捧上茶果吃茶,宝玉便说:'我两个又不吃酒,把果子摆在里间小炕上,我们那里去,省了闹的你们不安。'于是二人进里间来吃茶"。第十九回写宝玉到了袭人家,"又让他上炕,又忙另摆果子,又忙倒好茶"。五是风月调笑茶。第十五回写馒头庵中故事,宝玉对秦钟说:"你只叫他倒碗茶来我喝,就撂过手",秦钟没法,真叫智能倒碗茶来,"智能走去倒了茶来。秦钟笑说:'给我。'宝玉又叫：'给我！'智能儿抿着嘴儿笑道：'一碗茶也争，难道我手上有蜜？'"第二十六回宝玉在潇湘馆，"只见紫鹃进来，宝玉笑道：'紫鹃，把你们的好茶沏碗我喝'……"六是官场形式茶，第十三回秦可卿办丧事，大明宫掌宫内监戴权来上祭，"贾珍忙接待，让坐至逗蜂轩献茶"。第三十三回写贾政接待忠顺亲王府里的来人，"出来接见时，却是忠顺府长府官，一面彼此见了礼，归坐献茶"。……

以上粗粗分，分了这六种，如果细拣《红楼梦》全文，那还可以再分几种，不过那没有必要了。如把这六种再归纳一下，那便可以得出这样的结论：一是生活的吃茶，口渴吃茶，客人来了倒茶；二是势利的吃茶，官来献茶，客去端茶。三是艺术的吃茶，像是妙玉那样。

第一种生活的吃茶，是很好理解的，同我们今天实际生活的距离并不大。即使在现在，南北各地，客人来了，总得倒杯茶。而且在江南，茶已成了"水"的代名词，如果放茶叶，倒要叠床架屋，叫"茶叶茶"，放糖的白糖水叫"糖茶"。所以，在今天生活上的茶还是很普通的，自不必多说。只是《红楼梦》中有一点，现在生活中并不强调的，就是吃"果茶"。现在有外国说法，叫"茶话会"，一般人都懂，是有茶、有点心吃。再有到过西洋的人，爱说英国人下午吃茶点的习惯，而对故国的"果茶"，却很少有人注意，更很少有人知道了。数典忘祖，日甚一日，说起来也是不胜感叹的。过去有所谓"果茶""果酒",这个"果"是广义的,既包括苹果、梨子等鲜果,也包括核桃、栗子等干果,还有方酥、托糖、麻片、焦桃片、麻糕等小点心,即所谓的"茶食"。现在说到"果",一般人理解只是鲜果,对于干果已很少有人理解,对于小点心叫"果子",更少人能懂。北京过去把油炸鬼叫"果子",这在四十年前还是很普通的,现在则油炸鬼、果子都没有了。在日本,老式点心都叫"果子",点心铺叫"果子屋",不过现在如何,也不得而知,大概也都叫"外来语"代替了。当时吃果茶,吃果酒,摆上来的食品叫"果盘"。宝玉过生日,四十只盘子,并不是荤菜,也是这种"果盘"。干果香脆的大多是油酥桃仁、杏仁、松子仁、榛子仁、核桃仁、甜的糖核桃、花生粘、麻片、寸金糖、甜咸五香的煮栗子、五香花生、鹅脯、肉干、肉枣等,蜜渍的山楂、蜜枣、榅桲、法姜、青梅、糖莲子、瓜条等,鲜的如鸡头米、鲜莲子、鲜菱角、鲜核桃仁等,带壳的如桂圆、荔枝等,制成糕的如山楂糕、豌豆黄、芸豆糕、扁豆糕、山药泥糕、栗子糕、槟榔糕(槟榔屑和饴糖制成)、枣泥糕等等,奶制品如奶卷、奶乌他、水乌他等等。南方叫茶食店,北京叫"果局子"。得硕亭《京都竹枝词》云:

"内城果局物真赊,兼卖黄油哈密瓜,我到他乡犹忆食,山楂糕与奶乌他。"原注云:"即酥酪也,乌他系清语,叶韵而已,并非本字,不为出韵。"

说明白"果",才能理解"果茶"的内容,大抵是"果酒"

只备果而不备菜肴,较之筵席简便。"果茶"只备果与茶而无酒,较之果酒更为简便。不过有时果茶是正式酒筵的前奏。在清代大筵席,或接待娇客,如第一次女婿上门、会亲家等等,在筵席之前,都要先吃"果茶"或"果酒"。"百本张子弟书"《梨园馆》云:

> 忽听的一声摆酒答应"是"……察着当儿许多冰碗,照的那时兴果品似琉璃,饽饽式样还别致,全按着膳房内派点心局……说"吃饭罢",小厮们忙把残杯撤,顷刻间果酒端开摆上席。

从这通俗文学的资料里,也使我们看到当年"果酒""果茶"的情况。所谓"果茶"用现在简单的话说,就是"茶点",喝茶吃点心,吃茶食而已。但现在把这作为正式接待客人的方式,已经不多见了。过春节时,客人来了,吃粒糖,吃点花生,可能还是这种果茶的遗意吧。

势利的吃茶,这是清代官场中一种特殊规矩。官吏见客,分宾主上下首坐定之后,差役照例用盘子端两个盖碗茶来。下有茶托,中有茶盅,上有茶碗盖。主客面前分放一碗,不管上级见下级或下级见上级,都是照例不吃。客人一告辞,或主人不愿多谈,催客人走,照例左手把茶托端起,右手一按茶碗盖,用以示意,差役马上向外高呼:"送客!"这就叫"端茶送客"。这两杯茶,是从来不喝的。如熟人,让到其他房间,脱去官服,瀹茗谈心,那又当别论。这种"端茶送客"式的势利吃茶,则早已没有,也无必要多说了。

艺术的吃茶,是《红楼梦》中着重写的。这种吃茶,自唐代陆羽著《茶经》而后,经历宋、元,在明末、清初之际,达到了登峰造极的阶段。日本的"茶道",完全是从我国传过去,而又有所发展的。而在我国,这种吃茶的方式和专门家,似乎已经失传了。或者闽南的功夫茶还有点艺术的吃茶的遗意吧。

艺术的吃茶,首先要讲求四样东西:一是水,二是茶,三是器,四是火。看曹雪芹写妙玉:"妙玉自向风炉上扇滚了水,另泡一壶茶。"又写她驳斥黛玉冷笑说:"你这么个人,竟是大俗人,连水也尝不出来!这是五年前我在玄墓蟠香寺住着,收的梅花上的雪……隔年蠲的雨水,那有这样清淳?如何吃得!"现在一般读者,读到妙玉论茶的这些言论,恐怕要叹为观止了。觉得人间真有这本事吗?能够连"水"也尝得出吗?茶乡的人论茶时,常常爱说一句话,叫作好茶不如好水。品茶的专门家是一上口就能吃出什么茶、什么水的。曹雪芹写的妙玉论茶,比起真正的精于茶的艺术的专家来,那究竟是隔着一层的。论茶,只说了一个"六安茶""老君眉";论水,只说了一个"旧年蠲的雨水""梅花上的雪";再论"洗茶""候汤""择炭"等等,更是一点也未写,因而从"品茶"本身讲,曹雪芹所写还是不够地道的。从这一点看,他究竟不是江南的雅人韵士。他虽然博学多能，才华盖世，但毕竟还是受到生活范围的限制的。不信试看精于此道的人论茶。明代李日华《紫桃轩杂缀》中论茶者有十数条。现摘录两条如下：

竹懒茶衡曰：处茶皆有自然胜处，未暇悉品。姑据近道日御者：虎丘气芳而味薄，乍入盏，菁英浮动，鼻端拂拂，如兰初坼，经喉吻亦快然，然必惠麓水甘醇，足佐其寡薄。龙井味极腴厚，色如淡金，气亦沉寂，而咀咽之久，鲜腴潮舌，又必借虎跑空寒熨齿之泉发之。然后饮者领隽永之滋，而无昏滞之恨耳。

天目清而不醨，苦而不螫，正堪与缁流漱绦蕨简。石濑则太寒俭，野人之饮耳。

李竹懒论茶，说得比较抽象。所说之茶，虎丘、龙井而外，有天目，即天目山；石濑，即溧阳濑渚。所说的水是虎丘茶配惠山泉，龙井茶配虎跑泉。龙井茶叶虎跑水，直到今天不是还是极为有名吗？如嫌李竹懒所论，过于抽象空泛，再看张宗子的。明代张岱《陶庵梦忆》中记"闵老子茶"云：

周墨农向余道闵汶水茶不置口。戊寅九月至留都，抵岸，即访闵汶水于桃叶渡。日晡，汶水他出，迟其归，乃婆娑一老。方叙话，遽起曰："杖忘某所。"又去。余曰："今日岂可空去?"迟之又久,汶水返,更定矣。睨余曰:"客尚在耶!客在奚为者?"余曰:"慕汶老久,今日不畅饮汶老茶,决不去!"汶水喜,自起当炉。茶旋煮,速如风雨。导至一室,明窗净几,荆溪壶、成宣窑瓷瓯十余种,皆精绝。灯下视茶色,与瓷瓯无别,而香气逼人,余叫绝。余问汶水曰:"此茶何产?"汶水曰:"阆苑茶也。"余再啜之,曰:"莫绐余!是阆苑制法,而味不似。"汶水匿笑曰:"客知是何产?"余再啜之,曰:"何其似罗岕甚也。"汶水吐舌曰:"奇!奇!"余问:"水何水?"曰:"惠泉。"余又曰:"莫绐余!惠泉走千里,水劳而圭角不动,何也?"汶水曰:"不复敢隐。其取惠水,必淘井;静夜候新泉至,旋汲之,山石磊磊藉瓮底,舟非风则勿行,故水之生磊。即寻常惠水,犹逊一头地,况他水邪!"又吐舌曰:"奇!奇!"言未毕,汶水去。少顷,持一壶满斟余曰:"客啜此!"余曰:"香扑烈,味甚浑厚;此春茶耶?向瀹者的是秋采。"汶水大笑曰:"予年七十,精赏鉴者,无客比。"遂定交。

这篇文字,没有删截,全文照引。所谓"生长王谢,颇事繁华",而又遭逢"国破家亡"的经历,其对吃茶鉴赏之精,真是到了游刃入无间的神奇境地。读者可以对照此文,来比较第四十一回"贾宝玉品茶栊翠庵"的文字,第一可以理解到,能尝得出是什么水,这不是神话,而是真实的事情,而且其分析，是非常符合科学原理的。自然，同一座井，静夜打的水，自然比白天打的水好，起码没有人打，沉淀的时间长，水自然更清了。第二可以看曹雪芹对于茶的知识，比之张岱，那当然要差远了。如果让张岱写妙玉论茶这一段，可能会更为出色些。不过，这不能做出假设罢了。第三可以理解到，我国古代对于艺术的吃茶，也就是今天日本所说的"茶道"，讲求的是多么精到。这都是我国故有文化中登峰造极的东西，失传了是很可惜的。也还应该有这方面的专家出现才是。

明代末年，这方面的人才也真多。文震亨《长物志》中也有不少讲究吃茶的条款，如讲采、讲焙、讲烹、讲煮，讲洗茶云"先以滚汤候少温洗茶，去其尘垢，以定碗盛之，俟冷点茶，则香气自发"；讲候汤云"缓火炙，活火煎，活火谓炭火之有焰者，始如鱼目为一沸，绿边泉涌二沸，奔腾溅沫为三沸。若薪火方交，水釜才炽，急取旋倾，水气未消，谓之嫩，若水逾十沸，汤已失性，谓之老。皆不能发茶香"等等。《红楼梦》写妙玉"自向风炉上扇滚了水"，一句话便完，丝毫未及其他，比之张岱、文震亨等人细入毫发的论茶，那未免相形见绌了。贾母说，不吃六安茶，是安徽茶，俗名"瓜片"，所谓"宣州栗子霍山茶"也。妙玉说是"老君眉"，此名不见《茶谱》，似即"珍眉"中之极细者，名"银毫"，乃婺源、屯溪绿茶中之最细者。张岱文中所说之"罗岕"，乃宜兴阳羡茶，即陈贞丽《秋园杂佩》所说的"阳羡茶数种，岕为最；岕数种,庙后为最"是也。闵老子骗他说"阆苑茶",那是福建名茶。但骗不了他,被他吃了出来。而且连春采、秋采都吃得出来,那吃口真是太精了。

酒越陈越好,茶则是越新越好,《红楼梦》好多地方写到新茶。第五十五回,媳妇们讨好平儿,"一个又捧了一碗精致新茶出来"。第六十二回,袭人给宝玉送茶,"手内捧着一个小连环洋漆茶盘,里面可式放着两盏新茶"。说的都是"新茶"。北京是北方,不出茶叶,哪里来的新茶呢?不要紧,自有人及时送来。北京是天子脚下,天下的好东西都要给北京进贡,而且都是及时地送至,皇亲贵戚家自然也受到赏赐。毛奇龄《西河诗话》云:

> 燕京春咏有云:"春店烹泉开锦棚,日斜宫树散啼莺,朝来慢点黄柑露,马上新茶已入京。"故事,茶刚入京,各衙门献新茶,今尚循故事,每值清明节,竟以小锡瓶贮茶数两,外贴红印签,曰:"马上新茶。"时尚御皮衣,啜之,曰:江南春色至矣。

杭世骏《颂茶诗》注云:

> 杭人竟于谷雨前采撷,递送京师,名"马上鲜"。

另据《日下旧闻》引明人陆启浤《北京岁华记》云：

上巳日……播瓜菜种于地；后三日，新茶马上至，至之日，官价五十金，外价三二十金不一。二日即二三金矣。

从以上这些资料中，可以想见当年北京讲究吃新茶的情况，原是从明代就有的。自然，这只是围绕宫廷的一些特殊人物的享受，不要说数十金一斤，即使二三金一斤，在当时也是相当珍贵，也只有《红楼梦》中的人物，够得上吃新茶的资格。至于一般人，则不懂，也讲究不起这一套，只晓得吃吃"茉莉双熏"香片茶，正像《天咫偶闻》所说，"京师士大夫无知茶者"了。

(选自邓云乡《红楼识小录》，河北教育出版社二〇〇四年版)

《金瓶梅》里的饮茶风俗

陈诏

《金瓶梅》是一部反映明代后期社会百态的长篇小说，其中有关饮食生活部分，其繁丰和细腻程度，足堪与《红楼梦》媲美。略有差别的是，《红楼梦》里的贾府是世代簪缨的诗礼之家，他们无论饮茶饮酒，豪华、讲究而且高雅，不失大家风范；而《金瓶梅》里亦官亦商的西门庆，尽管也穷极奢华，毕竟是市井俗物，难免有暴发户的俗气。《金瓶梅》产生于明代，《红楼梦》产生于清代；时代不同，描写对象不同，所以饮食生活的内容也不一样。

《金瓶梅》写喝茶的地方极多：有一人独品，二人对饮，还有许多人聚在一起的茶宴茶会。无论什么地方，客来必敬茶，形成风尚，可见茶在当时确实深深地切入千家万户的日常生活。但是《金瓶梅》写西门庆家里饮茶，提到的茶名只有两个：一个是六安茶，另一个是"江南凤团雀舌芽茶"。

第二十三回，吴月娘吩咐宋惠莲："上房拣妆里有六安茶，顿（炖）一壶来俺每（们）吃。"原来六安茶历代沿作贡品，尤其在明代享有盛誉。明许次纾《茶疏·产茶》云："天下名山，必产灵草，江南地暖，故独宜茶。大江以北，则称六安，然六安乃其郡名，其实产霍山县之大蜀山也。茶生最多，名品亦振；河南山陕人皆用之，南方谓其能消垢腻，去积滞，亦甚宝爱。"《两山墨谈》亦云："六安茶为天下第一。有司包贡之余，例馈权贵与朝士之故旧者。玉堂联句云：'七碗清风自六安，每随佳兴入诗坛。纤芽出土春雷动，活火当炉夜雪残。陆羽旧经遗上品，高阳醉客辟清欢。何时一酌中冷水，重试君谟小凤团。'"观此，则一时贵重可知矣。六安茶有清胃消食功效，大概对酒肉无度的西门庆相宜吧。

第二十一回，吴月娘"教小玉拿着茶罐，亲自扫雪，烹江南凤团雀舌芽茶"。"江南凤团雀舌芽茶"，指北宋时期一种产于福建北苑、专贡朝廷的一种名茶，"江南"是一种源称，实际产地在建安县（今福建建瓯）凤凰山北苑。《宣和北苑贡茶录·序》云："太平兴国初，特置龙凤模，遣使即北苑造团茶，以别庶饮，龙凤茶盖始于此。……凡茶芽数品，最上曰小芽，如雀舌鹰爪，以其劲直纤挺，故号芽茶。"到明代，建安芽茶仍以名茶作贡品。《茶疏》云："江南之茶，唐人首称阳羡，宋人最重建州；于今贡茶，两地独多。"《金瓶梅》写吴月娘烹江南凤团芽茶，盖喻西门庆家豪华奢侈无比。

茶的饮用方法，到《金瓶梅》时代，一般都以冲泡为主，如第二回，王婆自称：开茶坊，"卖了一个泡茶"；但有时候也烹煮。直到清代初期，才只泡不烹。刘献廷在《广阳杂记》中说："古时之茶，曰煮，曰烹，曰煎，须汤如蟹眼，茶味方中。今之茶惟用沸汤投之，稍着火即色黄而味涩，不中饮矣。乃知古今之法亦自不同也。"《金瓶梅》正写于烹煮法向冲泡法的转换期。

但是，《金瓶梅》里吃泡茶有一个特点，就是很少看到他们喝清茶，却要掺入干鲜果、花卉之类作为茶叶的配料，然后沏入滚水，吃的时候将这些配料一起吃掉，而且配料有二十余种之多。这种风俗都有文献资料可证，试举例如下：

胡桃松子泡茶（第三回）：把胡桃肉、松子和茶放在一起冲泡，古代素来有此吃法。《云林遗事》载："倪元镇素好饮茶，在惠山中，用核桃、松子肉和真粉成小块如石状，置茶中，名曰'清泉白石茶'。"

福仁泡茶（第七回）：福仁，当指福建的经过加工的橄榄，俗称福果。福果仁可以泡茶，见于明顾元庆《茶谱·择果》，详见下文。

蜜饯金橙子泡茶（第七回）：金橙子，又称"广柑""广橘"，主要产于两广。果实呈球状，色金黄，皮较厚，味甜酸，《广群芳谱》云："（橙）可蜜煎，可糖制为橙丁，可合汤待宾客，可解宿酒速醒。""蜜饯金橙子泡茶"当指蜜渍橙丁掺入茶中，另一说，金橙子指金柑，亦可通。

盐笋芝麻木樨泡茶（第十二回）：盐笋应是盐笋干。茶中放盐，在唐宋二代较为风行，明代仍有此俗。明张萱《耀疑》云："有友人尝为余言，楚之长沙诸郡，今茶犹用盐、姜，乃为敬客，岂亦古人遗俗耶？"芝麻入茶，很多地方都有此吃法。《玉麈新谭·芝麻通鉴》云："吴俗，好用芝麻点茶。"木樨（桂花）点茶，见于《清稗类钞》。

果仁泡茶（第十三回）：果仁指杏仁、瓜仁、橄榄仁之类。明高濂《遵生八笺》："茶有真香，有佳味，有正色。烹点之际，不宜以珍果香草杂之。……若欲用之，所宜核桃、榛子、瓜仁、杏仁、榄仁、栗子、鸡头、银杏之类，或可用也。"

梅桂泼卤瓜仁泡茶（第十五回）：梅花、桂花、玫瑰入茶，古有此法。顾元庆《茶谱》云："木樨、茉莉、玫瑰、蔷薇、兰蕙、橘花、栀子、木香、梅花，皆可作茶。诸花开时，摘其半含半放蕊之香气全者，量其茶叶多少，摘花为茶。花多则太香而脱茶韵，花少则不香而不尽美。三停茶叶一停花，始称。"此处"梅桂泼卤"，疑指玫瑰酱之类的玫瑰制品。瓜仁，即瓜子仁。

榛松泡茶（第三十一回）：榛，即榛子，形似小栗，味亦如栗子；另有一种榛子，作胡桃味，主要产于辽东山谷。松，即松子。榛松可以泡茶，也见于《茶谱·择果》。

咸樱桃泡茶（第五十四回）：咸樱桃当指盐渍的樱桃，其味咸酸。以咸樱桃入茶，也属于点茶用盐一类。

木樨青豆泡茶（第三十五回）：青豆是剥出来的毛豆或蚕豆，咸味。《清稗类钞·茗饮时食盐姜莱菔》："长沙茶肆，凡饮茶者既入座，茶博士即以小碟置盐姜、莱菔各一二片以飨客。……又有以盐姜、豆子、芝麻置于中者，曰芝麻豆子茶。"

木樨芝麻熏笋泡茶（第三十四回）：笋干泡茶，见于《茶谱·择果》，此处"熏笋"，当指经过烟熏的笋干片。

瓜仁、栗丝、盐笋、芝麻、玫瑰泡茶（第六十八回）：栗丝是栗子切成丝。玫瑰泡茶，又见于《清稗类钞·以花点茶》："花点茶之法，以锡瓶置茗，杂花其中，隔水煮之。一沸即起，令干。将此点茶，则皆作花香。梅、兰、桂、菊、莲、茉莉、玫瑰、蔷薇、木樨、橘诸花皆可。"又《清稗类钞·玫瑰花点茶》则云："玫瑰花点茶者，取未化之燥石灰，研碎铺坛底，隔以两层竹纸，置花于纸，封固。俟花间湿气尽收，极燥，取出花，置于净坛，以点茶，香色绝美。"

土豆泡茶（第七十三回）：此处的"土豆"是指土芋。《广群芳谱》引《本草》曰："土芋一名土豆，一名土卵，一名黄独。蔓生，叶如豆根，圆如卵，肉白皮黄，可灰汁煮食，亦可蒸食，解诸药毒，生研水服，吐出恶物。"土豆泡茶，未见著录。但《茶谱》中载，山药、茼蒿可以泡茶，那末土豆也可以泡茶当是题中应有之义。

芫荽芝麻茶（第七十五回）：芫荽，俗称香菜。茎叶作蔬菜，生熟俱可食，气香令人口爽。芫荽入茶，未见前人记载，但葱、姜、薄荷入茶，则见陆羽《茶经》。又，芹菜入茶，见《金陵岁时记》："盐渍白芹菜，杂以松子仁、胡桃仁、荸荠，点茶，谓之'茶泡'。客至则与欢喜团及果盒同献。"

姜茶（第七十一回）：根据小说描写，此处的姜茶，似指姜片熬煎后放入红糖的姜汤，是冬天御寒的饮料。一说用姜片和茶叶一起熬煎，叫做姜茶，是古代的一种饮茶习惯。《东坡志林·用姜》："唐人煎茶用姜，故薛能诗云：'盐损添常戒，姜宜煮更夸。'据此，则又有用盐者矣。近世有用此二物者，辄大笑之。然茶之中等者，若用姜煎，信佳也。盐则不可。"煎茶用姜的习惯，实际上在明清二代仍在某些地方流行，参见"木樨青豆泡茶"条。

芝麻、盐笋、栗系、瓜仁、核桃仁、春不老、海青、拿天鹅、木樨玫瑰泼卤、六安雀舌芽茶（第七十二回）：明代人饮茶固有在茶中掺入花片、果品、果仁、蜜饯、笋、豆等杂物的习惯，但此处罗列十余种食物投入茶中，成为一盏大杂烩，这恐怕是夸张游戏之笔。"栗系"系"栗丝"之误。"春不老"是一种咸菜，即雪里蕻；"海青"似指青橄榄；"拿天鹅"似指白果。这道茶，甜咸酸涩，诸味俱全，不知如何喝法？

综观《金瓶梅》中所写的种种以花、果、笋、豆等物掺入泡茶的情况，应该说，这都是当时的社会风尚，并非杜撰；不过有些地方，小说略有夸饰，借以形容西门庆家富贵无比而已。我们且看西门庆家的茶具，非金即银，却缺少古玩名器，这也是暴发户家的特点。但茶具中常常写道"银杏叶茶匙""金杏叶茶匙"，这种茶匙有什么用途呢？原来，茶匙既可以撩拨漂浮在水面上的茶叶，又可以捞取茶水中的果品、果仁、笋、豆之类的食品，一起吃下。这也说明，茶匙盛行，与果品点茶之风有关。

果品点茶，在官场新贵、市井商人中最为流行。明代小说《清平山堂话本·快嘴李翠莲记》中写道："此茶唤作阿婆茶……两个初煨黄栗子，半抄新炒白芝麻，江南橄榄连皮核，塞北胡桃去壳柤。"但在真正懂得茶味茶韵的文人雅士中，却对此持否定态度。顾元庆《茶谱·择果》云："茶有真香，有佳味，有正色，烹点之际，不宜以珍果香草杂之。夺其香者，松子、柑橙、杏仁、莲心、木香、梅花、茉莉、蔷薇、木樨之类是也；夺其味者，牛乳、番桃、荔枝、圆眼、水梨、枇杷之类是也；夺其色者，柿饼、胶枣、火桃、杨梅、橙橘之类是也。凡饮佳茶，去果方觉清绝，杂之则无辨矣。若必曰所宜，核桃、榛子、瓜仁、藻仁、菱米、榄仁、栗子、鸡豆、银杏、山药、笋干、芝麻、莒蒿、莴苣、芹菜之类，精制或可用也。"这才是饮茶行家的经验之谈。

目前，在我国汉族地区，这种果品泡茶的风俗几乎濒临绝迹，唯有江浙有些地区新年春节期间接待客人，在茶中放置两枚青橄榄和金橘，叫做"元宝茶"，以取吉利之意。但在少数民族地区，此种遗风流韵仍相当普遍。如藏族和云南纳西族同胞吃"酥油茶"，就要放核桃肉、花生米、盐巴或糖，湘西、黔东地区汉、瑶、壮、苗族的"擂茶""打油茶"，要放花生、芝麻、豆类、葱以及其他副食品。云南白族同胞的"三道茶"中，则放红糖、核桃仁、花椒、蜂蜜等物。湖北鄂西土族同胞的"油茶汤"，也放姜、盐、大蒜、胡椒等等。我曾在宁夏工作二十一年，亲眼见过回族同胞习惯于喝糖茶，就是用砖茶、红糖、枸杞、桂圆、红枣、胡桃肉合在一起熬成的，据说这对高寒地区吃惯牛羊肉的人身体有益。总之，各地根据不同情况，这种以果品点茶的风俗习惯还会继续流传下去。即使在汉族地区，新生一代的饮茶者也可能对此种"八宝茶"有兴趣，所以我撰写此文，以供专家学者参考。

（原载《茶报》，一九九五年第一期）

茶诗四题

林林

通仙灵

一九八五年,我和袁鹰同志应邀访日,知名的茶道杂志《淡交》主编臼井史朗先生,请著有《中国吃茶诗话》的竹内实先生和我们两人出席吃茶座谈会,竹内先生提出中国吃茶与神仙思想问题为座谈项目之一,竹内先生对中日的茶文化、茶文学是有研究的。日本汉诗集《经国集》题为《和出云巨太守茶歌》这首诗,最后两句:"饮之无事卧白云,应知仙气日氤氲。"指出饮茶的功效乐趣,飘飘欲仙,可以卧白云了。日本这种带有仙气的茶歌,是中国茶诗随中国茶传过去而受了影响。

唐代卢仝(自号玉川子)的茶诗《走笔谢孟谏议寄新茶》是很有名的,历代相传,有人说"卢仝茶诗唱千年",诗稍长一些,只摘其有关的句子。他一连饮了七碗,前五各有功效。过后,说:"六碗通仙灵,七碗吃不得也,惟觉两腋习习清风生。蓬莱山在何处?玉川子乘此清风欲归去。"接着便表示对采制茶叶的劳动者和广大人民的疾苦的关心,批评为皇帝效劳不管人民死活监督制茶的官吏。诗曰:"山中群仙(指修贡茶的官吏)司下土,地位清高隔风雨。安得知百万亿苍生,命堕颠崖受苦辛。便从谏议问苍生,到头合得苏息否?"据云美国威廉·马克斯的《茶叶全书》,把"蓬莱山在何处"以下五十九字删去,这就看不到卢仝欲乘清风上蓬莱仙境,也看不到他盼望劳动人民能得到休养生息了。

受卢仝茶诗的影响,苏东坡写了咏茶词《水调歌头》,也有"两腋清风起,我欲上蓬莱"。又在《行香子》写有"觉凉生两腋清风"。杨万里《澹庵坐上观显上人分茶》(分茶又称茶戏,使茶汁的纹脉,形成各种物象),写有"紫微仙人乌角巾,唤我起看清风生"。黄山谷《满庭芳》有"饮罢风生两袖,醒魂到明月轮边"。又用白云来表现仙境,他的诗句是"龙焙东风鱼眼汤,个中却是白云多"。清郑板桥寄弟家书,饮茶又听吹笛,飘然离开尘世,写着:"坐小阁上,烹龙凤茶,烧夹剪香,令友人吹笛,作《落梅花》一弄,真是人间仙境也。"从这些茶诗词看来,不但酒中有仙,茶中也有仙了。不过这是文人、士大夫的饮茶情趣。如果农民在田间辛苦劳作,擦了汗水休息时,喝着大碗茶,当然也有乐趣,但这与卢仝"一碗喉吻润,二碗破孤闷,三碗搜枯肠,惟有文字五千卷。四碗发轻汗,平生不平事,尽向毛孔散",同样是汗,轻重不同,心态也不同。重庆茶座市民在那儿喝茶,摆龙门阵,当然也有乐趣,广东茶座为市民饮茶吃点心,完成一顿愉快的早餐,当然也有乐趣,可是没有到上述文人那样的高,能够两腋起清风,要飞到蓬莱山、白云乡的仙境。

茶的比喻

茶叶最好是嫩芽的时候,唐宋的爱茶文人把这尖细的茶芽形状,比作雀舌、鹰爪、凤爪、鹰嘴,从静的植物变成活的动物,这不是文字游戏,是文学形象,引人入胜,这类的诗词真多,下面列举一些例句:

唐代刘禹锡诗句"添炉烹雀舌"之外,在《尝茶》有"生采芳丛鹰嘴芽"。《西山兰茗试茶歌》有"自傍花丛摘鹰嘴"。元稹有"山茗粉含鹰嘴嫩"。

宋代梅尧臣有"纤嫩如雀舌,煎烹此露芽"。

欧阳修称赞双井茶,有"西江水清江石老,石上生茶如凤爪"。双井在江西省修水县,黄山谷的故乡,有人说双井茶因黄山谷宣传而出名。苏东坡《水调歌头》有"采取枝头雀舌",黄山谷有"更煎双井苍鹰爪",杨万里有"半瓯鹰爪中秋近"。清乾隆帝也爱饮茶,游江南时节带玉泉山的泉水去烹茶。他有

《观采茶作歌》，把雀鹰放在一起了："倾筐雀舌还鹰爪"。其次，栋芽是一芽带一片嫩叶，把芽叫枪叫旗，东坡有"枪旗争战"的比喻句。

茶叶做成茶饼时，宋徽宗在《大观茶论》称它做龙团凤饼，也有叫做凤团的，周邦彦《浣溪沙》有"闲碾凤团销短梦"。有人把茶饼比作"璧"，柳宗元有"圆方奇丽色，圭璧无纤瑕"。杜牧奉诏修贡茶到茶山，看茶工制成贡茶，写有"牙香紫璧裁"。欧阳修诗句："我有龙团古苍璧，九龙泉深一百尺。"卢仝把它比作月，宋人跟着比作月，王禹偁有"香于九畹芳兰气，圆如三秋皓月轮"。苏东坡有"独携天上小团月，来试人间第二泉"，又有"明月来投玉川子，清风吹破武陵春"（明月指茶）。元代耶律楚材诗："红炉石鼎烹团月，一碗和羹吸碧霞。"

至于烹茶的水开沸时，形状的比喻也很生动。开始沸时称蟹眼，继之称鱼眼，后满沸时则称涌泉连珠。白居易诗句："汤添勺水煎鱼眼""花浮鱼眼沸"；苏东坡诗句："蟹眼已过鱼眼生，飕飕欲作松风鸣"，把烹茶沸水的声音比作松风鸣了。

雪水煎茶

古来有用雪水煎茶，认为是雅事，因此唐宋以来在一些诗词里面便出现这种雅事的句子。白居易《晚起》有"融雪煎茗茶，调酥煮乳糜"；又在另一首诗有"冷咏霜毛句，闻尝雪水茶"。陆龟蒙与皮日休和咏茶诗，有"闲来松间坐，看煎松上雪"。苏东坡《鲁直以诗馈双井茶次其韵为谢》有"磨成不敢付童仆，自看雪汤生珠玑"。陆游《雪后煎茶》，有"雪液清甘涨井泉，自携茶灶就烹煎"。丁谓有"痛惜藏书箧（藏茶），坚留待雪天"。李虚己有"试将梁苑雪，煎动建溪春"，建溪春在茶诗常出现，这里注明一下：建溪为闽江上游分支，流经崇安、建阳、建瓯等县至南平汇聚闽江入海。清郑板桥赠郭方仪《满庭芳》有"寒窗里，烹茶扫雪，一碗读书灯"。明初高启（号青丘子）的书斋叫做"煎雪斋"，也许是以雪煮茶。他写作茶诗有"禁言茶"，意思是写茶诗不要露出茶字。此公也写茶诗，后因文字狱被腰斩。

关于烹茶的用水，是要讲究的。陆羽的《茶经》以"山水上，江水中，井水下"，这说明山泉多是地下潜流，经沙石过滤后轻缓涌出，水质清爽，最宜煮茶。欧阳修的《大明水记》，也议论水，写着这样的话："羽之论水，恶渟浸而喜泉流，故井取多汲者。江虽云流，然众水杂聚，故次于山水，惟此说近物理云。"他又引一位叫季卿的把水分二十种，雪水排在第二十种。关于雪水烹茶，如季卿的论点，就不能赞美《红楼梦》妙玉多年贮存的雪水了。即《红楼梦》第四十一回《贾宝玉品茶栊翠庵》，写皈依佛门的妙玉，请黛玉、宝钗饮茶，宝玉也跟着去，烹茶用水是五年前收的梅花上的雪，贮在罐里埋在地下，夏天取用的。宝玉饮后，觉得清凉无比。这就使人产生疑窦：烹茶用水，如陆羽、欧阳修所说，水贵活贵清，那么多年贮存的雪水，从物理看来，流水不腐，多年静水，难保清洁，饮茶雅事，也要卫生。又，第二十三回，贾宝玉的《冬夜即事》诗所说："却喜侍儿知试茗，扫将新雪及时烹。"用新雪可能更适当些，不知我崇敬的曹雪芹大师以为然否？

兔毫盏

兔毫盏是宋代流行的美好茶具，斗茶时人们也喜欢用它。它的别名有兔毛斑、玉毫、异毫盏、兔毫霜、兔褐金丝等，在茶的诗词里常见得到。它是"宋代八大窑"之一建窑的产品。据云南宋曾传到东瀛，日本人视为宝物收藏。我曾从《淡交》杂志上看到它的彩色照片。

蔡襄（福建仙游人）的《茶录》称建窑所制的兔毫盏最合用。"兔毫紫瓯新，蟹眼煮清泉。"《大观茶论》也说"盏色贵青黑，玉毫达者为上"。苏东坡《水调歌头》赞句说："兔毫盏里，霎时滋味香头回。"东坡在《送南屏谦师》，却写做"兔毛斑"。黄山谷《西江月》有"兔褐金丝宝碗"句。

兔毫盏失传七百多年了，现有新闻报道福建建阳县池中瓷厂，把这仿古瓷品制作成功，放出光华。这种瓷杯有着乌金般的黑釉，釉面浮现着斑点和状如兔毫的花纹。又传闻四川省的广元窑也仿制兔毫盏,造型、瓷质、釉色与建窑的兔毫纹相同,很难区别。这真是值得高兴的事。

(选自《清风集》,中外文化出版公司一九九〇年版)

茶禅闲话

葛兆光

古人以禅意入诗入画,尝有"诗禅""画禅"之称,似无"茶禅"之名,东瀛有"茶道"(Teaism)一词,其意乃"茶の道",我这里杜撰个"茶禅",并非立异争胜,只不过古时大德嗜茶者多,说公案,斗机锋,常常有个"茶"字在,故生老婆心入文字禅,也在"茶"与"禅"两边各拈一些子花絮,凑合成几则茶不茶、禅不禅的话头,在题内说几句题外的闲言语罢了。

一、文人吃茶

文人吃茶,比不得四川人泡茶馆,也比不得广东人吃早茶。蜀中茶馆烟雾蒸腾,茶博士吆喝声与茶客们聊天声沸反盈天,热闹自是热闹,却不静;粤乡茶楼气味浓郁,肉包子小烧麦甜点心外加肉粥皮蛋粥香气袭人，美味固然美味，却不清。更何况在香瓜子、花生米、唾沫星子、一氧化碳的左右夹攻下，茶成了配角，名曰吃茶，茶却成了点缀、借口、漱口水或清肠汤。而文人吃茶，却是真的吃茶，而文人吃茶中要紧的有两个大字：清、闲，这"清""闲"二字中便有个禅意在。

口舌之味通于道，这是一句老话。中国文人雅士素来看重一个"清"字，然而，若问什么唤作"清"，却颇有些子搅不清拎不清说不清，只能勉强借了禅宗六祖慧能大师的四个字，唤作"虚融淡泊"，若有人打破砂锅问什么又是"虚融淡泊"，便只能粗略地说，大凡举止散淡、性格恬淡、言语冲淡、色彩浅淡、音声闲淡及味道清淡皆可归入此类称作"清"，即老子所云"见素抱朴"，佛陀所云："澹泊宁静"，下一赞语则为"雅"。反之则唤作"浊"，如一身大红大紫花团锦簇披锦挂银，便是暴发的财佬而不是清贫的高士，甜腻秽浊满口胡柴，便是泼妇土鳖市井无赖而不是洁身自爱的君子，钻营入世情欲十足，则是穷酸腐儒小人之辈而算不得孤傲清高的智人，口嗜油腥荤膻如红烧肉涮羊肉烤乳猪之类，则只是久饥的老饕而不是入雅士之列的文人，下一字贬词，则唤作"俗"。槛内之人如是，槛外之人亦如是，清人龚炜《巢林笔谈》卷一曾记有一寺庙"盆树充庭，诗画满壁，鼎樽盈案"，而寺中老僧"盛服而出，款曲之际夸示交游，侈陈朝贵"，便下了一句断语说："盖一俗僧也"，而《居士传》卷十九《王摩诘传》记唐代诗人王维"斋中无所有,唯药铛、茶臼、经案、绳床而已",则暗示他清雅之极无半分浊气,这雅俗之分正在其清浊之间,而这清浊之分则内在其心净与不净,外在其言行举止淡与不淡之间,这雅、清、淡正是六祖慧能大师所谓"虚融淡泊",也正是神会和尚所谓"不起心,常无相清净",习禅修道者不可不识这一"清"字,亦不可不辨那一个"浊"字。禅家多"吃茶",正在于水乃天下至清之物,茶又为水中至清之味,文人追求清雅的人品与情趣,便不可不吃茶,欲入禅体道,便更不可不吃茶,吃好茶。所谓"好茶",依清代梁章钜《归田琐记》卷七,并非在其香,而是在其清,"香而不清,则凡品也",大概不是千儿八百一斤的"碧螺春""君山银针",至少也得是清明时节头道摘来一叶一芽的"龙井"之类,而北方人惯啜的"香片儿",过香而不清,南方人惯啜的"功夫茶",过浓而不清,但难以入"清茗"之品而只能算解油腻助消化的涤肠之汤了。

得一"清"字,尚须一个"闲"字。若一杯清茗在手却忙不迭地灌将下肚,却又无半点雅致禅趣了。《巢林笔谈续编》卷下云:"炉香烟袅,引人神思欲远,趣从静领,自异粗浮。品茶亦然。"故品茶又须有闲,闲则静,静则定,对清茗而返思,啜茶汁而神清,于是心底渐生出一种悠然自乐的恬怡之情来,恰如宋释德洪《山居》诗中所云:"深谷清泉白石,空斋棐几明窗,饭罢一瓯春露,梦成风雨翻江",吃茶闲暇之中,世间烦恼、人生苦乐、政坛风云乃至什么油盐酱醋柴米,都付之爪哇国去，剩在齿颊间心胸里的只是清幽淡雅的禅意，此时若更配以上佳的茶灶茶具，置身于静室幽篁之中，则更不沾半点浊俗之气，故明人张岱《陶庵梦忆》卷三云雪兰茶须禊泉水、敞口瓶，方能"色如竹箨方解，绿粉初匀"，如百茎素叶同雪涛并泻，而闵汶水茶更须千里惠泉，于明窗净几间取荆溪壶、成宣窑瓷瓯，"方成绝妙"，而《遵生八笺》亦云茶寮应傍书斋，焚香饼，方可供"长日清淡，寒宵兀坐"，这自是深得三昧语。如此既清且闲的饮茶，又岂止在于"解荤腥，涤齿颊"，直在茶中品出禅味来也！所以知堂老人《吃茶》说得最妙："喝茶当于瓦屋纸窗下，清泉绿茶，用素雅的陶瓷茶具，同二三人共饮，得半日之闲，可抵十年尘梦。"这便是文人吃茶。反之，若粗茶大碗，喧喧闹闹，一阵鲸吸长虹，牛饮三江，便不入清品，更不消说有什么茶禅之趣，借妙玉的话说，这不是"解渴"，怕便是饮牛饮骡了。

二、和尚家风

《五灯会元》卷九资福如宝禅师条下载："问：如何是和尚家风？师曰：饭后三碗茶。"

饭后饮茶，依清人《饭有十二合说》，自是"解荤腥，涤齿颊，以通利肠胃"的良方。只是记得《红楼梦》第三回"托内兄如海荐西宾　接外孙贾母惜孤女"中说到黛玉到得贾府，

"饭毕,各各有丫鬟用小茶盘捧上茶来,当日林家教女以惜福养身,每饭后必过片时方吃茶,不伤脾胃……接了茶,又有人捧过漱盂来,黛玉也漱了口,又盥手毕,然后又捧上茶来——这方是吃的茶。"不由暗暗替和尚担了一份心思:这和尚饭毕便三碗茶,会不会"伤了脾胃"?想来和尚的碗,不是那成窑宣窑里小巧玲珑的盅子,不是文人用的上盖下托的盖碗,也不是妙玉斟茶酬宝黛二人的什么"点犀䀉"、"瓟瓟斝",只怕是粗憨的大海碗;和尚的茶,也不是那春露煎就的清明茶,也不是妙玉以冬雪泡就的老君眉,也不是《儒林外史》里林慎卿们用雨水煨的六安毛尖,只怕是比红毛法兰西绿茶还要厉害的老边梗子茶。那三碗茶下肚,景阳冈是能过,但僧寮里吃的那三碗青菜两碗米饭,怕就灰飞烟灭无影无踪了,若连肠里隔年储下的陈板老油也洗下个三两二两去,茶毕静坐,肚中翻起波澜,腹间奏起鼓乐,一片翻江倒海,四周金花乱并,不知又如何定下心来打禅!一日读清人笔记《两般秋雨盦随笔》卷六,云和尚之言有"但愿鹅生四脚,鳖着两裙",有"狗肉锅中还未烂,伽蓝更取一尊来",有"混沌乾坤一壳包,也无皮骨也无毛,老僧带尔西天去,免在人间受一刀",心下恍然有悟,原来和尚早有"酒肉穿肠过,佛祖心中坐"之传统,如此鹅蹼、鳖裙、狗肉、鸡蛋一通大嚼,岂不似鲁提辖山下归来?三碗茶下去,自是心清神定,正好坐禅,静默中细回味腹股间的馥郁浓香,齿颊间的茶叶清香,好不快活如涅槃上了极乐世界?后又阅仰山慧寂禅师语录，有偈语云："滔滔不持戒，兀兀不坐禅，酽茶两三碗，意在钁头边"，方才彻底醒悟，原来"和尚家风"，并不持戒，又不坐禅，如此，又何惧什么三碗两盏酽茶！

三、赵州吃茶去

一人新到赵州禅院，赵州从谂问："曾到此间么？"答："曾到。"师曰："吃茶去！"又问一僧，答曰："不曾到。"师又曰："吃茶去！"后院主问："为什么曾到也云'吃茶去'，不曾到也云'吃茶去'？"师唤院主，院主应诺，师仍曰："吃茶去！"

唤人"吃茶去"，古今大德猜议纷纷，只云玄机深奥，无迹可求，故后世禅师多照猫画虎，依葫芦刻瓢，像杨岐方会，一而云"更不再勘，且坐吃茶"，再而云"败将不斩，且坐吃茶"，三而云"拄杖不在，且坐吃茶"，全不顾赵州"吃茶去"本义，直是狗尾续貂，佛头着粪。今来妄解一番，也不知是的的大意，还是画蛇添足，若是郢书燕说，也不枉揣摩一番的苦心。赵州吊诡，古今一词，偏偏此三字内更不曾捉迷藏，打哑谜，"吃茶去"便是"去吃茶"，并无多深意在，既不像清人抬起茶碗暗示送客，亦不像今人倒下茶来便是待客。

禅家讲三个字，唤作"平常心"，何谓"平常心"？即澹泊自然，困来即眠，饥来即食，不必百般须索，亦不必千番计较；禅家又讲两个字，唤作"自悟"，何谓"自悟"，即不假外力，不落理路，全凭自家感悟，忽地心华开发，打通一片新天地。唯是平常心，方能得清净心境，唯是有清净心境，方可自悟禅机，曾来此间与未来此间又有什么分别？偏偏要说"是"道"非"，岂不落了言筌理窟？有问必答，答必所问，如猎犬嗅味而至，钟磬应击而响，全不是自家底平常心，也不是自家底悟性，却像是被人牵着鼻子套上缰，若是这般迷执汉，自家心觅不见，自家事不知做，不唤你去吃茶又唤你去作么生？一碗清茶又不是饱肚之食，又不是泻腹之药，亦无人给你斟，须自家拿碗，自家倒茶，自家张嘴，清且苦，苦且清，若在吃茶中体味出淡泊自然、自心是佛之意，岂不远胜于回头转脑四处投师东问西问？故赵州云："吃茶去！"黄龙慧南《赵州吃茶》说得好：

相逢相问知来历，不拣亲疏便与茶。翻忆憧憧往来者，忙忙谁辨满瓯花。

既问来历，为何又不拣亲疏？既不拣亲疏，又何必问来历？答得出者，免去生死往来轮转周流，答不出者，且去一边坐下吃茶！

（原载《读书》，一九九〇年五月号）

茶禅续语

葛兆光

胡乱编造了一段茶不茶禅不禅的闲言碎语,待得印成铅字,不由得跌足,只这标题四字,便捅出两个娄子来,一是"闲语",目录上印个"闲话",正文里作个"闲语",不知是语是话,没个高低,这倒也罢了,反正话语在禅家皆是"干屎橛""拭疣纸",都是多余,早晚丢开;偏偏自家不识金镶玉,大言不惭以为"茶禅"是可以抢个专利证的杜撰,谁料无意中读一书,云克勤禅师赠日本僧珠光语中便有"茶禅一味",今尚藏于日本奈良寺中,不觉面皮无光,只得连叫"苦也苦也"。

这番少不得抖擞精神,再写几则,权当将功折罪,唱个肥喏,望列位看官饶恕则个。

说茶之"清"

茶是个甚么味?清。但五味之中有酸甜苦辣咸,却无甚么"清",世人以"清"评茶味,却不知它并非唇吻齿牙间来,若要真个说茶之味,只好说"苦"。《尔雅·释木》云"槚,苦茶",《说文》释"茶"亦云"苦茶",陈藏器《本草拾遗》则说"茗,味苦平",茶竟与烧焦的米饭、治病的药丸同列于一"苦"字下,若是单看这一苦字,岂不将茶客吓退三舍?试问有谁愿意龇牙咧嘴去细细品味焦饭和药丸?有谁愿意时时捧一杯药汁向人充风雅?于是又有人说茶味在苦之外又有"甘",俗语叫"喝着喝着嗓子眼儿里回甜",这倒也并非杜撰,《诗经》有云"周原膴膴,堇茶如饴""谁谓茶苦,其甘如饴",像糖像饴,那自然甜,所以《茶经》卷下云"啜苦咽甘,茶也",可又苦又甜,真让人想到糖精味儿,就是甜,也不过是蜂蜜拌了焦煳锅巴,糖衣裹了苦药丸子,有甚么好处勾引得茶客如此上瘾?于是又有人以鼻代口,说一个"香"字,刘禹锡《西山兰若试茶歌》"自傍芳丛摘鹰嘴,斯须炒成满室香",王禹偁《茶园十二韵》"出蒸香更别,入焙火微温",这茶便似烧肉煎鱼烹大虾,好像在鼻嗅之中登了大雅之堂,于氤氲之中溢出诱人气味,但细细想来,有谁会成天捧一碗佳肴嗅来品去?有谁愿在案头边整日家摆一盘鱼虾鸡鸭?这茶若只是鼻子闻香,又何必用口舌啜它?

那么，既苦且甘又香，口吻齿牙之外加鼻子，是否已尽得茶味？列位定谓不然，在下也谓不然，但不知口鼻之外尚有何处可品味，时下虽有耳朵辨文腋下识字之说，但尚不曾见到人于口鼻之外品味，用眼耳手脚吃茶。无奈之余，在下细细琢磨，便妄下一断语，这茶味之品，不在吻唇，不在鼻嗅，而在于心，人常道一个"清"字，乃是从心中得来。昔日庄周有言："无听之以耳，而听之以心"，耳听之声只是宫商角徵羽，阳春白雪也罢，下里巴人也罢，交响乐也罢，俚曲子也罢，用耳听来只是音高音低，声大声小，与街市喧闹汽车喇叭同为若干分贝，大不了有个抑扬顿挫，心听之声中却有高山流水、铁马金戈，风光旖旎；昔日六祖有言："不是风动，不是幡动，是人心自动"，眼中之色只是赤橙黄绿青蓝紫，梵高也罢，齐璜也罢，风也罢，幡也罢，在眼中只是向日葵、虾、风幡，心中之色中却有神有韵有怀抱有寄托还有天道哲理。口中之味、鼻中之嗅也如是，禅家有一公案载："一客人买猪肉，语屠家曰：精底割一斤来。屠家放下刀，叉手曰：长吏，哪个不是精底！师于此有省。"试问人买肉卖肉斗嘴，禅师省个甚么？原来省悟了个"心"字，眼中有精肥，口中有精肥，心中却不曾有甚么精肥，心中若无分别，眼中、口中亦无分别。若是口鼻吃茶，只尝得苦、回得甜、闻得香，只有以心饮茶者，方能于静品细咂中体验出那个"清"字来，李日华《六砚斋笔记》卷一曾说，"非真正契道之士，茶之韵味亦未易评量"，为何？李日华云色、香、味三者各有分别,"芳与鼻触,冽以舌爱,色之有无,目之所审,根境不相摄,而取衷于彼,何其谬也"。是了是了,但色、香、味、眼、鼻、口取衷于何处方能不谬?李日华不曾说,这里替他扑破哑谜,便是一个"心"字,清人陆次云《湖壖杂记》说龙井茶"饮过后觉有一种太和之气,弥沦乎齿颊之间,此无味之味乃至味也",试想太和之气、无味之味,若不以"心",口、鼻能品出么?无怪乎倪瓒一见赵行恕一杯一杯牛饮便艴然不悦,视为"不知风味,真俗物也"(《云林遗事·清泉白石茶》),这赵行恕一顿茶吃来如猪八戒吃人参果,心不能定,神不能静,岂能品得出甚么"清"来。

懂得以心品茶者,便懂得中国诗、画、乐之理。

泡茶

今古吃茶大不同。

今人吃茶多是冲泡,唐宋人吃茶大体用火,所谓"活水须将活火烹"是也,陆羽《茶经》卷下专有一节说"煮"水沸先如鱼目,微有声,次如涌泉连珠,再次为腾波鼓浪,虽说过此便不可食,但就是这三沸,即便煮得茶"白乳浮盏,面如疏星澹月"(《挥麈录余话》卷一),也已将茶煎得酽酽地如浓汁了,不知有甚么好处;今人吃茶,茶只是茶,唐宋人吃茶,却又加盐又加姜,有诗云"盐损添常戒,姜宜煮更夸",苏轼曾讥之

"老妻稚子不知爱，一半已入姜盐煎"（《和蒋夔寄茶》），苏辙也曾讥之"北方俚人茗饮无不有，盐酪椒姜夸满口"（《和子瞻煎茶》），但宋人依然加杂果，加核桃，加榛、栗，弄得茶不像茶，倒像八宝果仁汤一般，真不知是吃茶还是吃点心；今人吃茶，茶叶一片一片，芽是芽叶是叶，全是本来面目，唐宋人吃茶，却碾成末，揉成团，压成饼，如今之沱茶、枣茶、球茶，再加上印鉴花纹，直将好端端的茶作践得乱七八糟，细则细矣，但失于雕琢，巧则巧矣，却未免啰嗦，讲究是够讲究，无奈失去本色。

昔日雪峰禅师入山，采得一枝木，其形如蛇，于背上题："本自天然，不假雕琢"，寄与长庆禅师，长庆又题"本色住山人，且无刀斧痕"（《五灯会元》卷四），若是将武二郎哨棒镂空雕花，美是美了，怎奈遇着老虎，一棒下去，轻则为虎搔痒，重则咔嚓两截，反害了自家性命，茶亦如是，茶便是茶，若既煎且煮加糖放姜外堆一大捧杂果，便不是饮茶，米岭和尚答"如何是衲衣下事"时道："丑陋任君嫌，不挂云霞色"（《五灯会元》卷三），吃茶也不可挂云霞色，清茶一碗，一碗清茶。清人茹敦和《越言释》记人吃茶，用糖梅，用红姜，用莲子榛仁，且"累果高至尺余，又复雕鸾刻凤，缀绿攒红"，便斥之"极是杀风景事"，"虽名为茶，实与茶风马牛"。王士禛《香祖笔记》亦说"茶取其清苦，若取其甘，何如啜蔗浆、枣汤之为愈也"，今人泡茶一不损茶形，二不败茶味，三不妨茶清，且不须茶铛、茶臼、茶碾、茶罗、茶匙，一只杯子便可，既简且易，质本洁来还洁去，这才合于自然。

然而若有看官问：要自然，为何不学牛羊马直奔山间嚼茶树叶子去？在下也不知如何回答是好，只是推来想去琢磨得一个道理：人之追求自然乃因人远离自然，若人已完全自然又何必追求自然？追求自然者，人也，本是自然者，牛羊马也，人只能追求自然而不可化入自然，于是只能在自然不自然之间寻觅境界，个中界限，望列位看官小心。

僧人饮茶

和尚吃茶人人皆知，说起茶来，便不免想到和尚。其实道士饮茶之习也来源甚早，《茶经》卷下引录茶事，曾记敦煌人单道开"不畏寒暑，常服小石子，所服药有松、桂、蜜之气，所余茶苏而已"，看来这单道开便像个道士；又引陶弘景《杂录》"苦茶轻身换骨，昔丹丘子、黄山君服之"，可见南北朝道士便知饮茶，只是将茶当了长生药而已。

道士饮茶当药，僧人饮茶当么生？《封氏闻见记》卷六云"（唐）开元中，泰山灵岩寺有降魔师，大兴禅教，学禅务于不寐，又不夕食，皆许其饮茶。人自怀挟，到处煮饮，从此转相仿效，遂成风俗。"原来僧人也将茶当疗饥汤、防睡药，吃了茶整夜家支楞睁眼打禅！不过，在下心中颇有疑惑，道士饮茶,自然可以清胃涤肠,去浊秽,利小便,降心火,与其养生之道相吻合,僧人要清心静虑求无上智慧,饮个甚么茶?禅宗讲求平常心,甚么叫个"平常心"?长沙景岑禅师云"要眠即眠,要坐即坐","热即取凉,寒即向火"(《五灯会元》卷七),偏偏要以茶作兴奋剂,睡时不得睡,强打精神硬睁眼,算甚么平常心?直是用绳索绑着弯腰,用木棍顶着立正,吹网欲满,竹篮打水,正犯着"百般须索""千般计较"二语,不得心静,不得适情,想那和尚成日枯坐参禅,积下了多少忧郁,整天压抑情怀,攒出了几多气闷,虽然三碗茶下去,暂时压下心头火,但到得夜间,不能黑甜一觉,无梦到明,反而睁着双眼苦撑,岂不心中倒海翻江地生出无限烦恼?宋人赵希鹄《调燮类编》卷三云:"晚茶令人不寐,有心事者忌之。"实为深得三昧人语,我等不知僧人有心事无心事,三碗茶有晚茶无晚茶,若是有心事又饮晚茶,想来夜间定不能入三摩地得大智慧,只怕是走火入魔陷到罗刹国去了也。

天皇道悟禅师云:"任性逍遥,随缘放旷,但尽凡心,别无圣解。"(《五灯会元》卷七)是极是极!既是放旷,又是凡心,想来降魔师大兴禅教定不是真禅,禅僧饮茶定不是为"不寐",若是作困时醒药,定非真茶禅,若是真茶禅,定非作困时药。

(原载《读书》,一九九一年八月号)

辑 二

茶 俗

上海的茶楼

郁达夫

茶,当然是中国的产品。《尔雅》释"槚"为"苦荼",早采为茶,晚采为茗。《茶经》分门别类,一曰茶,二曰槚,三曰蔎,四曰茗,五曰荈。《神农食经》,说茗茶宜久服,令人有力悦志。华佗《食论》,也说"苦茶久食,益意思"。因此中国人,差不多人人爱吃茶,天天要吃茶;柴米油盐酱醋茶,至将茶列入了开门七件事之一,为每人每日所不能缺的东西。

外国人的茶,最初当然也系由中国输入的奢侈品,所谓梯、泰(Tea, The')等音,说不定还是闽粤一带,土人呼茶的字眼。

日记大家Pepys头一次吃到茶的时候,还娓娓说到它的滋味性质,大书特书,记在他的那部可宝贵的日记里。外国人尚且推崇得如此,也难怪在出产地的中国,遍地都是卢仝、陆羽的信徒了。

茶店的始祖，不知是哪个人，但古时集社，想来总也少不了茶茗的供设；风传到了晋代，嗜茶者愈多，该是茶楼酒馆的极盛之期。以后一直下来，大约世界越乱，国民经济越不充裕的时候，茶馆店的生意也一定越好。何以见得？因为价廉物美，只消有几个钱，就可以在茶楼住半日，见到许多友人，发些牢骚，谈些闲天的缘故。

上面所说的，是关于茶及茶楼的一般的话；上海的茶楼，情形却有点儿不同，这原也像人口过多，五方杂处的大都会中常有的现象，不过在上海，这一种畸形的发达更要使人觉得奇怪而已。

上海的水陆码头，交通要道，以及人口密聚的地方的茶楼，顾客大抵是帮里的人。上茶馆里去解决的事情，第一是是非的公断，即所谓吃讲茶；第二是拐带的商量，女人的跟人逃走，大半是借茶楼为出发地的；第三，总是一般好事的人的去消磨时间。所以上海的茶楼，若没这一批人的支持，营业是维持不过去的，而全上海的茶楼总数之中，以专营这一种营业的茶店居五分之四；其余的一分，像城隍庙里的几家，像小菜场附近的有些，总是名副其实，供人以饮料的茶店。

譬如有某先生的一批徒弟，在某处做了一宗生意，其后更有某先生的同辈的徒们出来干涉了，或想分一点肥，或是牺牲者请出来的调人，或者竟系在当场因两不接头而起冲突的诸事件发生之后，大家要开谈判了，就约定时间，约定伙伴，一家上茶馆里去。这时候，聚集的人，自然是愈多愈好，文讲讲不下来，改日也许再去武讲的，比他们长一辈的先生们，当然要等到最后不能解决的时候，才来上场。这些帮里的人，也有着便衣的巡捕，也有穿私服的暗探，上面没有公事下来，或牺牲者未进呈子之先，他们当然都是那一票生意经的股东。这是吃讲茶的一般情形，结果大抵由理屈者方面惠茶钞，也许更上饭馆子去吃一次饭都说不定。至于赎票，私奔，或拐带等事情的谈判，表面上的当事人人数自然还要减少；但周围上下，目光炯炯，侧耳探头，装作毫不相干的神气，或坐或立地埋伏在四面的人，为数却也决不会少，不过紧急事情不发生，他们就可以不必出来罢了。从前的日升楼，现在的一乐天，全羽居，四海升平楼等大茶馆，家家虽则都有禁吃讲茶的牌子挂在那里，但实际上顾客要吃起讲茶来，你又哪里禁止得他们住。

　　除了这一批有正经任务的短帮茶客之外，日日于一定的时间来一定的地方作顾客的，才是真正的卢仝、陆羽们。他们大抵是既有闲而又有钱的上海中产的住民；吃过午饭，或者早晨一早，他们的双脚，自然走熟的地方走。看报也在那里，吃点点心也在那里，与日日见面的几个熟人谈推背图的人实现，说东洋人打仗，报告邻右一家小户人家的公鸡的生蛋也就在那里。

　　物以类聚，地借人传，像在跑马厅的附近，顾客的性质与种类自然又各别了。上海的茶店业，既然发达到了如此的极盛，自然，随茶店而起的副业，也要必然地滋生出来。第一，卖烧饼，油包，以及小吃品的摊贩，当然，城隍庙的境内的许多茶店，多半是或系弄古玩，或系养鸟儿，或者也有专喜欢听说书的专家茶客的集会之所。像湖心亭，春风得意楼等处，虽则并无专门的副作用留存着在，可是有时候，却也会集茶客的大成，坐得济济一堂，把各色有专门嗜好的茶人尽吸在一处的。

至如，有女招待的吃茶处，以及游戏场的露天茶棚之类，内容不同是等于眉毛之于眼睛一样，一定是家家茶店门口或近处都有的。第二，是卖假古董小玩意的商人了；你只教在热闹市场里的茶楼坐他一两个钟头，像这一种小商人起码可以遇到十人以上。第三，是算命，测字，看相的人。第四，这总算是最新的一种营业者，而数目却也最多，就是航空奖券的推销者。至如卖小报，拾香烟蒂头，以及糖果香烟的叫卖人等，都是这一游戏场中所共有的附属物，还算不得上海茶楼的一种特点。

还有茶楼的夜市，也是上海地方最著名的一种色彩。小时候在乡下，每听见去过上海的人，谈到四马路青莲阁四海升平楼的人肉市场，同在听天方夜谭一样，往往不能够相信。现在因国民经济破产，人口集中都市的结果，这一种肉阵的排列和拉撕的悲喜剧，都不必限于茶楼，也不必限于四马路一角才看得见了，所以不谈。

（原载《良友画报》第一百一十二期，一九三五年十二月）

茶馆

金受申

北京的茶馆种类很多。每日演述日夜两场评书的，名"书茶馆"。"开书不卖清茶"，是书茶馆的标语。卖茶又卖酒，兼卖花生米、开花豆的叫做"茶酒馆"。专供各行生意人集会的，名"清茶馆"。在郊外荒村中的叫"野茶馆"。在谈"书、酒、清、野"四种茶馆之前，先谈一下"大茶馆"。

大茶馆

大茶馆在清代北京曾走过红紫大运。八旗二十四固山，内务府三旗、三山两火、仓库两面，按月整包关钱粮，按季整车拉俸米。家有余粮、人无菜色，除去虫鱼狗马、鹰鹘骆驼的玩好以外，不上茶馆去哪里消遣？于是大茶馆便发达起来。高的高三哥，矮的矮三哥，不高不矮的横三哥。蒙七哥，诈七哥，小辫赵九哥，"有人皆是哥，无我不称弟"，大家都是座中常客。北京以先的大茶馆，以后门外天汇轩为最大，后毁于火，今成天汇大院，曾一度开办市场，其大可知。东安门外汇丰轩为次大。

大茶馆入门为头柜，管外卖及条桌账目。过条桌为二柜，管腰栓账目。最后为后柜，管后堂及雅座账目，各有地界。后堂有连于腰栓的，如东四北六条天利轩；有中隔一院的，如东四牌楼西天宝轩；有后堂就是后院，只做夏日买卖和雅座生意的，如朝阳门外荣盛轩等，各有一种风趣。

茶座以前都用盖碗。原因是：第一，品茶的人以终日清谈为主旨，无须多饮水。第二，冬日茶客有养油葫芦、蟋蟀、咂嘴、蝈蝈，以至蝴蝶、螳螂的，需要暖气嘘拂。尤其是蝴蝶，没有盖碗暖气不能起飞，所以盖碗能盛行一时。在大茶馆喝茶既价廉又方便，如喝到早饭之时需要回家吃饭，或有事外出的，可以将茶碗扣于桌上，吩咐堂倌一声，回来便可继续品用。因用盖碗，一包茶叶可分两次用，茶钱一天只付一次，且极低廉。

大茶馆分红炉馆、窝窝馆、搬壶馆三种，加二荤铺为四种。

甲、红炉馆。大茶馆中的红炉馆，也像饽饽铺中的红炉，专做满汉饽饽，唯较饽饽铺做的稍小，价也稍廉。也能做大八件、小八件，大饽饽、中饽饽。最奇特的是"杠子饽饽"，用硬面做成长圆形，质分甜咸两种。火铛上放置石子，连拌炒带烘烙，当时以"高名远"所制最为有名。红炉只四处，一即高名远，在前门外东荷包巷，面城背河，是清朝六部说差过事、藏奸纳贿的所在。现在六部已无，高名远已然改成东车站停车场。二即后门天汇轩，为提督衙门差役聚会所在。三即东安门汇丰轩，别称"闻名远"（与宣武门内海丰轩的"声名远"及前面提到的"高名远"共称"三名远"）。清代灯节，此馆两廊悬灯，大家闺秀多半坐车到此观灯。四为安定门内广和轩，俗称西大院，歇业在民国十年以后。

乙、窝窝馆。专做小吃点心，由江米艾窝窝得名，有炸排叉、糖耳朵、蜜麻花、黄白蜂糕、盆糕、喇叭糕等，至于焖炉烧饼为各种大茶馆所同有的，也是外间所不能及的。

丙、搬壶馆。介于红炉、窝窝两馆之间，亦焦焖炉烧饼、炸排叉二三种，或代以肉丁馒头。

丁、二荤铺。既不同于饭庄，又不同于饭馆，并且和"大货屋子"、切面铺不同，是一种既卖清茶又卖酒饭的铺子。所以名为二荤铺，并不是因为兼卖猪羊肉，也不是兼卖牛羊肉，而是因铺子准备的原料，算作一荤，食客携来原料，交给灶上去做，名为"炒来菜儿"，又为一荤。现在硕果仅存的二荤铺，已然改了饭馆，二荤变为一荤，不炒来菜儿了。二荤铺有一种北京独有的食物，就是"烂肉面"。形如卤面，卤汁较淡而不用肉片，其他作料也不十分齐全，却有一种特殊风味。前清最有名的，除二荤铺外，要首推朝阳门外"肉脯徐"。漕运盛时，日卖一猪，借着粮帮称扬，竟能远播江南。还有西长安街西头龙海轩，也是二荤铺，北京教育界有京保之争的时候，京派（校长联席会）在此集会，所以有人别称京派为"龙海派"。

庚子以前，北京大茶馆林立，除上文所举，还有所谓"天泉裕顺高名远"，崇文门外永顺轩，专卖崇文门税关和花市客商。北新桥天寿轩，专卖镶黄旗满蒙汉三固山顾客。灯市口广泰轩专卖正蓝、正白、镶白九固山顾客。阜成门大街天禄轩，专卖右翼各旗顾客。护国寺西口外某轩，则因柳泉居酒好，能招徕一部分食客。天寿、广泰、广和三处，因为能直接赶车入内，高等人士、有车阶级，多半喜欢在天棚下饮酒下棋，所以特别兴盛一时。

书茶馆

书茶馆以演述评书为主。评书分"白天""灯晚"两班。白天由下午三四时开书，至六七时散书。灯晚由下午七八时开书，十一二时散书。更有在白天开书以前，加一短场的。由下午一时至三时，名曰"说早儿"。凡是有名的评书角色，都是轮流说白天、灯晚，初学乍练或无名角色，才肯说早儿。不过普通书茶馆都不约早场。说评书的以两个月为一转。到期换人接演。凡每年在此两月准在这家茶馆演述的，名"死转儿"。如遇闰月，另外约人演述一月的，名"说单月"。也有由上转连说三个月的，也有单月接连下转演述三个月的，至于两转连说四个月，是很少的，那要看说书的号召力和书馆下转有没有安排好人。总而言之，不算正轨。

书茶馆开书以前可卖清茶，也是各行生意人集会的"攒儿""口子"，开书后是不卖清茶的。书馆听书费用名"书钱"。法定正书只说六回，以后四回一续，可以续至七八次。平均每回书钱一小枚铜元。

北京是评书发源地，一些评书名角，大半由北京训练出来，可是北京老听书的，也有特别经验，特别有准确耳朵。艺员一经老书客评价，立刻便享盛名。北京说书的就怕东华门、地安门，因为东华门外东悦轩和后门外一溜胡同同和轩（后改广庆轩），两处书客都极有经验，偶一说错，须受批评，以致不能发达。实在说起来，也只有东悦轩、同和轩的布置、装修，才够十足的北京书馆。此外要算天桥的福海轩，因为天桥是游戏场所，不挂常客，所以任何说书的都能由福海轩挣出钱来。

茶馆里说的评书主要有这几类：

长枪袍带书　像《列国》《三国》《西汉》《东汉》《隋唐》《精忠》《明英烈》等一些带盔甲赞、刀枪架、马上交战的评书，都属于这一类。凡是武人出来的开脸、交战的架子，都千篇一律。比如黑脸人，必全身皆黑，什么"乌油盔铠，皂色缎锦征袍，坐下乌骓马，手掌皂缨枪"一类的本子。

小八件书　就是所谓公案书，也叫侠义书，像《大宋八义》《七侠五义》《善恶图》《永庆升平》《三侠剑》《彭公案》《施公案》《于公案》等，内容叙述行侠仗义、保镖护院、占山为王，以一个官员查办案件，或放赈灾民为线索，中道遇见山贼草寇、恶霸强梁，以手下侠义英雄剿灭盗贼，为公案书中主要线索。有时也插入奇情案件，用化装侦得案情，大快人心，并且增加听众智慧。像袁杰英说《施公案》的"赵璧巧摆罗圈会""巧圆四命案""张家寨拿鹪鹩反串翠屏山"等都极见巧思。有时书情穷尽了，必定穿插国家丢失陈设古玩、大官丢印，以及丢官、春云再展，另布新局。书情有组织的，以《七侠五义》为最好。可惜不如说清代公案书的火炽。还有《善恶图》，组织穿插都好，只是没有印本。演述的以广杰明专长，已于去年死去，现在只有阿阔群能继续他师父的盛业了。《善恶图》眼看将失传，已被各公案书窃去情节不少，如能有人写成小说，一定能受欢迎。

公案书中讲究变口，如《永庆升平》的马成龙的山东口音，《小五义》徐良的山西口音，《施公案》张玉、夏天雄的南方口音，哪部公案书都有的。不过只许变这三种口音，以外的口音是不许变的。好一点说公案书的，凡书中有特性的都能学出不同声调来。像袁杰英说赵璧、杜克雄、赵元霸、阎伯涛学贺仁杰咬舌童音，十分有趣。说评书的规矩，一不许批讲文义（《聊斋志异》除外），二不许学书中人对骂的话，三遇书中有二人对话，只能以声调区分，不许用"某人说"。所以凡是善于说书的，一开口便知是学的某人。死去的评书大王双厚坪和他徒弟杨云清以及袁杰英，最能描摹书中人的个性。就是长枪袍带书，其中的岳飞、岳云、牛皋，也要分个清楚的。还有介于袍带公案之间的评书，如《水浒》，也有列阵开仗，也有公差办案，也有光棍土豪，也有儿女私情，是一部极不好说的书。当日双厚坪说《水浒》，武松、鲁智深、李逵的个性绝不相同，阮小二、阮小五、阮小七的三副相似而实不一样的面孔，令人听得耳目清朗。尤擅长的是说挑帘裁衣，武松杀嫂，一个"十分光"能说五天，听众没有一个愿意散书的。能继双厚坪衣钵的，只有杨云清。云清有两部书，一是《济公传》，一是《水浒》，凡听杨云清的，就是一段听几次也不烦厌，因为他抖的荤素包袱，都是随时变换，没有死包袱的。过去说公案书的，以潘诚立、田岚云最得书座赞许，享了一世盛名。过去说公案书的，以群福庆的《施公案》《于公案》最好，有"活黄天霸"的别称。凡是想听书过瘾的，最好是听群福庆，尤其后套《施公案》、前套《于公案》，常应听众特烦，享了四十年大名。群福庆的徒弟不少，都是"荣"字，能得他神髓的，只有一个张荣玖。还有一个间接徒弟廷正川，能传他的《于公案》。以外说公案书较比不错的，海文泉可以算一个，中年时很能叫座儿，能说《济公传》《永庆升平》，每到一转儿完了的末两日，必要特别加演"逛西庙"（护国寺）、"断国服"、

茶馆

"大改行",比现在相声强多了。

神怪书 有内丹图《西游》、外丹图《封神榜》《济公传》几种。说《西游》的是道门评书,创兴才几十年,共传"永、有、道、义"四代。说书时打渔鼓,卖沉香佛手饼。我听过李有源和他徒弟奎道顺以及奎道顺的徒弟邢义儒、什义江说的《西游》。到奎道顺时免去渔鼓,到"义"字辈时连沉香佛手饼都不做了。李有源以"活猴"出名,奎道顺以"活八戒"出名。我在幼年很中了许多日子的《西游》迷。因为说《西游》时要学孙猴、八戒五官四肢乱动,幼童听了容易出毛病,所以一般家长都禁止小孩子到书馆去听《西游》。《西游记》在评书界已算失传,庆有轩(老云里飞)已然不能再说,只有一位没下海的李君(是奎道顺的得意弟子,因曾救奎命得传《西游》,现在东城某小学服务,是不肯出台的了)。

《封神榜》较《西游记》火炽,双厚坪能说此书,也是双厚坪临死所说的最后一部书。双厚坪出语滑稽,《封神榜》上所有神仙,皆另加以外号,例如说长耳定光仙的耳朵拉下,便成弥勒佛,所以称弥勒佛为"大定子",因旗人中下社会称人全在姓下加子(音"哑")。有人认为双子唐突神仙过甚,所以一病不起,这也未免太迷信。现在说《封神》的很少,李杰恩还算不错。

《济公传》也以双厚坪最好,以后能说的很多,能由济公降生说到擒韩殿。济公被罪二次度世的,只有杨云清。云清说《济公传》互有得失，得是：一能顾全济公的罗汉身份，不致说成妖人疯魔；二是所加材料所抖包袱，都是本地风光，尤以"官人办案"和"斗蟋蟀"为拿手戏。这是因为杨云清曾经当过官人的缘故，所以说仵作验尸，近情近理，宛如眼见。失是：过于细致，进度太慢。再者过于顾全济公身份，所以凡在济公现法身，总是不尽其辞，未免矜持。杨云清死后，就以刘继业所说《济公传》为最好了。他的长处是能满足书座的欲望，能多给人们书听和加力渲染济公法力，短处是长告假歇工和欠于细致。

《聊斋志异》自清末宗室德君创为评书后，也出了很多人才，不过太不好说。太文了不行，太俗也不行，解释典故要天衣无缝，和原文事实吻合才好。

近年很有几个说《聊斋》的，死去的董云坡，以文雅幽默见长，很受欢迎。我曾连续听了四个月，能令人回味。现在最好的要属天津陈士和。陈士和能把《聊斋》说成世俗的事，但又俗不伤雅。他的长处是能用扣子，这是其他说《聊斋》的人所不能的。还有已然残废了的曹卓如，虽比不上董、陈，也还不坏。近年人们生活困难，勉强听书的已属不易，所以唯一拉书座的方法，就是多给书听，像品正三的《隋唐》，本很平常，但能在两个月内由《隋唐》说到残唐五代，书量较旁人多五六倍以上。因之荣膺"品八套"的美名，生意也因此而大发达了。

书茶馆约聘一年的说书人，例在年前预定，预备酒席，款待先生，名曰"请支"，一年一次，就是死转也得邀请。有的不请支，名曰"不买书"。说书每日收入，皆按三七下账，书馆三成，说书先生七成，遇有零头，便不下账，统归先生。说书先生遇有旧相知，在书钱以外另给的钱，也归先生。例如杨云清说书时，曹君伯英每次总是加赠一元的。在每转的首日末日，所得书钱不下账，皆归说书人。在每转末一日，凡是常听书的老书座，都在书钱以外另赠"送行钱"，不拘多少，以资联络感情。

野茶馆

北京在前清时代，禁苑例不开放。故宫、太庙、社稷坛、三海当然不能开放，就是什刹海的临时市场也是民国五年才开办的。城内除陶然亭、窑台以外，是没有游憩地方的。那时都人游憩，只有远走城外。夏日二闸有香会、什不闲、八角鼓助兴，"大花障""望海楼"十分兴盛。一进五月，朝阳门、东便门、二闸来往游船，络绎如织。两岸芦荻槐柳，船头唱着"莲花落"，不但热闹非常，而且清凉爽快。还有永定门外沙子口四块玉茶馆，也是北京郊外有名茶馆，有跑道可以跑车跑马，每年春秋两季十分热闹。夏天有八角鼓、什不闲小曲，贵族王侯、名伶大贾都要前去消遣的。再有东直门外自来水厂东北的

"红桥茶馆"，规模宏大，由明代到清末，兴盛了三百多年。前清末年，"抓髻赵"曾在此唱莲花落，于今片瓦无存了。以上所说二闸、四块玉、红桥等处，虽然地处郊外，但不能直谓之野茶馆，因为这三处茶馆都以娱乐为目的，和清末民初的朝阳门外菱角坑相同，都是唱曲小戏的所在。野茶馆是以幽静清雅为主，矮矮的几间土房，支着芦箔的天棚，荆条花障上生着牵牛花，砌土为桌凳，砂包的茶壶，黄沙的茶碗，沏出紫黑色的浓苦茶，与乡村野老谈一谈年成，话一话桑麻，眼所见的天际白云，耳所听的蛙鼓蛩吟，才是"野茶馆"的本色。据记忆郊外的野茶馆有这几处。

麦子店茶馆 在朝阳门外麦子店东窑，四面芦苇，地极幽僻，和北窑的"窑西馆茶馆"类似，渔翁钓得鱼来，可以马上到茶馆烹制，如遇疾风骤雨，也可以避雨，所以至今还能屹然独存。麦子店附近水坑还产生鱼虫，尤其多有苍虫，因此养鱼的鱼把式每年要到此地捞鱼虫。在前清时宫内鱼把式也以麦子店为鱼虫总汇，由二月至九月，在这八个月的麦子店野茶馆，真有山阴道上之势。夕阳西下，肩着渔竿的老叟，行于阡陌之间，颇有画图中人的意味。

六铺炕野茶馆 在安定门外西北里许地，四面全是菜园子，黄花粉蝶，新绿满畦，老圃桔槔伴着秧歌，令人有出尘的念头。六铺炕因有土炕而得名。到此喝茶的以斗叶子牌为主要目的，"打十胡""开赏""斗梭胡"，也有"顶牛儿""打天九"

的，总以消遣为主，并不在乎输赢，所以没有"牌九""开宝""摇摊"等一类名色。每到红日西斜，赢家出钱买酒肴，共谋一醉，然后踏着月色赶城门，也倒别有情趣。

绿柳轩野茶馆　在安定门东河沿的河北。茶馆在一个土山凹里，四周重重杨柳，主人开池引水，种满荷花，极有诗意。夏日有棋会、谜语会，北面辟地几弓，供各香会过排，颇能吸引众多的茶座。

葡萄园　在东直、朝阳两门中间，西面临河，南面东面临菱角坑的荷塘，北面葡萄百架，老树参天，短篱缭绕，是野茶馆中首屈一指所在。夏日有谜社、棋会、诗会、酒会，可称是冠盖如云。

"上龙""下龙"　在北京没有洋井之先，甜水很是难得。城内大甜水井，每天卖水钱就能收入一个五十两的银元宝。然被北京人盛称为"南城茶叶北城水"的"北城水"，却是指"上龙""下龙"而言了。"上下龙"在安定门外西北半里地，"上龙"在北，"下龙"在南，相离不过百步。前清盛时，"上龙"北邻有兴隆寺古刹，地势很高，寺北积水成泊，大数十亩。庙内僧人以配殿设茶座，开后壁的窗户，可以远望西山北山，平林数里，燕掠水面，给欣赏上龙水的烹一壶雨前茶，倒也别有风趣。庙内有三百年"文王树"一株，开花时香笼满院，很能招徕一些文人。现在"下龙"井已然坍毁填平，兴隆寺也破烂不堪，只有"上龙"还因井主毛三先生经营保留到现在。一株古老空心的柳树斜覆在井上，井东空地支有席棚，井南葡萄一架，西南环有苇塘。主人卖茶卖酒，也做些村肴馒头出卖，生意还不错。一间斗大土房，建在两丈高的土坡上。冬日临窗小饮，远村传来卖年画的货声，仿佛三十年前了。

三岔口野茶馆 在德胜门外西北、撞钟庙附近。茶馆坐西朝东，直对德胜门大道，房后树木成林，矮屋三间，生意颇为兴隆。城内闲人到此喝野茶的固然很多，但主要是因为德胜门果行经纪在此迎接西路果驼的缘故。

白石桥野茶馆 在西直门外万寿寺东。清代三山交火各营驻兵的往还，万寿寺的游旅，均以白石桥为歇脚的地方，所以白石桥野茶馆到今日还存在着。高梁桥、白石桥之间水深鱼肥，柳枝拂水，荻花摇曳。很有许多凑趣的人，乘船饮酒，放乎中流，或船头钓鱼，白石桥野茶馆便更热闹起来。

清茶馆

清茶馆专以卖茶为主，也有供给各行手艺人作"攒儿""口子"的。凡找某某手艺人的，便到某行久站的茶馆去找。手艺人没活干，到本行茶馆沏壶茶一坐，也许就能找到工作。清茶馆也有供一般人"摇会""抓会""写会"的，也有设谜社的，也有设棋社的。例如围棋国手崔云趾君，曾在什刹海二吉子茶馆，象棋国手那健庭君，曾在隆福寺二友轩，全是清茶馆的韵事。

茶酒馆

茶馆卖酒,规模很小,不但比不过大酒缸,连小酒铺都比不上。茶酒馆虽然卖酒,并不预备酒菜儿,只有门前零卖羊头肉、驴肉、酱牛肉、羊腱子等,不相羼混。凡到茶酒馆喝酒的,目的在谈天,酒是次要的了。

(选自《老北京的生活》,北京出版社一九八九年版)

喝茶

金受申

品茶与饮茶

茶道在中国已有千年以上的历史,向来以"品茶"和"饮茶"分为不同的"茶道"。陆羽作《茶经》,即谈的是品茶。换句话说,即是欣赏茶的味道、水的佳劣、茶具的好坏(日本人最重此点),以为消遣时光的风雅之举。善于品茶,要讲究五个方面:第一须备有许多茶壶茶杯。壶如酒壶,杯如酒杯,只求尝试其味,借以观赏环境物事的,如清风、明月、松吟,竹韵、梅开、雪霁……并不在求解渴,所以茶具宜小。第二须讲蓄水。什么是惠山泉水,哪个是扬子江心水,还有初次雪水,梅花上雪水,三伏雨水……何种须现汲现饮,何种须蓄之隔年,何种须埋藏地下,何种必须摇动,何种切忌摇动,都有一定的道理。第三须讲茶叶。何谓"旗",何谓"枪",何种须

"明前"，何种须"雨前"，何地产名茶，都蓄之在心，藏之在箧，遇有哪种环境，应以哪种水烹哪种茶，都是一毫不爽的。至于所谓"红绿花茶""西湖龙井"之类，只是平庸的俗品，尤以"茉莉双窨"，是被品茶者嗤之以鼻的。第四须讲烹茶煮水的功夫。何种火候一丝不许稍差。大致是："一煮如蟹眼"，指其水面生泡而言，"二煮如松涛"，指其水沸之声而言。水不及沸不能饮，太沸失其水味、败其茶香，亦不能饮。至于哪种水用哪种柴来烧，也是有相当研究的。第五须讲品茶的功夫。茶初品尝，即知其为某种茶叶，再则闭目仔细品尝，即知其水质高下，且以名茶赏名景，然后茶道尚矣！

至于饮茶者流，乃吾辈忙人解渴之谓也。尤以北方君子，茶具不厌其大，壶盛十斗，碗可盛饭，煮水必令大沸，提壶浇地听其声有"噗"音，方认为是开水。茶叶则求其有色、味苦，稍进焉者，不过求其有鲜茉莉花而已。如在夏日能饮龙井，已为大佳，谓之"能败火"。更有以龙井茶加茉莉花者，以"龙睛鱼"之名加之，谓之"花红龙井"，是真天下之大噱头也。至于沏茶功夫，以极沸之水烹茶犹恐不及，必高举水壶直注茶叶，谓不如是则茶叶不开。既而斟入碗中，视其色淡如也，又必倾入壶中，谓之"砸一砸"。更有专饮"高碎""高末"者流，即喝不起茶叶，喝生碎茶叶和茶叶末。有的人还有一种论调，吃不必适口而必充肠之食，必须要酽茶，将"高碎"置于壶，蔗糖置于碗，循序饮之，谓之"能消食"。

还有一种介于品茶与饮茶之间的，若说是品茶，又蠢然无高雅思想，黯然无欣赏情绪。若说是饮茶，而其大前提并不为解渴，而且对于茶叶的佳劣，辨别得非常清楚，认识得非常明确，尤其是价钱更了如指掌，这就是茶叶铺的掌柜或大伙计。

每逢茶庄有新的茶样到来，必于柜台上罗列许多饭碗，碗中放茶叶货样少许，每碗旁并放与碗中相同的茶样于纸上，以资对照与识别。然后向碗中注沸水，俟茶叶泡开，茶色泡透，凡本柜自认为能辨别佳劣的人物，都负手踱至柜前，俯身就碗，仔细品尝。舌吸唇击，啧啧有声。其谱儿大者又多吸而唾于地上，谓之"尝货样"。大铺尝货样多在后柜，小铺多在前柜，实在是有意在顾主面前炫耀一番。

茶叶庄

北京茶行，十之九皆为安徽人，所谓"茶叶某家"的便是，有名者为：吴家、汪家、方家、罗家、胡家、程家几姓，而安徽人中尤以歙县为主，所以北京的歙县义地便由茶叶吴家负责典守。外省外县人极难经营茶行，即使有人开茶店，亦须请皖歙人帮忙，如庆隆茶庄就是由皖人相助而由河北安次县人开的。近年更有山西人在京经营茶店的，以前是海味店代营茶叶，后又改为茶店代营海味，一切采办、尝样、主持全是山西人。因安徽为产茶名区，歙县附近尤盛，所以歙人多业茶。北京的大茶店在茶山附近设"坐庄"采办新茶，也有包一角茶山的。小一点的茶店在天津坐庄，更小一点的便向津方茶行批购。天津是北方几省最大的茶叶集散地。到茶山坐庄的人一定要懂得各色茶叶的好坏，价值的涨落，在京销售情形，以定采办数目。更需与茶山厮熟，道途通晓，周转资金灵活。每年要往来京皖或京津，所以皖歙人业此最宜。

茶叶的种类

北京人常喝的茶叶可分为六大类：

（一）**茉莉香茶** 包括所有经过茉莉花窨焙的香片茶。其中细目不下二三十种，以"蒙山云雾""蒙山仙品"为最佳，以次有"黄山凤眉""黄山仙雾""双窨梅蕊""双窨茗芽""老竹大方""铁叶大方"等，此类香片茶有的也曾充贡品，由两淮盐运使呈进，以黄山所产为主。至于此类四个字的雅名，只是茶店对顾客的介绍，实际内行另有简名。即购者也只说要多少钱一斤的龙井或香片，没有呼名的。

（二）**珠兰清茶** 茶经窨制则失茶味，但不经窨制又只觉苦涩，而珠兰茶可缓其冲。此类茶叶另销一部分嗜爱者，并非普通人的喜好。珠兰茶在茶店呼为"兰窨"，有"兰窨岩顶""兰窨娥眉""兰窨宝珠"等，有一二十种名称。京人通称为"连蕊"，写于茶馆茶牌上的，只是珠兰茶中的一种名称。珠兰茶颜色清淡而非龙井，亦非素茶，非静心人不能辨其妙点。

（三）**武夷红茶** 红茶为熟茶的一种，冬天饮之能祛寒暖腹。此种茶向为旧京人所不喜欢，一般家庭中极为少见。自欧风东渐，跳舞厅、咖啡馆里都有了红茶，西餐馆用红茶代替咖啡，有时还加牛奶、砂糖，于是红茶大走"红运"，茶食店中有了红茶，新家庭中也预备下红茶，但早茶晚酒之士是不屑问津的。红茶以"铁观音""上下岩茶"为最佳，以次有"龙须""白毫""红寿""九曲君眉""桂花红眉""大红袍""红雨淋"，名色佳隽，更有做成茶团或茶束成对计价的，如"水鲜龙团""武夷龙须"等。

（四）**龙井绿茶** 茶店以"红绿花茶"四字为号召，红即红茶，绿则指龙井及六安素茶。

龙井茶自以西湖龙井所产得名，但龙井地大不过一顷，能有多少茶树？即西湖近处亦不见得能喝着真龙井，何况远隔数千里，几元钱就能买一斤呢！茶店将龙井叫做"龙茶"，倒实际一些。按等级分，最好的是"超等龙茶"，其次才是"西湖龙井""明前贡龙""春分贡龙"等。绿茶尚有"洞庭碧螺""四望攀针""六安梅片""六安针晃""六安春茶"等，最次的是"大广丁"。

（五）**各种花茶** 茶店中花茶以菊花为正宗，有"贡菊""黄菊""白菊"等，统名之为茶菊，和药店所售有粗细之别。此外"霍山石斛"也列入花茶之中，但价值高昂，多有不预备的。花茶还有"枸橼茶""野蔷薇茶""桑顶茶""桑芽茶""苦丁茶""玫瑰花""安化贡尖"等类。至于窨茶中的茉莉花、珠兰花,也叫花茶。近年苏州首以"玳玳花"入茶,渐传北方,玳玳花已成今日茶店中必有品了。

(六)**普洱茶** 昔盛今衰的普洱茶产自云南的普洱,种类也不少,以"蛮松芽茶"为最佳,次为"蛮松普洱"。它的装制与一般茶叶不同,装成茶饼的名"七星饼",装成茶砖的名"普洱茶砖",装成茶膏的有"普洱茶膏"。装成茶团的,分大小两种,大的重百两,名"百两普洱团",小的可以零星称用,名"普洱星团"。喝普洱茶必须熬煎,有时还要加姜片,为边塞旅行的必备之品。

茶叶在产地采摘以后即经人工择制。红茶更须经过炒、晒、蒸等手续,茶的寒性全被涤净。其他窨茶、绿茶则稍经加工即直运各地,所谓双窨是到销地以后重加茉莉花窨蒸,花的数量要与茶成比例,过多过少皆不可。窨焙有一定时间,大约为一对时(二十四小时),至时开封。不及时味不佳,稍过时味亦变臭,即香极生臭之理。

北京的水

北京人喝茶,对于水虽不讲究,而实亦顾及此点。早年北京没洋井及自来水(北京第一个洋井,说者虽皆以耳闻目见为说，实仍以十二条西口刘家洋井为最早最佳，主人刘五，山东人，能画马，而隐于商贩），普通井水，虽不是土井，是砖井，仍以苦水为最多，那时八旗军家，四季发米，全是老米（俸米是白米），煮老米饭，应以使苦水为香越，所以苦水也为人所重视。做菜做汤，有时用甜水或"二性子"水，洗衣涤器浇花，则以二性子水为主，至于烹茶，才用甜水。够不上甜水井，家道又贫寒的人家，也以二性子水代甜水。早年北京井水，因汲浚不深，所以成为苦水，水苦涩有碱性，昔年最多。二性子水较苦水稍佳，介于甜苦之间，井数较苦水井为少。甜水井最少，甜水井固然是汲淘深的缘故，实也因当地适有佳泉。笔者曾饮"上龙"井水，上龙为昔日有名甜水之一，尚不如洋井之深，然甘洌过之，可见为地有佳泉之故。

早年挑水的山东人，聚处为"井窝子"，能得一二性子水，已能发财，人家向备两缸，一贮苦水，二贮二性子，中等人家，则另备一小坛，以贮甜水，大家则摒弃苦水不要。挑水的有专挑某种水的，有兼挑两三种水的，其专挑甜水的，则为水夫中翘楚。以前宫中例用玉泉山水，其有茶癖的，或和黄龙包袱水车夫交友，或许以金钱，以期得偶然盗用少许御水，但仍须在预定地点相候，有时且要迎出城老远的去。有的和玉泉山当差人员相识，可以取用一些。其各府第，自以水车每日向各甜水井拉水。"大甜水井"一处，每日可卖水费五十三整宝一个。那时北京有一俗谚是"南城茶叶北城水"，所谓北

喝 茶　111

城，盖指安定门外而言。安定门外甜水甚多，当是地脉所关，以"上龙""下龙"二处为最佳。二井相离，不足二百步，上龙在北，下龙在南，现在下龙已然填埋，屋宇无存，上龙仍由毛三兄支持开茶肆。安定门外下关北口外，地当小关之内，有甘水桥甜水井一处，此井由元明以来即有名，甘水桥尚是元代旧名，以明代为最热闹，文人墨客，常在此吃茶，久之百戏杂陈，几成闹市（明代公安派文人所游之地，至今仍有茶可吃者，只剩西直门外白石桥一处了）。到清代虽没有以前的繁华，卖甜水是仍旧的，直至洋井盛行，此处立刻冰消了。安定门外角楼北土城边还有一处"满井"，水齐井口，俯身可饮，水更清甜，此地在明代也是文人常到的地方，也相当热闹，在清代却寂寂无闻，也没人在此取水。此井现在仍存，附近土地滋润，清幽异常。前几年曾和门人王永海三数人前往，自携实验化学用的汽油炉及茶具酒果，在此踏过青，难得并无主人相问，极有清幽的趣味。

茶具

北京人虽不讲究泡茶的水，也相当能分别水的佳劣的。北京人是喝茶，而不是品茶，所以茶具不能十分太小、太讲究，但也有以喝茶为目标，而在小茶具、细瓷器上注意的。北京喝茶，茶壶也以小为目标，但既为喝茶，自以能蓄茶为主，所以能有暖套为佳。暖套例为藤编其外，内衬毡絮，以红咯喇为里，居家行旅，无不相宜，只茶馆中不预备此物。茶壶通以瓷质，老家庭也有用铜壶的，而皆说锡茶壶贮茶不败味。商店中也有小号生铁壶沏茶的，即驰名四远的"山西黑小子"，形作荸荠扁形，实为煮水之用。有一般似乎讲究的，以用宜兴紫砂壶为贵，宜兴壶固佳，但难得精致小品，且多伪制，泥味历久不退。也有用银壶的，此风近年始盛。晚清兴一种磁铁壶及一种茶壶盖碗两用的茶具，实皆宜于焐茶，讲究者不用。前清茶具，有所谓"折盅盖碗"者，盖碗为一盖一底，盖小于底，在其中泡茶，量小适于细饮。且用盖碗，稍显外行，则不但斟不出茶来，反要洒落身上，有时还要摔掉。必须以大指中指卡住两面碗边，食指圈回，顶住碗盖，盖前方稍下沉，即能一丝不洒地斟出茶来。折盅为令茶速凉，乃待客及对付妇孺之需，是仆婢的专差。一般不肖子弟，在盖碗中也要出花样，外绘花卉山水人物、名人手笔，内绘避火图两幅，六碗为一桌，装一锦匣。以六碗内图相同的为下品，六碗各异共十二式的为中品，十二碗二十四式的为上中品，二十四碗四十八式为上上品。有一暴发户财主，也要玩玩名瓷，便买了一套上上品四十八式的，后其家败落，此物独得善价，此公也不为无见了。

关于茶碗，普通都是瓷碗，而旧称为茶盅的缘故，一则物小，二则完全没把似酒盅，其瓮沿豆绿色、茶叶末色、芝麻色的，人则称为茶碗。近年托茶碗的有茶碟，早年则有"茶托""茶船",全为锡质,也有铜质。其圆形中央有一放碗足小圈的,或荷叶边的,名为茶托;其为元宝形、两头高高翘起的,名为茶船。

北京泡茶,通称为沏茶,以先放茶叶后注水为沏,先注水后放茶叶为泡,北京则无论用茶壶或盖碗,皆用沏的方式。其专爱喝酽茶的,先将沏成的茶,喝过几遍,然后倾入沙壶中,上火熬煮,则茶的苦味黄色尽出,谓之"熬茶"。熬茶适用于山茶,所用沙壶,价值最廉,通称为"沙包",为中产以上所不睬、富贵人家所不识,而颇利于茶味,乡间野茶馆常用沙包为客沏茶,冬夏皆宜。和熬茶差不多的,有所谓靠茶,靠茶即将茶壶置于火傍,使其常温,时久也靠出茶色来。熬茶可以用武火,靠茶不但用文火,简直不必见火,只借火热便可。

伪茶

北京西山附近一带,有山中人扛荷席篓荆筐,内实所谓山茶,脱售于当地。村民因其价廉,争相购饮。后京茶庄以山茶羼入真茶劣品中,是为伪茶。山茶产于京西翠微西北山套中,过上方山往南便逐渐少了。山茶的原料最初以紫荆为主(紫荆,北京人称为"荆条",山里人称为"荆蒿"),采其嫩芽晒干,不需蒸焙即可出山售卖。喝山茶的,必须用沙包熬着喝,越靠茶叶越浓,尤以冬日喝山茶更为深厚有趣。

初期的紫荆芽茶尚称不恶，后以销售发达，饮者渐多，遂将已成小叶的紫荆大芽加入，且多加荆枝，以压分量，但仍不失原味。再后乃有杂质加入，但山中人不采夏日长叶，亦不采秋后小叶，只采春日嫩芽，因紫荆花芽虽可代茶，而紫荆则颇有毒质，偶有不慎，与肉类同食，即易致死。西山龙泉坞一带，产杏颇多，山中人每于冬末春初，拾取隔年陈杏，用以泡茶，绝无酸味，而有一缕清香气息，饮之令人心远。拾此干杏，又必须经过雪压，方能有味，于是拾得售卖，人以"踏雪寻梅"称之。我与翁偶虹兄于民十五在小楼流连时，日以此物加茗中饮之，想偶虹尚能记及罢！山茶杂质中，以"剪子股"草、"酸不溜"草、"苣荬菜"为三大原料，其他树叶是绝不加入的。后城里人见山茶可以混充茶内以求厚利，始而收买山茶，选净粗枝，批售茶行，颇能鱼目混珠。后乃广收"嫩酸枣叶"，继则一切嫩枣叶皆可，再则嫩柳叶亦可加入，经过炮制，反成为中等以上的茶叶，是为高等伪茶了。

此种假茶的制法是：将采得的芽叶洗净晒成半干，然后上笼屉用火蒸，至二分熟。倾出再晒，至半干再蒸，每蒸晒一次，熟的成分即加一分，七蒸七晒芽叶已成稀烂，触手欲碎，所谓"烂成软鼻涕"程度，倾在席上阴至九分干，以手搓成茶叶卷，置于瓷罐中闷放。闷置愈久，茶味愈佳。此种用酸枣芽、枣芽、柳芽所制的伪茶，亦以此顺序排成等级，成为"龙井绿茶"或介于茉莉窨茶和绿茶之间的大方茶，外行人绝喝不出邪味，其茶品亦可列在中等之间。不过真正讲究名誉的大茶店是不肯以此损坏名誉的。

近年西山下画眉山一带村民，亦觉紫荆山茶只适于冬日，夏日应饮龙井茶以清心火，于是也仿效制枣芽的"伏地龙井茶"。但自制柳叶茶的很少，这是不肯自欺而已。伏地绿茶畅行以后，于是又设法制窨茶，便采剪子股、酸不溜、苣荬菜诸草叶，加以焙制。

伪制大路货的粗茶，更有采嫩榆树叶、嫩椿树叶的。榆树叶没有特殊味，椿叶有臭味，需经加工处理。京西斋堂以西群山中，制伪茶者以其物易得，遂将嫩椿叶采取后，反复蒸晒至六七次，除去青气臭味，再泼上大量的姜黄水。沏出茶来，色作浓赤者，味苦如大黄，以售下级饮客。

窨真茶向在产花区的丰台诸村，制伪茶的原在广安门内，后因伪茶也需窨制，移到窨真茶的丰台附近了。

（选自《老北京的生活》，北京出版社一九八九年版）

陆羽茶山寺

曹聚仁

上环德辅道（香港）中，一条横街上，有家陆羽茶室。在香港说，这家茶室的茶最好，也最贵；至于陆羽自己来喝，怎么说，我就不敢说了。广州也有一家陆羽茶室，规模很大。不过，我知道陆羽其人，却在二十多年前，旅居赣东上饶，城北有茶山寺，陆羽隐居之地，寺有陆羽泉。当年，我很浅陋，以为陆羽著《茶经》，总是一个隐士，其实不是，他是中国第一个伟大农民艺术家。

陆羽字鸿渐，他是无父无母的弃儿，真的"不知何许人也"，复州（湖北沔阳）竟陵僧积公收留了，抚养在寺中，自幼叫他做些扫寺地、洁僧厕、践泥汗墙的贱务，还叫他牧三十只牛。客人来了，他就扫叶烹茶奉客。他听着和尚念经，也就慢慢识些字，会看书了。可是，他无钱买纸，只好以竹画牛背为字。有一回，向一位读书人请教，那人送他一篇张衡《两都赋》，他实在念不下去，只好呆呆地看着，喃喃作音，好似诵读着的。这个可怜的小和尚，样子既难看，又带着口吃的毛病；积公要他走向佛门，他却驰骛外道。师徒争辩了好几回，积公发怒了，把他关在寺中，专做砍柴的苦工，派寺中和尚看着他。他一面做工，一面心记文字，灰心木立，过目不动手。那和尚说他懒惰，鞭他，骂他。他呜咽流泪，那和尚又怪他记仇在心，又鞭他的背，打得那竹条都断了。这么一来，他便决意出走了。

这位小和尚，离开那礼佛诵经的小天地，跳向出将入相的花花世界。他投奔一位替皇家演戏的伶工，那时，那位三郎皇帝是个大戏迷，朝野伶工结党引类，颇有声势（伶党在晚唐是件大事，也是一个和政治有关的集团）。陆羽读书虽不多，自己虽不会演唱，却有戏剧创作、导演天才。他就替那位伶工编写了三本参军戏，自为伶正，弄木人、假吏、藏珠之戏。有一回，宜昌有一场大宴会，邑吏找他做总导演（伶正之师），演出非常精彩。那时河南尹李齐物也在场，大为赞许，收他做弟子，教以诗歌，这才完成了他的文艺修养。那几年，崔国辅出守竟陵郡，陆羽出入门庭，游处三年，他的戏剧修养也已成熟了，那时，还只有二十七八岁。襄阳太守李憕送他一匹白驴、一头乌犁牛，卢黄门侍郎送他一部《文槐书函》，那时，他已经成为文士的宠儿了。他可能进入宫中，做过唐明皇的导演，可是，"渔阳鼙鼓动地来"，明皇西奔，他就逃难到江南来，隐居乌程杼山妙喜寺，和当时的文士颜真卿、张志和、皇甫湜、萧存辈都有亲密往还，而一代高僧皎然乃是他的至交。于是，积公当年只怕他慕了外道，而今他周历繁华，备经世变，官场本是戏场，他还真反璞，有出世之想。（陆羽曾著《教坊录》，记宫中伶工生活，又作《四愁诗》《天之未明赋》，感激之时，行哭涕泗的。）

陆羽三十以后，过的游方僧生活，游踪所及，品评天下名泉，许无锡惠泉为天下第一泉，济南趵突泉为天下第二泉，杭州龙井虎跑泉为天下第三泉。有好泉才有好茶，有好茶才显得好泉，那横街上的陆羽茶室，说来说去，就缺少一个"天下第四泉"。

泉水既已停当，才摊得开陆羽《茶经》。若问茶山寺的陆羽泉是天下第几泉，这话也很难作答，因为我说那无名泉是天下第一泉，陆羽也压不到第二去的。评品好茶，一般人脱口而出，说是"龙井"；这只是现代人的想法。宋欧阳修说："两浙之茶，日铸第一。"王龟龄说："龙山瑞草，日铸雪芽。"前人就有前人的看法。那位喝茶专家张宗子，他找了一批徽州佬，到日铸，扚法、掐法、挪法、撒法、扇法、炒法、焙法、藏法，一如松萝。他用别的泉水泡了，香气不出，用禊泉来泡，只是一小罐，香又太浓郁。他就加了茉莉，再三较量，用敞口瓷瓯淡放之，候其冷，旋以滚汤冲泻之，色如竹箨方解，绿粉初匀。他称之为兰雪，与松萝并驾。松萝乃是皖南名茶，犹今人之称龙井也。前几年，我们游庐山，买了云雾茶；这又是晋唐人们赞许的上品好茶，无论黄山云雾或庐山云雾，这"云雾"二字正是好茶的自然条件。

世间的极品好茶，陆羽当年隐居赣东，不知可曾喝到过？他那时期，怕的这两株名茶还未茁生。其地在闽北建阳武夷山，我曾到过那儿，却不曾喝过。我相信香港三百多万善男善女中，喝过那株名茶的，不会超过五个人。从武夷宫入山，远远看见的悬崖，那儿是古代方外人修道之土，崖上有茶树老幼两株。层崖泉水浥汪，茶树赖以荣长。孟春抽芽，崇安县府派兵守护。及时采摘焙制，约可得一斤上下，这都是贡品；大概林森任主席时，可得二两，陈仪省主席可得二两，蒋委员长可能得四两，崇安县长可留二两，刹中方丈可得二两。这便是有名的大红袍。我看陆羽生在现代，也不会有他的份儿的。（有人喝过方丈的大红袍，说：方丈出一小瓶，启塞有幽香出，以银匙调茶末四匙，细如粉；水初沸，纹起若蟹眼，即注于盏，裹以巾，约三分钟，去巾，又二分钟，启盖，清芬四溢，注茶于杯，饮之，先苦而后甘，香浓味郁，齿舌生津。他的感受如此。）

我到了武夷山，喝不到大红袍，心中毫无怅惘之意。有一回，上龙门（这是黄大仙修道的龙门，不是洛阳的龙门，也不是山西的龙门），山中农妇烹苦丁茶相飨，叶粗大如大瓜片（茶名），其味清甜，有如仙露。又有一回，从南涧回新登，也在山冈上喝了苦丁茶,比之云雾、龙井,不知该放在什么品等,但我一生感受,却以这两回为最深刻。周作人先生五十自寿诗"且到寒斋吃苦茶",若是"苦丁茶"的话,那真是一种享受了。

东南各地,到处都有好茶;前几年,碧螺春初到香港,并不为海外人士所赏识。这是上品名茶,品质还在龙井之上,我住苏州拙政园时,一直就喝这种本色的茶叶。(龙井的绿叶乃是用青叶榨汁染成的,并非本色。)潮州人喝的铁观音,福州的双熏,都不错。只有祁门红茶,虽为洋人所喜爱,和我一直无缘。这一方面,我乃是陆羽的门徒。

清泉佳茗的条件具足了,余下来的"东风"是"茶具"。好的茶具,不是玻璃,不是浮梁瓷器,而是宜兴紫砂壶,要积古百年旧紫壶,才把好茶好泉的色、香、味都发挥出来。

古今谈茶的,实在只是谈泉水,陆羽茶室的老板,只能皱眉叹气,因为茶室老板所想的和陆羽所说的完全两件事。平心而论,陆羽茶室的龙井,比较还过得去,至于铁观音,那就比潮州馆子差得远了(红茶加糖加柠檬,那就根本不是吃茶,不在谈茶之列)。张宗子笑那些俗人(当然也有雅士在内),会说"浓热满三字尽茶理,陆羽经可烧也"的蠢话;他的朋友赵介臣,喝久了张家的茶,才知道"家下水实进口不得,须还我口去"。这都是趣事。我有一位女生,她笑我不喝咖啡,又说:"茶会有什么两样?解渴就是了。"我一言不发,过了一年多,她忽然对我说:"茶自有好坏,我家的茶,实在喝不得。"

"茶"并非自古有之,不过晋唐以后,士大夫讲究茶道的,颇有其人。唐赵璘《因话录》,记他的父亲性尤嗜茶,能自煎,对人说:"茶须缓火炙,活水煎。"所以,宋苏东坡有"活水还须缓火煎"之句。何谓活水?李时珍说:"活水者大而江河,小而溪涧,皆流水也。其外动而性静,其质柔而气刚,与湖泽陂塘之止水不同。"香港的水,都是止水,不管怎么消毒,用以煮茶,总是差一大截。陆羽的头等功夫是品泉,虽是天下第一第二,难以为据,他所品的惠山泉、趵突泉、虎跑泉,以及茶山寺的陆羽泉都是活水。他做小和尚时期,就是扫叶拾枝煮水,在火候上最有功夫,这才够得上著《茶经》的。

考究茶道的,自有千千万万入迷成瘾的,在笔下写得妙的倒以张宗子为第一(明末清初,浙江绍兴人)。他的友人指引他到南京桃叶渡去找闵老子讨茶喝。那老人推三却四,他就一味耐着性子赖在那儿,闵老子终于自起当炉,烹茶给他喝。他辨别得所烹的是阆苑制法的罗蚧茶,辨别得出远来的惠泉,辨别得罗蚧的秋采与春茶,闵老子许他为生平所遇见精于茶道的人。这位茶迷的人,他曾经千里外从无锡运了泉水过江,被萧山脚夫笑为傻瓜;也曾发现了王羲之的禊泉以及阳和岭玉带泉,为士流所赞叹。他确乎分别得出是谁家谁家的井水,于会稽陶溪、萧山北干、杭州虎跑那些名泉以外说出短长来。

当然,我不是陆羽的信徒,也不想做闵老子的知己;有人问我：泉水怎么才是好的？我说："一个甜字足以尽之。"湖北的兰溪，我未到过，昨读苏东坡的《志林》，才知道黄州的兰溪，也叫沙湖，苏氏有《游沙湖小记》。他说他们同游清泉寺，寺在蕲水郭门外二里许，有王逸少（即王羲之）洗笔泉，水极甘，下临兰溪。可见我说的一个甜字，并不很错。我的外家，在刘源，其祖先移居其地，本名桃源，也是桃花源之意。我到外家去，老实不客气，请舅母她们，溪水泡茶莫放糖（外家对我特别客气，总是泡茶加白糖的）。他们问我为什么，我说：溪泉实在够甜了。

二十年前，我曾在刘源村南二里许，买了一口井，井泉之甘美，我以为在虎跑、惠泉之上，只是陆羽、张宗子踪迹未到，有如浣纱溪上的西施呢。

（选自《万里行记》，三联书店二〇〇〇年版）

茶在英国

萧乾

中国人常说,好吃不如饺子,舒服不如躺着。英国人在生活上最大的享受,莫如在起床前倚枕喝上一杯热茶。四十年代在英国去朋友家度周末,入寝前,主人有时会问一声:早晨要不要给你送杯茶去?

那时,我有位澳大利亚朋友——著名男高音纳尔逊·伊灵沃茨。退休后,他在斯坦因斯镇买了一幢临泰晤士河的别墅。他平生有两大嗜好:一是游泳,二是饮茶。游泳,河就在他窗下。为了清早一睁眼就喝上热茶,他在床头设有一套茶具,墙上安装了插座。每晚睡前他总在小茶壶里放好适量茶叶,小电锅里放上水。一睁眼,只消插上电,顷刻间就沏上茶了。他非常得意这套设备。他总一边啜着,一边哼起什么咏叹调。

从"二次大战"的配给,最能看出茶在英国人生活中的重要性。英国一向倚仗有庞大帝国,生活物资大都靠船队运进。

一九三九年九月宣战后，纳粹潜艇猖獗，英国商船在海上要冒很大风险，时常被鱼雷击沉。因此，只有绝对必需品才准运输（头六年，我就没见过一只香蕉）。然而在如此艰难的情况下，居民每月的配给还包括茶叶一包。在法国，咖啡的位置相当于英国的茶。那里的战时配给品中，短不了咖啡。一九四四年巴黎解放后，我在钱能欣兄家中喝过那种"战时咖啡"，实在难以下咽。据说是用炒橡皮籽磨成的！

然而那时英国政府发给市民的并不是榆树叶，而是真正在锡兰（今斯里兰卡）生产的红茶。只是数量少得可怜，每个月每人只有二两。

我虽是蒙古族人，一辈子过的却是汉人生活。初抵英伦，我对于茶里放牛奶和糖，很不习惯。茶会上，女主人倒茶时，总要问一声："几块方糖？"开头，我总说："不要，谢谢。"但是很快我就发现，喝锡兰红茶，非加点糖奶不可。不然的话端起来，那茶是涨紫色的，仿佛是鸡血。喝到嘴里则苦涩得像是吃未熟的柿子。所以锡兰茶亦有"黑茶"之称。

那些年想喝杯地道的红茶（大多是"大红袍"），就只有去广东人开的中国餐馆。至于龙井、香片，那就仅仅在梦境中或到哪位汉学家府上去串门，偶尔可以尝到。那绿茶平时他们舍不得喝。待来了东方客人，才从橱柜的什么角落里掏出。边呷着茶边谈论李白和白居易。刹那间，那清香的茶水不知不觉把人带回到唐代的中国。

作为一种社交方式，我觉得茶会不但比宴会节约，也实惠并且文雅多了。首先是那气氛。朋友相聚，主要还是为叙叙旧，谈谈心，交换一下意见。宴会坐下来，满满一桌子名酒佳馔往往压倒一切。尤其吃鱼，因为怕小刺扎入喉间，只能埋头细嚼慢咽。这时，如果太讲礼节，只顾了同主人应对，一不当心，后果真非同小可！我曾多次在宴会上遇到很想与之深谈的人，而且彼此也大有可聊的，怎奈桌上杯盘交错，热气腾腾，即便是邻座，也不大谈得起来。倘若中间再隔了数人，就除了频频相互举杯，遥遥表示友好之情外，实在谈不上几句话。我尤其怕赴闹酒的宴会：出来一位打通关的勇将，摆起擂台，那就把宴请变成了灌醉。

茶会则不然。赴茶会的没有埋头大吃点心或捧杯牛饮的，谈话成为活动的中心。主持茶会真可说是一种灵巧的艺术。要既能引出大家共同关心的题目，又不让桌面胶着在一个话题上。待一个问题谈得差不多时，主人会很巧妙地转换到另一个似是相关而又别一天地的话料儿上，自始至终能让场上保持着热烈融洽的气氛。茶会结束后，人人仿佛都更聪明了些，相互间似乎也变得更为透明。在茶会上，既要能表现机智风趣，又忌讳说教卖弄。茶会最能使人觉得风流倜傥，也是训练外交官的极好场地。

英国人请人赴茶会时发的帖子最为别致含蓄。通常只写：

某某先生暨夫人

  将于某年某月某日下午某时

    在家

既不注明"恭候",更不提茶会。萧伯纳曾开过一次玩笑。当他收到这样一张请帖时,他回了个明信片,上书:

萧伯纳暨夫人

  将于某年某月某日下午某时

    也在家

英国茶会上有个规矩:面包点心可以自取,但茶壶却始终由女主人掌握(正如男主人对壁炉的火具有专用权)。讲究的,除了茶壶之外,还备有一罐开水。女主人给每位客人倒茶时,都先问一下"浓还是淡"。如答以后者,她就在倒茶时,兑上点开水。放糖之前,也先问一声:"您要几块?"初时,我感到太啰嗦。殊不知这里包含着对客人的尊重之意。

我在英国还常赴一种很实惠的茶会,叫作"高茶"。实际上是把茶会同晚餐连在一起。茶会一般在四点至四点半之间开始,高茶则多在五点开始。最初,桌上摆的和茶会一样,到六点以后,就陆续端上一些冷肉或炸食。客人原座不动,谈话也不间断。我说高茶"很实惠",不但指吃的样多量大,更是指这样连续四五个小时的相聚,大可以海阔天空地足聊一通。

茶会也是剑桥大学师生及同学之间交往的主要场合,甚至还可以说它是一种教学方式,每个学生都各有自己的导师。当年我那位导师是戴迪·瑞兰兹,他就经常约我去他寓所用茶。我们一边饮茶,一边就讨论起维吉尼亚·伍尔夫或戴维·赫·劳伦斯了。那些年,除了同学互请茶会外,我还不时地赴一些教授的茶会。其中有经济大师凯因斯的高足罗宾逊夫人和当时正在研究中国科学史的李约瑟,以及二十年代到中国讲过学的罗素。在这样的茶会,还常常遇到其他教授。他们记下我所在的学院后,也会来约请。人际关系就这么打开了。然而当时糖和茶的配给,每人每月就那么一丁点儿,还能举行茶会吗?

这里就表现出英国国民性的两个方面。一是顽强:尽管四下里丢着卜字号炸弹,茶会照样举行不误,正如位于伦敦市中心的国家绘画馆也在大轰炸中照常举行"午餐音乐会"一样。这是在精神上顶住希特勒淫威的表现。另一方面是人际关系中讲求公道。每人的茶与糖配给既然少得那么可怜,赴茶会的客人大多从自己的配给中捏出一撮茶叶和一点糖,分别包起,走进客厅,一面寒暄,一面不露声色地把自己带来的小包包放在桌角。女主人会瞟上一眼,微笑着说:"您太费心啦!"

关于中国对世界的贡献,经常被列举的是火药和造纸。然而在中西交流史上,茶叶理应占有它的位置。

茶叶似乎是十七世纪初由葡萄牙人最早引到欧洲的。一六〇〇年英国茶商托马斯·加尔威写过《茶叶和种植、质量与品德》一书。英国的茶叶起初是东印度公司从厦门引进的。一六七七年，共进口了五千磅。十七世纪四十年代，英人在印度殖民地开始试种茶叶。那时可能就养成了在茶中加糖的习惯。一七六七年，一个叫作阿瑟·扬的人，在《农夫书简》中抱怨说，英国花在茶与糖上的钱太多了，"足够为四百万人提供面包"。当时茶与酒的消耗量已并驾齐驱。一八〇〇年那年，英国人消耗了十五万吨糖，其中很大一部分是用在饮茶上的。

十七世纪中叶，英国上流社会已有了饮茶的习惯。以日记写作载入英国文学史的撒姆尔·佩皮斯在一六六〇年九月二十五日的日记中做了饮茶的描述。当时上等茶叶每磅可售到十英镑——合成现在的英镑，不知要乘上几十几百倍了。所以只有王公贵族才喝得起。随着进口量的增加，茶变得普及了。一七九九年，一位伊顿爵士写道："任何人只消走进米德尔塞克斯或萨思郡（按：均在伦敦西南）哪家贫民住的茅舍，都会发现他们不但从早至晚喝茶，而且晚餐桌上也大量豪饮。"（见G. M. 特里维林《英国社会史》）

茶叶还成了美国人抗英的独立战争的导火线。这就是历史上有名的"波士顿事件"。一七七三年十二月十六日，美国市民愤于英国殖民当局的苛捐杂税，就装扮成印第安人，登上开进波士顿港的英轮，将船上一箱箱的茶叶投入海中，从而点燃起独立运动的火炬。

咱们中国人大概很在乎口福，所以说起合不合自己的兴趣时，就用"口味"来形容。英国人更习惯用茶来表示。当一个英国人不喜欢什么的时候，他就说："这不是我那杯茶。"

十八世纪以《训子家书》闻名的柴斯特顿勋爵（一六九四至一七七三年）曾写道："尽管茶来自东方，它毕竟是绅士气味的。而可可则是个痞子，懦夫，一头粗野的猛兽。"这里，自然表现出他对非洲的轻蔑，但也看得出茶在那时是代表中国文明的。以英国为精神故乡的美国小说家亨利·詹姆斯（一八四三至一九一六年）在名著《仕女画像》一书中写道："人生最舒畅莫如饮下午茶的时刻。"

湖畔诗人柯勒律治（一八七五至一九一二年）则慨叹道："为了喝到茶而感谢上帝！没有茶的世界真难以想象——那可怎么活呀！我幸而生在有了茶之后的世界。"

一九八九年九月十二日

（选自《萧乾文集》，浙江文艺出版社一九九八年版）

茶馆

黄裳

　　四川的茶馆，实在是不平凡的地方。普通讲到茶馆，似乎并不觉得怎么稀奇，上海，苏州，北京的中山公园……就都有的。然而这些如果与四川的茶馆相比，总不免有小巫之感。而且茶客的流品也很有区别。坐在北平中山公园的大槐树下吃茶，总非雅人如钱玄同先生不可罢？我们很难想象短装的朋友坐在精致的藤椅子上品茗。苏州的茶馆呢，里边差不多全是手提鸟笼，头戴瓜皮小帽的茶客，在丰子恺先生的漫画中，就曾经出现过这种人物。总之，他们差不多全是有闲阶级，以茶馆为消闲遣日的所在的。四川则不然。在茶馆里可以找到社会上各色的人物。警察与挑夫同座，而隔壁则是西服革履的朋友。大学生借这里做自修室，生意人借这儿做交易所，真是，其为用也，不亦大乎！

　　一路入蜀，在广元开始看见了茶馆，我在郊外等车，一个人泡了一碗茶坐在路边的茶座上,对面是一片远山,真是相看两不厌,令人有些悠然意远。后来入川愈深,茶馆也愈来愈多。到成都,可以说是登峰造极了。成都有那么多街,几乎每条街都有两三家茶楼,楼里的人总是满满的。大些的茶楼如春熙路上玉带桥边的几家,都可以坐上几百人。开水茶壶飞来飞去,总有几十把,热闹可想。这种宏大的规模,恐怕不是别的地方可比的。成都的茶楼除了规模的大而外,更还有别的可喜之处,这是与坐落的所在有关的。像薛涛井畔就有许多茶座,在参天的翠竹之下,夏天去坐一下,应当是不坏的罢。吟诗楼上也有临江的茶座,只可惜楼前的江水,颇不深广,那一棵树也瘦小的可怜,对岸更是些黑色的房子,大概是工厂之类,看了令人起一种局促之感,在这一点上,不及豁蒙楼远矣。然而究竟地方是好的。如果稍稍运用一点怀古的联想,也就颇有意思了。

武侯祠里也有好几处茶座。一进门的森森古柏下面有,进去套院的流水池边的水阁上也有。这些地方还兼营菜饭,品茗之余,又可小酌。实在也是值得流连的地方。

成都城里的少城公园的一家茶座,以用薛涛井水作号召,说是如果有人尝出并非薛涛井水者当奖洋若干元云。这件事可以看出成都人的风雅,真有如那一句话,有些雅得俗起来了。其实薛涛井水以造笺有名,不听见说可以煮得好茶。从这里就又可以悟出中国的世情,只要有名,便无论什么都变成了好的。只要看街上的匾额，并不都是名书家所题，就可以得知此中消息了。

大些的茶楼总还有着清唱或说书，使茶客在品茗之余可以消遣。不过这些地方，我都不曾光顾过。另有一种更为原始的茶馆附属品，则是"讲格言"。这次经过剑阁时，在那一条山间狭狭的古道中，古老的茶楼里看见一个人在讲演，茶客也并不去注意的听。后来知道这算是慈善事业的一种，由当地的善士出钱雇来讲给一班人听，以正风俗的。

这风俗恐怕只在深山僻壤还有留存，繁华的地方大抵是没有了的。那昏昏的灯火，茶客黧黑的脸色，无神的眼睛，讲者迟钝的声音，与那古老的瓦屋，飞出飞入的蝙蝠所酿成的一种古味，使我至今未能忘记。

随了驿运的发达，公路的增修，在某些山崖水角，宜于给旅人休息一下、打打尖的地方，都造起了新的茶馆。在过了剑阁不久，我们停在一个地方吃茶，同座的有司机等几个人。那个老板娘，胖胖的一脸福相，穿得齐齐整整，坐下来和我们攀谈起来。一开头，就关照灶上，说茶钱不用收了。这使我们扰了她一碗茶。后来慢慢的谈到我们的车子是烧酒精的，现在酒精多少钱一加仑，和从此到梓潼还得翻几个大山坡，需要再添燃料了。最后就说到她还藏有几桶酒精，很愿意让给我们，价钱决不会比市价高。司机回复说燃料在后面的车子里还有，暂时等一下再说。那位老板娘见话头不对就转过去指着她新起的房子，还在涂泥上灰的，给我们看了。她很得意的说着地基买得便宜，连工料一起不过用了五万元，而现在就要值到十万元左右了。

到重庆后，定居在扬子江滨，地方荒僻得很，住的地方左近有一家茶馆，榜曰"凤凰楼"，这就颇使我喜欢。这家"凤凰楼"只有一大间木头搭成的楼，旁边还分出一部分来算是药房。出卖草药，和一些八卦丹万金油之类的"洋药"。因为无处可去，我们整天一大半消磨在那里，就算是我们工作的地方，所以对于里边的情形相当熟悉。老板弟兄三人。除老板管理茶馆事务外，老二是郎中，专管给求医者开方，老三则司取药之责。所以这一家人也很可以代表四川茶馆的另一种形式。

我很喜欢这茶馆，无事时泡一杯"菊花"坐上一两个钟头，再要点糖渍核桃仁来嚼嚼，也颇有意思。里边还有一个套阁，小小的，卷起竹帘就可以远望对江的风物，看那长江真像一条带子。尤其是在烟雨迷离的时候，白雾横江，远山也都看不清楚了。雾鬟云鬓，使我想起了古时候的美人。有时深夜我们还在那里，夜风吹来，使如豆的灯光摇摇不定。这时"幺师"（茶房）就轻轻的吹起了箫，声音极低，有几次使我弄不清楚这声音起自何方，后来才发现了坐在灶后面的幺师，像幽灵一样的玩弄着短短的箫，那悲哀的声音，就从那里飘起来。

有时朋友们也在凤凰楼里打打Bridge，我不会这个，只是看看罢了。不过近来楼里贴起了"敬告来宾，严禁娱乐，如有违反,与主无涉"的告白以后,就没有人再去"娱乐"了,都改为"摆龙门阵"。这座茶楼虽小,可实在是并不寂寞的。

(选自《过去的足迹》,人民文学出版社一九八四年版)

中山公园的茶座

谢兴尧

一

我在数月以前,作了一首打油诗,题为《丙子元旦试笔步知堂老人自寿韵》,文是:

元旦试笔即不佳,开头便遇险韵浓,
本岁须妨牛角鼠,从今勿再虎头蛇;①
命非贫贱因骨梗,文守朴拙忌肉麻,
编罢《逸经》作《逸话》,令人思念"稷园"茶。②

---

① 蜀谚有"老鼠钻牛角,越钻越紧"之语,意思是愈做愈坏,愈无出路。本文则借作鼠窃狗偷解。世又有"虎头蛇尾"俗语,即五分钟热心之谓,盖讥先勇后馁者。然揆之今日,"虎头"亦大不易。

② 稷园,即北平中山公园。南来后,最想念北平风物,中山公园茶座,尤为眷恋。因其空气清新,点心菜饭俱极精美,实安慰疲劳后之最好处所。数年以来,凡至暑假,每日必去走走,因得"公园董事"雅号。

的确，凡是到过北平的人，哪个不深刻的怀念中山公园的茶座呢？尤其久住北平的，差不多都以公园的茶座作他们业余的休憩之所或公共的乐园。有许多曾经周游过世界的中外朋友对我说：世界上最好的地方，是北平，北平顶好的地方是公园，公园中最舒适的是茶座。我个人觉得这种话一点也不过分，一点也不夸诞。因为那地方有清新而和暖的空气，有精致而典雅的景物，有美丽而古朴的建筑，有极摩登与极旧式的各色人等，然而这些还不过是它客观的条件。至于它主观具备的条件，也可说是它"本位的美"有非别的地方所能赶得上的，则是它物质上有四时应节的奇花异木，有几千年几百年的大柏树，每个茶座，除了"茶好"之外，并有它特别出名的点心。而精神方面，使人一到这里，因自然景色非常秀丽和平，可以把一切烦闷的思虑洗涤干净，把一切悲哀的事情暂时忘掉，此时此地，在一张木桌，一只藤椅，一壶香茶上面，似乎得到了极大的安慰。

二

中山公园的花，一年四季都有，但最伟大的要算这几天（四五月）的芍药和牡丹，与九月间的菊花，真是集中西的异种，可谓洋洋大观也哉。不特种类众多，颜色复杂，并且占几亩地的面积，一眼望去，好像花海一般。北平以牡丹著名的，是城外古老的"崇效寺"，是数百年来名流诗人借赏牡丹的吟憩之所，而他除了"年长"以外（寺内的牡丹，其根茎有茶碗口大，据说是明朝的），我以为远不如中山公园的多而好看。尤其是夏季的晚上，距花一二尺高，用铁丝挂着一排一排的红绿纱罩电灯，在光炬之下，愈显得花的娇艳，品茗之余，闲步一周，真是飘飘欲仙，再舒适没有的了。

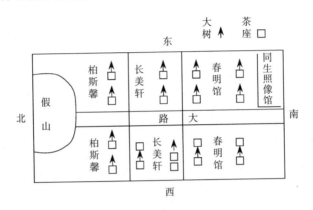

闲言少说，书归正传，中山公园的茶座，虽共有五六处之多，但最闹热为人所注意的，则是园中间大路两旁的三家：春明馆、长美轩、柏斯馨（我现在姑画个图式如上）。这三家虽都是茶铺，它们的特点和性质，则彼此大大不同，这是本文所特别注意的。简单的说："春明馆"是比较旧式的，"长美轩"是新旧参半的，"柏斯馨"则纯粹摩登化的。所以有人说：这三个茶馆，是代表三个时代，即上古（春明馆）—中古（长美轩）—现代（柏斯馨），又有人说：这是父、子、孙三代，这些话都很对。由他们预备的东西，便可以证明出来，由他们各家的顾客，更可以表明出来。于是凡来吃茶的，先打量自己是哪一个时代的人物，然后再去寻找自己的归宿地，要是走错了路，或是不能认清时代，譬如说你本来是个旧式人物，便应该规规矩矩到"春明馆"去坐下，而你偏要"偷闲学少年"跑到"柏斯馨"去现代化；反过来你本是西装革履油头粉面十成十的摩登角色，你硬要"少年老成"一下，钻入"春明馆""老头票"里，无论是过或不及，而同样的因为环境不适于生存，与空气的不相宜，都可以使"瞎碰"者感到局蹐的坐立不安，结果只好忍痛牺牲一角大洋的茶资迁地为良。否则多喝两杯茶也只好提前的"告辞了"。这三家中，"春明馆"与"柏斯馨"，在地理上和性质上，确乎是两极端，长美轩位于中间，可说是中和派，他的雇主多半是中年人或知识阶级。但柏斯馨的摩登少年，与春明馆的老太爷，同时也可以到这里来坐，唯其较中和，所以他的买卖比那两家兴旺些。

三

刚才我说由他们各家所预备的东西，便可知道他们所代表的时代，如古老的春明馆为使吃茶的人消遣流连起见，设备了好几副"象棋"和"围棋"，这是其余两家所没有的，每天都有好些人在那里很纯粹的消磨岁月。请问在茶馆里能闲情逸致来从容下棋，恐怕中年人也没有这种"耐性"，少年人更不用说了。至于他们的点心,更是带着很浓厚的时代色彩,也是极明显的时代鸿沟,春明馆还是保持古色古香面目,是一碟一碟带着满清气味的茶食,如"山楂红""豌豆黄"之类;长美轩则维新进化了,好像是清末民初的派头,除了"包子""面食"外,碟子有"黄瓜子""黑瓜子"等;柏斯馨则十足洋化,上两家总是喝茶,它则大多数是吃"柠檬水""橘子水""冰激凌""啤酒",他的点心也不是"茶食""包子""面"等,而是"咖喱饺"、"火腿面包"及什么"礼拜六",还有许多说不上来的洋名字。假若你叫六七十岁的人去喝柠檬水,叫一二十岁的小伙子去下象棋,不简直是受罪吗。

从他们的陈设和设备,我们不必进去,便可知道他们座上的人物。不消说春明馆当然是以遗老们为基本队伍,以自命风雅哼诗掉文的旧名士为附庸,在这儿品茶的,他们的态度,与坐茶座的时间,真可够得上"品"字。他们的年龄,若据新宪法的规定,每个都有做中华民国大总统的资格,因为起码都是四十岁往外的正气须生了。最特别的象征,便是这个范围里,多半是不穿马褂即穿背心,秃头而戴瓜皮小帽,很少有穿西服或穿皮鞋的。(固然穿西服当然要穿皮鞋。)长美轩是绅士和知识阶级的地盘,大半都是中年人,穿洋服、中装的均有,这个茶座可说是文化界的休息所。每天下午四点钟后,便看见许多下了课或下了班的"斯文人",手里夹着皮包,嘴里含着烟卷,慢慢儿走到他天天所坐的地方,来解除他讲书或办事的疲乏。说到柏斯馨的分子，则比较复杂，但简单归纳说也不过止红男绿女两种人。其原因是一般交际花，和胡同里的姑娘都坐在这儿，于是以女性为对象的公子哥儿，摩登青年，也跟着围坐在这里。这个区域的空气特别馨香，情绪也特别热烈，各个人面部的表情，也是喜笑颜开，春风满面，不像前两个地方的客官，都带着暮气沉沉国难严重的样子。

四

这三个茶铺，便是中山公园最热闹的所在，不特空气清新，花草宜人，而又价廉物美。单吃茶每人只花一角钱，点心也大半一角钱一碟，长美轩是川黔有名的菜馆，但是几毛钱可以吃得酒醉饭饱，在旁处是办不到的。每逢"芍药开，牡丹放"的时节，或礼拜六、礼拜天的下午，总是满座，只见万头攒动，真是"人海微澜"。

这三个茶座，大家都喜欢它的，除了上面所说的理由外，还有两个附带的好处，第一是"看人"：它们中间的马路，乃前后门来往的人必经要道，你若是"将身儿坐在大道旁"的茶桌上，你可以学佛祖爷睁开慧眼静观世变；看见人间世一切的男男女女，形形色色，以及村的俏的，老的少的，她们（或他们）都要上你的"眼税"，四川的俗话叫做"堵水口子"，就是这个意思。第二是"会人"：在公园里会人，似乎讲不通，但是有些人自己不愿意去会他，而事实上又非会他不可，这只好留为公园里会的人了。大家在公园无意的碰面，既免除去拜会他的麻烦，同时事情也可以办好。一举两全，这是公园茶座最大的效用。

最后关于这三个地方的遗闻轶事，不可不附记于此。我在北平的时候，常想作一篇《中山公园茶座人物志》，我想这篇东西，或许可以作将来谈春明掌故者的小小参考。至少有人撰《续春明梦余录》时，是一定会把它收进去的。这三家茶铺，虽然茶座稠密，但地方究竟有限，凡是常去的人们，大半彼此都认识，最低面孔是互相熟习的。这些天天去的，都得有"公园董事"雅号（实在不是董事）。据最近两年的统计，常在柏斯馨坐者，有前国立北平大学校长物理学专家夏元瑮先生。长美轩常去坐的，有已故画家王梦白和数理大家冯祖荀先生，你看他吃得醉醺醺的样子，手拿毛竹旱烟袋，穿着四季不扣纽子的马褂，东张西望，踱来遛去，谁也猜不出来他是位科学家。还有曾做过外交使臣的廖石夫和发明速记学的汪怡，差不多都天天来，也可说是这里的长买主。尤以廖翁健谈，因为他和孙宝琦很熟，对于"洪宪掌故"及外交秘闻，见闻极富，有时候高兴起来，天南地北，高谈阔论，真使围坐环听的人，乐而忘倦，甚至拍案叫绝。还是去年的夏天吧，我记得有一夜同他在茶座谈天，还有在《国闻周报》撰随笔的徐一士与其他诸人，因为谈得起劲，不觉直至夜午，全公园只剩下我们这一桌。这晚所谈的，是说他驻扎欧洲的时候，正值袁世凯执政，那时法国不知道因何事故,想有条件的将安南交还中国,一般外交使臣都认为是千载一时的机会,亟电政府报告。但结果出乎他们的意料之外,袁的复电,是不许收回安南,不久得到密令,说明其故,大意谓现在帝制尚未成功,粤桂滇黔,不少潜伏的革命势力,若此时收回,不啻增加革命党的力量,等将来帝制成功后,所有旧日"属地",都要完全收回来的。像这种秘闻,只有在茶座上,才可以姑妄言之,姑妄听之。也可算是茶座的一种功效吧?常坐春明馆的,有已故诗人黄晦闻(节)先生,其他的许多老年人,可惜我不大认识。至于我常去坐的是长美轩,去得最勤的,是民国廿年,那时骂胡适之先生的林公铎(损)先生尚在北平,他常常邀我同去吃茶。还有两位也时常在长美轩茶座上的,是钱玄同和傅斯年,不过他两人比较特别,总是独自一人,仰天而坐,不约同伴,不招呼人。而疑古老人并且声明在案,凡在公园里,是绝对不和友人周旋的,就是遇见朋侪,也熟视无睹。他的哲学是:"逛公园本求清静,招呼人岂不麻烦。"这可算是"独乐"的实行者了。不过这个公园里很少见胡适之、周启明两位的踪迹,而北海公园间或可以看见他们,这当然是北海的景物比较自然而伟大的原故。

一九三六年五月,写于上海五知书屋
(选自《堪隐斋随笔》,辽宁教育出版社一九九五年版)

洞庭碧螺春

周瘦鹃

洞庭东西二山，山水清嘉，所产枇杷、杨梅，甘美可口，名闻天下。而绿茶碧螺春尤其特出，实在西湖龙井之上，单单看了这名字，就觉得它的可爱了。

碧螺春原是野茶，产于东山碧螺峰的石壁上。据说它的种子是由山禽衔来，掉在那里的。每年谷雨节前，山中人前去摘了茶叶，用竹筐子装回来，以作日常饮料。清康熙某一年，因产量特多，竹筐子装不下了，大家把多余的纳在怀中，不料茶叶受了热，发出一种异香，采茶的男女们闻到了，都说是吓杀人香。原来吓杀人是苏州的俗语，借来夸张它香气的浓郁。于是众口争传，作为茶名。从此年年谷雨节，男女们先得沐浴更衣，同去采茶，索性不用竹筐，都把茶叶纳在怀中了。康熙帝南巡时，曾到太湖，巡抚宋荦买了这茶叶献上去，康熙以为"吓杀人香"这名字太俗了，就给改作"碧螺春"。后来地方官每年总得采办一批进贡,名为茶贡。那时因产量不多,只让独夫享受,民间是不容易尝到的。

我很爱此茶,每年入夏以后,总得尝新一下。沸水一泡,就有白色的茸毛浮起,叶多蜷曲,作嫩碧色,上口时清香扑鼻,回味也十分隽永,如嚼橄榄。清代词章家李莼客曾有水调歌头一阕加以品题云:"谁摘碧天色?点入小龙团。太湖万顷云水,渲染几经年。应是露华春晓,多少渔娘眉翠,滴向镜台边。采采筠笼去,还道黛螺奁。龙井洁,武夷润,芥山鲜。瓷瓯银碗同涤,三美一齐兼。时有惠风徐至,赢得嫩香盈抱,绿唾上衣妍。想见蓬壶境,清绕御炉烟。"他把碧螺春的色香和曾经进贡的一回事都写了出来;可是没有写到茶叶采下之后,是曾经在采茶人的怀中亲热过的。

一九五五年七月七日新七夕的清晨七时,苏州市文物保管会和园林管理处同人,在拙政园的见山楼上,举行了一个联欢茶话会。品茶专家汪星伯兄忽发雅兴,前一晚先将碧螺春用桑皮纸包作十余小包,安放在莲池里已经开放的莲花中间。早起一一取出冲饮,先还不觉得怎样,到得二泡三泡之后,就莲香沁脾了。我们边赏楼下带露初放的朵朵红莲,边啜着满含莲香的碧螺春,真是其乐陶陶!我就胡诌了三首诗,给它夸张一下:"玉井初收梅雨水,洞庭新摘碧螺春;昨宵曾就莲房宿,花露花香满一身。""及时行乐未为奢,携侣招邀共品茶;都道狮峰无此味,舌端似放妙莲花。""翠盖红裳艳若霞,茗边吟赏乐无涯；卢仝七碗寻常事，输我香莲一盏茶。"末两句分明在那位品茶前辈面前骄傲自满，未免太不客气。然而我敢肯定他老人家断断不曾吃过这种茶，因为那时碧螺春还没有发现，何况它还在莲房中借宿过一夜的呢；可就尽由我放胆地吹一吹法螺了。

（选自《苏州游踪》，金陵书画社一九八一年版）

苏州的茶食店

莲影

故例以茶款客，必佐以细碟数事，内设糕饼之属，故谓之茶食。苏州茶食，为各省所不及。故异地之士绅，来苏游玩者，必购买之，以馈赠亲朋；受之者，视为琼瑶不啻也。其老店，如观前街之稻香村，临顿路之野荸荠，十全街之王仁和，其最著者也。至于叶受和，当时尚未开张，特后起之秀耳。王仁和，一名王饽饽，规模甚小，资本不丰，特善于联络各衙门之差役，故官场送礼，多用该店之货，而其实物品不甚佳美，因之不克支持，而关闭焉。若野荸荠，数年前因亏本收歇，不久，复开张于阊外马路矣。

稻香村店东沈姓，洪杨之役，避难居乡，曾设茶食摊于洋澄湖畔之某村，生意尚称不恶。乱后归城，积资已富，因拟扩张营业，设肆于观前街。奈招牌乏人题名，乃就商于其挚友。友系太湖滨莳萝卜之某农，略识之无，喜观小说，见

《红楼梦》大观园有稻香村等匾额，即选此三字，为沈店题名。此三字，与茶食店有何关系，实令人不解，而沈翁受之，视同拱璧。与之约曰：吾店若果发财，当提红利十分之二，以酬君题名之劳！既而，店业果蒸蒸日上，沈翁克践前约，每逢岁底，除照分红利外，更媵以鸡、鱼、火腿等丰美之盘，至今不替云。

叶受和店主，本非商人，系浙籍富绅。一日，游玩至苏，在观前街玉楼春茶室品茗。因往间壁稻香村，购糕饼数十文充饥。时苏店恶习：凡数主顾同时莅门，仅招待其购货之多者，其零星小主顾，往往置之不理焉。叶某等候已久，物品尚未到手，未免怒于色而忿于言。店伙谓叶曰："君如要紧，除非自己开店，方可称心！"叶乃悻悻而出。时稻香村歇伙某，适在旁闻言，尾随叶某，谓之曰："君如有意开店，亦属非难，余愿助君一臂之力。"叶某大喜，遽委该伙经理一切，而店业乃成。初年亏本颇巨。幸叶某家产甚丰，且系斗气性质，故屡经添本，不稍迟疑。十余年来，渐有起色，今已与稻香村齐名矣！其余如城内都亭桥之桂香村，阊外石路口之凌嘉和，虽略有微名，仅等之自郐以下耳。

各茶食店之历史，既详为报告矣。今复将各茶食店货品之优劣，更为读者介绍之。

稻香村茶食，以月饼为最佳，而肉饺次之。月饼上市于八月，为中秋节送礼之珍品，以其形圆似月，故以月饼名之。其佳处,在糖重油多,入口松酥易化。有玫瑰、豆沙、甘菜、椒盐等名目。其价每饼铜元十枚。每盒四饼,谓之大荤月饼。若小荤月饼,其价减半,名色与大荤等。唯其中有一种,号"清水玫瑰"者,以洁白之糖,嫣红之花,和以荤油而成,较诸大荤,尤为可口。尚有圆大而扁之月饼,名之为"月宫饼",简称之曰"宫饼"。内容枣泥和以荤油,每个铜元廿枚,每盒两个。此为甜月饼中之最佳者。至于咸月饼,曩年仅有南腿、葱油两种,迩年又新添鲜肉月饼。此三种,皆宜于出炉时即食之,则皮酥而味腴,洵别饶风味者也。若夫肉饺,其制法极考究:先将鲜肉剔尽筋膜,精肥支配均匀,然后剁烂,和以上好酱油,使之咸淡得中;外包酥制薄衣,入炉烘之,乘热即食,有汁而鲜;如冷后再烘而食,则汁已走入皮中,不甚鲜美矣。复有三四月间上市之玫瑰猪油大方糕者,内容系白糖与荤油,加入鲜艳玫瑰花,香而且甜,亦醰醰有味。但蒸熟出釜时,在上午六时左右;晨兴较早之人得食之;稍迟,则被小贩等攫夺已尽,徒使人涎垂三尺焉。

叶受和月饼、肉饺,不及稻香村之佳,而零星食品,则优美过之。如久已著名之枣子糕、绿豆糕,及新近发明之豆仁酥、芙蓉酥等,皆制法甚精,饶有美味也。

野荸荠,素以肉饺及酒酿饼著名。肉饼制法,与稻香村略同。其酒酿饼,以酒酿露发酵,其气芬芳,质松而软,虽隔数天,依然其软如绵,所以为佳。

其外，尚有广东茶食店两家：一名广南居，一名马玉山。地点俱在元妙观以西。茶食花色虽多，其制法粗而不精，其美不及苏州茶食远甚。唯中秋月饼，硕大无朋，其形小者如碗，大者如盘。小者，其价银自五分至数角不等。大者，自一银元起，至数十银元为止。有名七星赶月者，亦价银一元。名目虽奇，其内容，不过糖果等，和以盐蛋黄七枚而已。其味平常，并无佳处，即此一物，可例其余。唯暑月素点，名冰花糕者，广东店独有之。其制法传自英京伦敦，故简称"伦敦糕"。凡广店规则，如物品于某日上市，必先期标名于水牌，借以招徕主顾。敦字草书，与教字草体相似，店友不谙文义，故以误传讹，认敦为教，遂名此为伦教糕矣。"伦教"二字，何所取义？市侩不文，可笑已极！至今沿讹已久，即有文人为之指正，彼反将笑而不信也。

凡茶食店，必兼售糖果。亦有专售糖果者，谓之糖果店。糖果店，以采芝斋为最佳。其著名之品，如玫瑰酱、松子酥、清水查糕、冰糖松子等是。更有橙糕一味，色黄气馥，其味甘酸，为他店所无者，殊堪珍贵也。

糖果类中，又有所谓果酥者，系用炒熟落花生，和以白糖，入臼研之，气香而味厚；且花生内含蛋白质，及油分甚多，故可以补身，可以润肠；凡大便艰涩者食之，其效力之大，胜于食香蕉也。其品初著名于宫巷颜家巷口之惠凌村，而碧凤坊巷西口之杏花村，实驾而上之。盖惠凌村之果酥，质粗糙而甜分少；杏花村之果酥，质细腻而甜分多，甲乙之判，即在于是矣。

(原载《红玫瑰》第七卷第十四期，一九三一年版)

英茶小史

华吟水

我华用茶,由来甚古。《诗》:"谁谓荼苦,其甘如荠。"古书茶作荼,谓之苦荼。《三国志》:韦曜"初见礼异时,常为裁减,或密赐茶荈以当酒。"稽之西籍,则首见于鲍脱罗氏(Giovanni Botero)之著述。鲍意人,曾于一五八九年出版《宏丽城市之成因》一书中记一则云:"中国常用一种木叶,榨溃成液,厥味佳妙,饮之可以代酒。凡饮酒过量,易致暴戾,而斯则绝无其患。"盖言茶也。英人丕璧(Samuel Pepys)于一六六〇年九月二十八日之日记有云:"予顷遗人茶一杯,实予前所未尝饮也。"又云:"予归家见予妻方治茶,陶工商毕林尝谓之曰'清心益神,莫佳于茶'。"以是知英人饮茶,始于英王查尔斯二世时。人谓查后额特利尼为英后用茶之第一人,则可证之无疑矣。

输茶入英,始自东印度公司。初有汤姆斯加惠(Thomas

Garway）者，伦敦咖啡馆主人也。经营茶事，不遗余力。一六五八年间，遍登广告于各日报，极意誉茶。至一六六〇年，复用一种墙壁广告，明灿动人，遍于伦敦咖啡馆之四壁，而及于他处。今英国古物陈列所中，犹有一纸存焉，兹摘录其中数语云："向者茶之售于英国，一磅之价，须金六镑，有至十镑者。盖物希则贵，故时人用茶，亦如李加腊烟（Regalia 一种上等雪茄烟）之仅用于贵族宴会耳。……迄一六五七年，公卿王子，咸锡证状，谓汤姆斯之茶，每磅售价仅在十五至十六先令之间矣。"是后东印度公司输入之茶，年有增加。最近二十六年间，平均年有七万五千四百万磅云。

文学家约翰孙（Dr. Samuel Johnson）爱茶甚笃，尝誉茶为一和平之兴奋剂。一七五六年间，有乔耐斯海惠（Jonas Hanway）者，毁茶甚力，约氏遂与之争辩，笔战久久，卒以其文章毅力，克胜厥敌。约性怪诞，跅弛不羁，而其嗜茶尤奇趣。尝见之传记云："彼直一囚于茶者，彼之壶无时或冷。午夜寂寥，常借茶以抚慰。而以茶故，往往不寐达旦。"约诚爱茶哉！英之著作家，固不乏嗜茶者，如爱狄孙（Addison）、柏丕（Pope）、盖李芝（Coleridge）及诗人郭判（Cowper）均有文揄扬。斯而稍后，有牧师赛杜斯密斯（Sydney Smith）者，誉之尤甚。尝为文曰："予谢上帝赉我人以茶。脱世间无茶，则我将奈何？幸哉我不生于未有茶之时也。"

其时英人啜茶,成为时尚。伦敦郊外,盛饰茶园。四方旅客,争趋饮焉。此后数年,西班牙人之旅舍名汉勃斯旦者,亦创茶园。于时环佩筇屐,趋之若鹜。而复以小说家狄根斯(Dickens)之必克惠克报,其名益彰。今读斯文者,犹可追忆白黛尔女士之茶会情状,仿佛寓目。后以白女士所允必克惠克之讼费,不克如约,被逮下狱,斯会遂辍。而狄根斯追缅前尘,辄形诸文字,以寄慨焉。其时茶之令名,乃遂益显,矧当时凡克罗林之小说名家,无论男女,形容家生趣,往往言茶。是类著作,今于英国图书总目中,得占数叶云。

时有约翰·乔陆克司(John Jorrocks)者,茶商也。好猎,驰逐原野,几无虚日,而犹不忘其业。常怀茶样若干,殷勤于行猎同侣中求售,亦茶史趣话也。

初英国之茶,虽由印度输入,而印度则取之中国。即印地所树之茶,亦靡不为中国种。自一八二五年,有陆军少佐濮罗斯(Maj. R. Bruce)者,与其弟首先发现印度野生茶树于亚萨后,于是印人广为传植,而中国之茶几绝迹矣。一八三六年,印度贡亚萨所产之茶一磅至伦敦,下年为五磅,一八三九年为九十五磅。一八四〇年亚萨公司创办,接收东印度公司所遗之茶田,力事垦拓,出品日盛。至一九〇七年,已不下一万一千七百万磅。坐是称雄印度,首屈一指。虽后竟与之争者日众,而其营业犹未稍逊。比年英伦市上,印茶充溢,而华茶则日形寥落。当一八六七年,印茶之在全年消耗总数中,仅占百分之五；厥后二十年间，骤增几及半数；自一九〇〇年后，益复蒸蒸日上矣。一八八六年，华茶之输入英国者，有一万三千六百万磅；后此逐渐减退，今则不及其全年消耗总数中之一零数，可慨哉！

英人啜茶，盖有定时。当十八世纪中叶，品茶成为时尚，饮者之众，与岁日俱增。后此虽习尚专易，餐时变更，而饮茶之时刻，亦随之不同。然爱之者，故未稍替，或增多焉，当所称粉服时期（Powder Costume Period），晨用咖啡，午后与晚则饮茶。女王维多利亚初年，盛餐（heavy dinner）用于午后五时，或延至八时，则于九时半饮茶。中常之家，餐于中午，饮茶于五时。或有进展其饮时，所谓食茶（meat tea），浓茶（high tea）者是已。近年习尚，午后四时饮茶。不独英国，即欧西诸国，亦多如是。大战之后，商店工场，率订茶规，盖亦午后啜茶也。茶之为用，清心益神，蠲烦解渴，于人身实非无益，因是嗜之者日众。今则车腹舟唇，靡不具茶。茶之为业，亦云盛矣。

嗜茶者既日众，而茶肆亦日增月盛，以应时需。英之通都名城，均有茶肆，而伦敦则多至数千家。近如著名之兰盎斯公司，复增设数百处，又建一大酒肆，层楼杰阁，宏极诡丽，内可容数千人。咖啡与茶，应命即至，无分昼夜。于是效尤者又纷起，屈指难计矣。

茶叶日盛，而咖啡日衰。据一八四〇年之统计：平均每人饮茶一点二二磅,咖啡一点零八磅,相差无几;至一九一九年,茶为八点二四磅,而咖啡则为零点八二磅矣。

(原载《半月》第四卷第十七号,大东书局一九二五年版)

茶坊哲学

范烟桥

江浙之间多茶坊,大约还是南宋时始盛。一般人以为废时失业,就是吃茶人也自以为无聊消遣,可是就我观察,却大不其然,吃茶不能说完全无益,可以引"博弈犹贤"的话来解嘲。

譬如约朋友,不惯信守时间的中国人,往往约在上半天来访的,等到晚上还不见光降。倘然约在茶坊里,先到的可以品茗静待,不致枯坐寂寞。有时只约了甲,却连带会遇见了乙丙诸人,岂不便利。

苏州的茶坊,可以租看报纸,大报一份只需铜元四枚,小报一份只需铜元一枚,像现在报纸层出不穷,倘然多看几份,每月所费不赀,到了茶坊,费极少的钱,可以看不少的报纸,岂不便宜合算。

还有许多新闻,是报纸所不载的,我们可以从茶客中间听到。尤其是在时局起变化的时候,可以听到许多足供参考的消息，比看报更有益。单就吴苑讲，有当地的新闻记者，有各机关的职员，他们很高兴把得到的比较有价值的消息，公开给一般茶客的。

茶坊又是常识的供应所，因为茶客品类复杂，常有各种专门的经验，在谈话时发挥出来。我们平时要费掉许多工夫才能知道的，在茶坊可以不劳而获。所以图书馆是百科大学，茶坊是活的图书馆。

茶客的品性，当然各如其面，至不一律，倘然以人为鉴，可以增进我们的道德。譬如吝啬的人，吃了几回茶，至少可以慷慨一些。迂执的人，吃了几回茶，至少可以旷达一些。

中国太缺少娱乐了，一天工作辛苦，没有片刻的娱乐，精神上何等苦痛。像都市里，只有赌嫖烟等等有害无益的消遣，非但不能得到安慰，反而增加了烦恼。至于吃茶，那是绝对没有什么损害的。往往受了委屈，到了茶坊，和几个茶友谈天说地了好一回，顿时可以把苦闷全丢到爪哇国去。因为茶坊里除掉为了争执来吃讲茶的以外，大多数脸上总是浮起一点笑意的。

倘然要知道些市面，也不能不到茶坊里坐坐。这几天蟹卖多少钱一两？美丽牌香烟哪一家贱一个铜元？哪里的牛奶最好？甚至什么地方有什么特产？这时候有什么时鲜东西？都能从茶客谈话中听到。尤其是商店大廉价，何种的确价廉物美？何种不过是欺人之术？听了可以不致上当吃亏。

再进一步说，尽有许多学问，也可以在茶坊中增进的。因为有许多学者,也常到茶坊里来的。像某字应作何音?某种应酬文字应如何称呼?某人的作品如何?某人的主义如何?某人最诚恳可以为友,某人最宏博可以为师,人物的衡鉴,也在茶客的嘴上。

现在的物质享用,可算得日新月异而岁岁不同了。时常有茶客,把新见到的器物,介绍给茶友,比走到商店里去采办,更多一点实验的机会。小而言之,可以知道什么牌子的东西来得经久耐用?怎样用法可以事半功倍?

最关重要的是一个问题的发生,倘然在自己家里一时不容易解决,可以到茶坊,和茶友去商榷。因为日常相见的茶友,总是很热忱的,很肯发表意见的。倘然身体上有些小毛病,要打听些"单方",更是便当,几个茶客,可以凑成一部万宝全书的。

这个年头,正是多事之秋,吃官司是家常便饭,那么这个法律顾问,也可以向茶客中义务委任的。因为有许多律师,常到茶坊来休息,有什么问题,可以不费一文谈话费,而向他们请教的。

假使是失业者,没有门路可走,正宜常到茶坊,拣有势力有权威的茶友,和他接近。好在茶坊里是一切平等的,到他们家里,说不定要挡驾,到茶坊里,是不能避而不见的。即使此法不行,还有出路可寻。哪里正在物色何种人物?哪里快要辞去何人?何人和某公司接近?何人和某机关的头脑熟识?何项位置有多少薪水？何项职务最有进展希望？差不多职业指导所就在那里。

我不知道别处茶坊，有没有这种情形？可是我在苏言苏。凡是常到吴苑喝茶的，都能首肯，许为名言。至于证例，多不胜举，恕不絮聒了。

苏州人还有一个奇异的名词，唤做"茶馆上谕"。意思是说，茶坊里有一种不可思议的舆论，去比评一桩事件，比报纸的社论，法院的判决书，还要有力。某人说过，倘然袁世凯常到吴苑来听听茶馆上谕，绝不会想做洪宪皇帝的。尽有十恶不赦的人，会给茶馆上谕申诉得服服帖帖的。因为十目所视，十手所指，他不能不内疚神明啊。

政客的论调，是偏激的，有背景的。独有茶馆上谕是公平的，是没有作用的，所以在茶馆上谕里，可以保存一点真是非。

以上都是从好的一方面说，凡事有好必有坏，不过好坏还在自择，难道不吃茶的人，不干坏事的吗？不过这些话，够不上称哲学，要请哲学家原谅的。

（原载《新上海》第四期，沪滨出版社一九三三年版）

茶馆

缪崇群

每个城市里都有茶馆,就是一个小小的村镇罢,杂货店尽可以阙如,而茶馆差不多是必备的。一个地方的形形色色,各种各样的荟萃,恐怕除了到茶馆去作巡礼之外,再也没有别的适当的所在了。

在南京,大人先生们吃咖啡和红茶的地方不算,听女人唱曲子,又叫你看她的脸蛋儿,又给你茶吃的地方也不在此数。我所说的就是在这条从古便有,而且到如今还四远驰名的秦淮河畔,夫子庙的左右,贡院的近边,一座一座旧式的建筑物,或楼,或台,或居,或阁,或园……都是有着斗大的字的招牌:有奇芳,有民众,有得月,有六朝……这些老的,道地的带着南京魂的茶馆。

喝茶,并不是我所好的一件事,不过这些古雅的招牌,确曾给我一种诱惑和玄想;如果有人对我说某爿茶馆里还留着一个当初朱洪武喝水用的粗大碗,或是某一个朝代御厨房里的破抹布,我都会相信而神往,即使买一张门票进去看看也无不可的。不过这与喝茶是截然的两回事,也许有一种考据癖的人,为考据考据某一块招牌的来历,馆主人的底细,竟走了进去泡一碗茶吃,那就不在此例了。

进茶馆的人,起码是要求一点自由自在的,像北京的茶馆里要贴上"莫谈国事"的红纸条子,那是一种限制,反过来说,也未必不是给人一种方便——国事者国是也,张三谈它,李四论它,混淆听闻,免不了捉将官里去,便惹得大家麻烦了。这里的茶馆倒没有"莫谈国事"的限制,不过走进门来,却常常碰见八个字:

本社清真,荤点不入。

其实,上茶馆的原无须谈什么国事;谈国事的差不多是老爷,老爷们又无须上茶馆了。上茶馆的如果只要不用荤点,那么在教的可以来,出家的也可以来了,大家都得着了方便。上面那八个大字,实际上恐怕还是以广招徕的一种作用罢。

茶,从早卖到天黑为止,客人总满座,并且像川流般的一刻也不停息。上午九十点钟和下午三四点钟的光景,茶馆简直成了蜂窝:那么多的蜂子向里头钻,又是那么多的蜂子朝外边拥。到了星期日便更热闹起来,如果用譬喻,就只好说蜂群和蜂群打起仗来，蜂窝的情形你再想想看罢。

在我的最无聊的日子中，我有时也作了一个无头似的蜂子向外边飞，嗅着了那有着雪茄烟和粉脂香的"高贵"的地方连连打着嚏喷回来，撞着了窝一般的地方便把自己当作了他们的一员了。

听见了嗡嗡……不绝的声音以后，我不但觉得神情自由自在起来，而且立刻有些飘飘然了。坐定了，我看见壁上挂着两块横额：

竹炉汤沸
如听瓶笙

典故我懂得的极少，因为茶馆进了几回，对于这两块横额上的句子的意思和出处，仿佛才渐渐领会了一点滋味。我拿蜂子比茶馆的情景，也许是太俗太伤雅了。

楼上喝的大约是"贡针"，每碗小洋七分。楼下的便宜一分，不知道是不是因为茶叶稍次一点的缘故，或者故意地以一分小洋作成一个等级。我以为等级不等级的倒算不了一回事，怕上楼的人还可以省一分钱，正如同近视眼的人去看影戏，你请他坐在后面他反不高兴似的。

无论楼上或是楼下，茶房对于客人的待遇却是有着一种显而易见的记号。不在乎的随他，不懂得的也就根本无所谓了。

这是由我的观察而来的，（我可没有看过什么《茶经》，我想《茶经》上也绝不会有这种记载或分类。）在同一个茶馆，甚至于同一个茶桌上面，我们可以找出三种不同的茶具：

一、紫色的宜兴泥的壶泡茶，大红盖碗或小白杯子喝茶。

二、大红盖碗泡茶，大红盖碗喝茶。

三、大红盖碗泡茶，小白杯子喝茶。

这三种不同的茶具，大约是代表着三种不同性质的茶客。第一种是老而又熟，来得也早。差不多还是上午、下午都到的主顾。第二种则不外是熟人，资格虽不见得比上边的那种老，但在地面上或许都有些为人所知的条件：当杠夫的头目也罢；当便衣的候补侦探也罢；当鸭子店的老板也罢……因为事忙，不常来，来时又迟，宜兴壶分不到他的份上，于是把泡茶的大红盖碗给他当吃茶的杯子，不能不说恭而且敬了。第三种便是普通一般的茶客，为喝茶而来，渴止而去。

除了第一种之外，其余两种的大红盖碗底下，都配着一个茶托子，这托子的用处并不专在托茶，它还附带着是一种账目的标记，如果账目已经付清，那么它也就被拿走了。在这种约法之下，我想，倘使有人把这茶托子悄悄地带走，白吃一次茶，叫他无证可据，倒是一件歹人的喜事哩。好在这种歹人或许并没有，否则真是"防不胜防"了。不过把三种茶客比较起来，后两种的信用在茶房的眼中恐怕总不会比上第一种的。他们用宜兴壶泡茶，而壶底下压根儿也不曾有过一个什么壶托子的。

虽然是茶馆,但变相的也可以算作一个商场。吃的东西有干丝、面、舌头形样的烧饼、糖果、纸烟……用的东西有裤腰带、毛刷子、捶背的皮球、孩子们的玩具……还有,那一只一只黝黑的手,伸到你的面前,不是卖的,你拿一个铜元放在那手的中心,它便微颤着缩回去了,你愿意顺着那只手看到他的脸么?你将看见了什么呢?正是当着你的所谓"茶余饭后",那一道一道从枯瘪了的眼睛里放射出来的饥饿的光芒!你诅咒他么?你也知道他在诅咒着谁么?……

有一次,有一个人问我要不要好货,说着,他小心翼翼地打开一个提箱,提箱里又是几个包来包去的包儿,结果拿出了一副一副的眼镜子。

"你看,真水晶,平光,只卖十二块钱一副,再公道没有了。"

他看我不作声,眼睛不住地盯着他,知道我的眼睛不像戴眼镜的样子,转身又走了。眼镜卖到茶馆里来,我感觉到上茶馆仿佛是一件颇需明察的事了。

卖眼镜的既有,还可惜没有看见人来镶牙。

其次,卖印着女人们大腿的画报特别多;卖耳挖的也特别多。

在茶馆里最好懂得当地人的话,留心一点旁人的举止,对于自己也是有乖可学的。有一次一个邻座的茶客啰啰嗦嗦说:

"……太难了,鼻子怎么也不能大似脸的;鼻子还能大似脸吗？"

此后，我知道茶资七分，小账顶多也过不去七分了。茶房历来是贪多无厌，我心里已经记住了这样的俏皮话，将来足可以对茶房如法炮制了。

好在我也不想喝他们的宜兴壶或大红盖碗，我这个茶客是可有可无，算不上数；不过要真的把鼻子逗得像脸那么大，甚至于比脸还大时，我想那宜兴壶和红盖碗在茶房眼光中又是可有可无，算不上什么了——他们自然而然地会把你标志上第一、二种的好主顾，把那紫泥壶和红盖碗端在你的面前了。

如果不走这条捷径的话，我想等罢，那时候我将有着长白的胡须，或者也可以给他们写上一两块新鲜的横额了？

一九二三，六，十八，京
（选自《晞露新收》，上海国际文化服务社一九四六年版）

阿婆茶考

陈诏

上海郊区，青浦、商榻一带，有一种特殊的饮茶风俗，叫做吃"阿婆茶"。这是农村妇女，特别是老年妇女饮茶聚会的一种休闲方式。每当农闲之时，妇女们相约以喝茶消闲，今日这家，明日那家，轮流作主。她们用陶制的风炉，以竹片、树枝作燃料，取淀山湖的清水，放入铜吊中煮水。沏茶时，先要点茶头，隔数分钟后，再用开水冲泡，以保证茶的色香味的纯真。阿婆茶的另一特点是茶点丰盛，如菜苋、熏豆、酱瓜以及各色干果、蜜饯等等，应有尽有。吃阿婆茶时，妇女们随便谈家常、谈生产，包括儿女亲事往往就此谈成。

有一次，我去著名江南古镇周庄游览，见双桥旁边有一茶馆供应阿婆茶，曾尝此佳味。后来，在新编的《昆山县志》中，看到有关"阿婆茶"的叙述：

本县西南隅的古镇周庄，还流传着饮"阿婆茶"的习俗，即几个五六十岁的老妇人，在家喝茶聚会。大多在下午，由东道主以祖传的茶具，上好的茶叶，用风炉炖开水冲泡，并备有茶点。富裕者用"九支盘"，内盛蜜枣、桂圆等高级蜜饯；一般人家备花生、糖果、熏豆、咸菜苋、萝卜干等。老太太们寒暄一番后，便入座。主人冲茶，抓糖果。老人们边喝茶，边吃糖果，边谈论天南地北的奇闻轶事及家庭生活琐事。二三小时后饮罢，约定下次东道主。建国后，此俗不但沿袭，而且连中青年也喜欢喝阿婆茶，边喝边谈边唱，劳动之余的愉快享受。

关于阿婆茶的来历，传说颇多，有一种说法是，当年乾隆皇帝下江南，路经淀山湖边，适逢炎热口渴，万岁爷看见一群老年妇女在围坐喝茶，于是上前讨茶喝说："阿婆，茶。"后来听说讨茶的是当今皇上，遂把此种茶称之为"阿婆茶"。

其实，这种传说乃是附会编造。阿婆茶的习俗可以追溯到元明时期，绝不是乾隆时才有的。明洪楩《清平山堂话本》中有一篇《快嘴李翠莲记》（有些专家认为，这是元人话本），写东京李员外之女李翠莲性格泼辣，口锋快利，为父母、公婆所不容。有一次，她公公张员外向她讨茶吃，李翠莲走到厨房，刷洗锅儿，煎滚了茶，又到房中打点各样果子，泡了一盘茶，托至堂前，口中道："公吃茶，婆吃茶，伯伯、姆姆来吃茶。……此茶唤作阿婆茶，名实虽村趣味佳。两个初煨黄栗子，半抄新炒白芝麻。江南橄榄连皮核,塞北胡桃去壳粗。二位大人慢慢吃,休得坏了你们牙。"此处就出现了"阿婆茶"的名称,而且各色茶点也与江南风俗完全相同,足以证明元明时期就已经有了阿婆茶的饮茶风俗了。

值得注意的是,这篇小说的故事地点虽然写的是"东京",但实际上更符合江南的情景。谁都知道,元明时期,江南的手工纺织业的城镇商业开始出现蓬勃的生机。在元代,松江乌泥泾镇(今上海县华泾镇)出了个女中英杰黄道婆,她改革纺织生产工具,对当时植棉和纺织业起了重要的推动作用。到明代,长江三角洲地区,以棉布、蚕丝为主的商品经济更有了进一步的发展,资本主义萌芽开始在封建制度的母体中胎动,人的主体意识,特别是妇女的主体意识觉醒的思潮开始突破传统观念的樊篱。在这种大背景下,才有可能出现那个"纺得纱,绩得麻,能裁能补能绣刺",敢于向封建妇德挑战的李翠莲的艺术形象。

因此,在"快嘴李翠莲"的口中,我们可以断定,早在元明时期,那种反映妇女生活享受和社交方式的吃"阿婆茶"的风俗就已经在江南农村流行了。

(原载《解放日报》,一九九七年四月十二日)

泡茶馆

汪曾祺

"泡茶馆"是联大学生特有的语言。本地原来似无此说法,本地人只说"坐茶馆"。"泡"是北京话。其含义很难准确地解释清楚。勉强解释,只能说是持续长久地沉浸其中,像泡泡菜似的泡在里面。"泡蘑菇""穷泡",都有长久的意思。北京的学生把北京的"泡"字带到了昆明,和现实生活结合起来,便创造出一个新的语汇。"泡茶馆",即长时间地在茶馆里坐着。本地的"坐茶馆"也含有时间较长的意思。到茶馆里去,首先是坐,其次才是喝茶(云南叫吃茶)。不过联大的学生在茶馆里坐的时间往往比本地人长,长得多,故谓之"泡"。

有一个姓陆的同学,是一怪人,曾经骑自行车旅行半个中国。这人真是一个泡茶馆的冠军。他有一个时期,整天在一家熟识的茶馆里泡着。他的盥洗用具就放在这家茶馆里。一起来就到茶馆里去洗脸刷牙,然后坐下来,泡一碗茶,吃两个烧饼，看书。一直到中午，起身出去吃午饭。吃了饭，又是一碗茶，直到吃晚饭。晚饭后，又是一碗，直到街上灯火阑珊，才挟着一本很厚的书回宿舍睡觉。

昆明的茶馆共分几类，我不知道。大别起来，只能分为两类，一类是大茶馆，一类是小茶馆。

正义路原先有一家很大的茶馆，楼上楼下，有几十张桌子。都是荸荠紫漆的八仙桌，很鲜亮。因为在热闹地区，坐客常满，人声嘈杂。所有的柱子上都贴着一张很醒目的字条："莫谈国事"。时常进来一个看相的术士，一手捧一个六寸来高的硬纸片，上书该术士的大名（只能叫做大名，因为往往不带姓，不能叫"姓名"；又不能叫"法名""艺名"，因为他并未出家，也不唱戏），一只手捏着一根纸媒子，在茶桌间绕来绕去，嘴里念说着"送看手相不要钱！""送看手相不要钱"——他手里这根媒子即是看手相时用来指示手纹的。

这种大茶馆有时唱围鼓。围鼓即由演员或票友清唱。我很喜欢"围鼓"这个词。唱围鼓的演员、票友好像不是取报酬的。只是一群有同好的闲人聚拢来唱着玩。但茶馆却可借来招揽顾客，所以茶馆便于闹市张贴告条，"某月日围鼓"。到这样的茶馆里来一边听围鼓，一边吃茶，也就叫做"吃围鼓茶"。"围鼓"这个词大概是从四川来的，但昆明的围鼓似多唱滇剧。我在昆明七年，对滇剧始终没有入门。只记得不知什么戏里有一句唱词"孤王头上长青苔"。孤王的头上如何会长青苔呢？

这个设想实在是奇，因此一听就永不能忘。

我要说的不是那种"大茶馆"。这类大茶馆我很少涉足，而且有些大茶馆，包括正义路那家兴隆鼎盛的大茶馆，后来大都陆续停闭了。我所说的是联大附近的茶馆。

从西南联大新校舍出来，有两条街，凤翥街和文林街，都不长。这两条街上至少有不下十家茶馆。

从联大新校舍，往东，折向南，进一座砖砌的小牌楼式的街门，便是凤翥街。街夹右手第一家便是一家茶馆。这是一家小茶馆，只有三张茶桌，而且大小不等，形状不一的茶具也是比较粗糙的，随意画了几笔蓝花的盖碗。除了卖茶，檐下挂着大串大串的草鞋和地瓜（即湖南人所谓的凉薯），这也是卖的。张罗茶座的是一个女人。这女人长得很强壮，皮色也颇白净。她生了好些孩子。身边常有两个孩子围着她转，手里还抱着一个孩子。她经常敞着怀，一边奶着那个早该断奶的孩子，一边为客人冲茶。她的丈夫，比她大得多，状如猿猴，而目光锐利如鹰。他什么事情也不管，但是每天下午却捧了一个大碗喝牛奶。这个男人是一头种畜。这情况使我们颇为不解。这个白皙强壮的妇人，只凭一天卖几碗茶，卖一点草鞋、地瓜，怎么能喂饱了这么多张嘴，还能供应一个懒惰的丈夫每天喝牛奶呢？怪事！中国的妇女似乎有一种天授的惊人的耐力，多大的负担也压不垮。

由这家往前走几步，斜对面，曾经开过一家专门招徕大学生的新式茶馆。这家茶馆的桌椅都是新打的，涂了黑漆。堂倌系着白围裙。卖茶用细白瓷壶，不用盖碗（昆明茶馆卖茶一般都用盖碗）。除了清茶，还卖沱茶、香片、龙井。本地茶客从门外过，伸头看看这茶馆的局面，再看看里面坐得满满的大学生，就会挪步另走一家了。这家茶馆没有什么值得一记的事，而且开了不久就关了。联大学生至今还记得这家茶馆是因为隔壁有一家卖花生米的。这家似乎没有男人，站柜卖货是姑嫂两人，都还年轻，成天涂脂抹粉。尤其是那个小姑子，见人走过，辄作媚笑。联大学生叫她花生西施。这西施卖花生米是看人行事的。好看的来买，就给得多。难看的给得少。因此我们每次买花生米都推选一个挺拔英俊的"小生"去。

再往前几步，路东，是一个绍兴人开的茶馆。这位绍兴老板不知怎么会跑到昆明来，又不知为什么在这条小小的凤翥街上来开一爿茶馆。他至今乡音未改。大概他有一种独在异乡为异客的情绪，所以对待从外地来的联大学生异常亲热。他这茶馆里除了卖清茶，还卖一点芙蓉糕、萨其马、月饼、桃酥，都装在一个玻璃匣子里。我们有时觉得肚子里有点缺空而又不到吃饭的时候，便到他这里一边喝茶一边吃两块点心。有一个善于吹口琴的姓王的同学经常在绍兴人茶馆喝茶。他喝茶，可以欠账。不但喝茶可以欠账，我们有时想看电影而没钱，就由这位口琴专家出面向绍兴老板借一点。绍兴老板每次都是欣然地打开钱柜，拿出我们需要的数目。我们于是欢欣鼓舞，兴高采烈,迈开大步,直奔南屏电影院。

再往前,走过十来家店铺,便是凤翥街口,路东路西各有一家茶馆。

路东一家较小,很干净,茶桌不多。掌柜的是个瘦瘦的男人,有几个孩子。掌柜的事情多,为客人冲茶续水,大都由一个十三四岁的大儿子担任,我们称他这个儿子为"主任儿子"。街西那家又脏又乱,地面坑洼不平,一地的烟头、火柴棍、瓜子皮。茶桌也是七大八小,摇摇晃晃,但是生意却特别好。从早到晚,人坐得满满的。也许是因为风水好。这家茶馆正在凤翥街和龙翔街交接处,门面一边对着凤翥街,一边对着龙翔街,坐在茶馆,两条街上的热闹都看得见。到这家吃茶的全部是本地人,本街的闲人、赶马的"马锅头"、卖柴的、卖菜的。他们都抽叶子烟。要了茶以后,便从怀里掏出一个烟盒——圆形,皮制的,外面涂着一层黑漆,打开来,揭开覆盖着的菜叶,拿出剪好的金堂叶子,一枝一枝地卷起来。茶馆的墙壁上张贴、涂抹得乱七八糟。但我却于西墙上发现了一首诗,一首真正的诗:

记得旧时好,
跟随爹爹去吃茶。
门前磨螺壳,
巷口弄泥沙。

是用墨笔题写在墙上的。这使我大为惊异了。这是什么人写的呢？

每天下午，有一个盲人到这家茶馆来说唱。他打着扬琴，说唱着。照现在的说法，这应是一种曲艺，但这种曲艺该叫什么名称，我一直没有打听着。我问过"主任儿子"，他说是"唱扬琴的"，我想不是。他唱的是什么？我有一次特意站下来听了一会儿，是：

……
良田美地卖了，
高楼大厦拆了，
娇妻美妾跑了，
狐皮袍子当了……

我想了想，哦，这是一首劝戒鸦片的歌，他这唱的是鸦片烟之为害。这是什么时候传下来的呢？说不定是林则徐时代某一忧国之士的作品。但是这个盲人只管唱他的，茶客们似乎都没有在听，他们仍然在说话，各人想自己的心事。到了天黑，这个盲人背着扬琴，点着马杆，蹋蹋地走回家去。我常常想：他今天能吃饱么？

进大西门，是文林街，挨着城门口就是一家茶馆。这是一家最无趣味的茶馆。茶馆墙上的镜框里装的是美国电影明星的照片，蓓蒂·黛维丝、奥丽薇·德·哈弗兰、克拉克·盖博、泰伦宝华……除了卖茶，还卖咖啡、可可。这家的特点是：进进出出的除了穿西服和麂皮夹克的比较有钱的男同学外，还有把头发卷成一根一根香肠似的女同学。有时到了星期六，还开舞会。茶馆的门关了，从里面传出《蓝色的多瑙河》和《风流寡妇》舞曲，里面正在"嘣嚓嚓"。

和这家斜对着的一家，跟这家截然不同。这家茶馆除卖茶，还卖煎血肠。这种血肠是牦牛肠子灌的，煎起来一街都闻见一种极其强烈的气味，说不清是异香还是奇臭。这种西藏食品，那些把头发卷成香肠一样的女同学是绝对不敢问津的。

由这两家茶馆往东，不远几步，面南便可折向钱局街。街上有一家老式的茶馆，楼上楼下，茶座不少。说这家茶馆是"老式"的，是因为茶馆备有烟筒，可以租用。一段青竹，旁安一个粗如小指半尺长的竹管，一头装一个带爪的莲蓬嘴，这便是"烟筒"。在莲蓬嘴里装了烟丝，点以纸媒，把整个嘴埋在筒口内，尽力猛吸，筒内的水咚咚作响，浓烟便直灌肺腑，顿时觉得浑身通泰。吸烟筒要有点功夫，不会吸的吸不出烟来。茶馆的烟筒比家用的粗得多，高齐桌面，吸完就靠在桌腿边，吸时尤需底气充足。这家茶馆门前，有一个小摊，卖酸角（不知什么树上结的，形状有点像皂荚，极酸，入口使人攒眉）、拐枣（也是树上结的，应该算是果子，状如鸡爪，一疙瘩一疙瘩的，有的地方即叫做鸡脚爪，味道很怪，像红糖，又有点像甘草）和泡梨（糖梨泡在盐水里，梨味本是酸甜的，昆明人却偏于盐水内泡而食之。泡梨仍有梨香，而梨肉极脆嫩）。过了春节则有人于门前卖葛根。葛根是药，我过去只在中药铺见过，切成四方的棋子块儿，是已经经过加工的了，原物是什么样子，我是在昆明才见到的。这种东西可以当零食来吃，我也是在昆明才知道。一截葛根，粗如手臂，横放在一块板上，外包一块湿布。给很少的钱，卖葛根的便操起有点像北京切涮羊肉的肉片用的那种薄刃长刀，切下薄薄的几片给你。雪白的，嚼起来有点像干瓢的生白薯片，而有极重的药味。据说葛根能清火。联大的同学大概很少人吃过葛根。我是什么奇奇怪怪的东西都要买一点尝一尝的。

大学二年级那一年，我和两个外文系的同学经常一早就坐在这家茶馆靠窗的一张桌边，各自看自己的书，有时整整坐一上午，彼此不交语。我这时才开始写作，我的最初几篇小说，即是在这家茶馆里写的。茶馆离翠湖很近，从翠湖吹来的风里，时时带有水浮莲的气味。

回到文林街。文林街中，正对府甬道，后来新开了一家茶馆。这家茶馆的特点一是卖茶用玻璃杯，不用盖碗，也不用壶。不卖清茶，卖绿茶和红茶。红茶色如玫瑰，绿茶苦如猪胆。第二是茶桌较少，且覆有玻璃桌面。在这样的桌子上打桥牌实在是再适合不过了，因此到这家茶馆来喝茶的，大都是来打桥牌的，这茶馆实在是一个桥牌俱乐部。联大打桥牌之风很盛。有一个姓马的同学每天到这里打桥牌。解放后，我才知道他是老地下党员，昆明学生运动的领导人之一。学生运动搞得那样热火朝天，他每天都只是很闲在，很热衷地在打桥牌，谁也看不出他和学生运动有什么关系。

文林街的东头，有一家茶馆，是一个广东人开的，字号就叫"广发茶社"——昆明的茶馆我记得字号的只有这一家，原因之一，是我后来住在民强巷，离广发很近，经常到这家去。原因之二是——经常聚在这家茶馆里的，有几个助教、研究生和高年级的学生。这些人多多少少有一点玩世不恭。那时联大同学常组织什么学会，我们对这些俨乎其然的学会微存嘲讽之意。有一天，广发的茶友之一说："咱们这也是一个学会，——广发学会！"这本是一句茶余的笑话。不料广发的茶友之一，解放后，在一次运动中被整得不可开交，胡乱交代问题，说他曾参加过"广发学会"。这就惹下了麻烦。几次有人专程到北京来外调"广发学会"问题。被调查的人心里想笑，又笑不出来，因为来外调的政工人员态度非常严肃。广发茶馆代卖广东点心。所谓广东点心，其实只是包了不同味道的甜馅的小小的酥饼，面上却一律贴了几片香菜叶子，这大概是这一家饼师特有的手艺。我在别处吃过广东点心，就没有见过面上贴有香菜叶子的——至少不是每一块都贴。

或问：泡茶馆对联大学生有些什么影响？答曰：第一，可以养其浩然之气。联大的学生自然也是贤愚不等，但多数是比较正派的。那是一个污浊而混乱的时代，学生生活又穷困得近乎潦倒，但是很多人却能自许清高，鄙视庸俗，并能保持绿意葱茏的幽默感，用来对付恶浊和穷困，并不颓丧灰心，这跟泡茶馆是有些关系的。第二，茶馆出人才。联大学生上茶馆，并不是穷泡，除了瞎聊，大部分时间都是用来读书的。联大图书馆座位不多，宿舍里没有桌凳，看书多半在茶馆里。联大同学上茶馆很少不挟着一本乃至几本书的。不少人的论文、读书报告，都是在茶馆写的。有一年一位姓石的讲师的《哲学概论》期终考试，我就是把考卷拿到茶馆里去答好了再交上去的。联大八年，出了很多人才。研究联大校史，搞"人才学"，不能不了解了解联大附近的茶馆。第三，泡茶馆可以接触社会。我对各种各样的人、各种各样的生活都发生兴趣，都想了解了解，跟泡茶馆有一定关系。如果我现在还算一个写小说的人，那么我这个小说家是在昆明的茶馆里泡出来的。

一九八四年五月十三日
（原载一九八四年第九期《滇池》）

喝茶

唐鲁孙

自从台湾大力倡导喝茶以来，每年都举行各种品茶会，极品冻顶龙一斤要卖到几万，研究茶艺的茶馆越开越多，茶叶店橱窗里陈列的茶具、陶瓯瓷碗，赢镂雕琢令人目迷，一时风尚甚至于年轻人都喝起功夫茶老人茶来。这里我所谈的只是当年过着悠闲生活的人，平常喝茶的情形而已。

北平人有句俗话"早茶、晚酒、饭后烟，快乐似神仙"。本省朋友见面喜欢说"吃饱没有"？内地朋友清早一见面，喜欢问您"喝了茶没有"？足证北方人对喝茶是如何的重视。茶瘾大的人早上一睁眼，盥漱之后出门遛完弯儿，直奔自己常去的茶馆，等茶沏好闷透，好好地喝上两碗热而且酽的茶，所谓冲开龙沟，才能谈到吃早点呢！北平人喝茶所用茶叶，以香片毛尖为主，天津人讲究喝大方雨前，安徽人专喝祁门瓜片，江浙人离不开龙井水仙碧螺春，西南各省喝惯了普洱沱茶，再喝别的茶总觉得不够醇厚挡口。民俗专家张望溪先生说："到茶馆只看客人叫什么茶，就能猜出他是哪一省人来，虽非十拿九稳，大概也有个八九不离十。"笔者虽无卢仝、陆羽之癖，可是对于茶叶的种类，到口一尝，能够分得十分清楚。扬州有个富春花局实际以卖点心出名，老板陈步云请我尝尝他的茶，我连喝两碗，也没喝出所以然来；他家的茶以初喝不涩、久泡不淡驰名苏北，敢情他的茶，是十多种不同茶叶兑出来，非清非红，郁郁菲菲，就难怪人猜不出来了。

北平宣外有个天兴居大茶馆，也是西南城遛鸟儿朋友早晨的集散地，他家有一种物美价廉的茶叶叫"高末儿"，不是天天去的遛弯儿常客他还不卖的。据说他们东家恒星五跟前门外吴德泰茶叶庄的铺东是磕头把兄弟，有一年吴德泰清仓底，扫出几箩茶叶末，正赶上恒四爷在柜上闲坐聊天，一闻挺香就要了一大包回来，用开水泡了一小壶来喝，醇厚微涩，香留舌本，因为高末儿里有极品的茶叶末在内。吴德泰高级香片卖得多，所以他家的高末儿也特别秘醇，从此每天到天兴居喝早茶的客人们，知道这个秘密，谁都不带茶叶，换喝柜上的高末儿了。

后来早晨遛早儿的朋友，知道这个秘密，到吴德泰买高末儿回家沏着喝，仿佛就没有在天兴居喝的够味，是否心理作祟，还是天兴居另有奥妙，就无从索解了。喝茶固然讲究好茶叶，可是茶沏得不好，可能把好茶叶都糟蹋了。就拿高末儿来说吧,水要滚后落开,开水壶要离茶壶近点注水,不能愣砸,叶子要多闷闷再往外倒,否则末子飘满茶杯,茶香固然随着茶末飞了,呈现热汤子味,续第二次水茶就淡淡如也啦。

北方人喝茶的,日常是先沏一壶多放茶叶让它浓而且酽的茶卤,想喝茶时,茶杯里先倒上三分之一茶卤,然后加热水,则茶香蕴存,永远保持茶的芳馨。有些不会沏茶的人,客人来了,抓一把茶叶往玻璃杯里一放,开水一沏,十之八九茶叶漂在上面,想喝一口,不是喝着满嘴茶叶,就是烫了舌头,再不然浓酽苦涩难以下喉,可是续过一两次开水后,又变成白水窦章啦!所以在平津到人家做客,茶一端上来,主人家世如何,从端出的茶中看,就可以看出个八九啦。

(选自《老乡亲》,广西师范大学出版社二〇〇四年版)

北平四川茶馆的形形色色

唐鲁孙

喝茶好像是中国人的特嗜，无论南北大小省份都有茶馆，三教九流人人都爱喝茶，除了苏浙皖粤的茶馆，以卖点心为主，卖茶为辅，另说另讲之外，谈到纯卖茶的茶馆，恐怕以北平四川两地的茶馆最为多彩多姿啦！

北平大小的清茶馆，大街小巷都有，各个有各人的主道。这路茶馆天不亮就挑开灶火，烧上开水了。第一拨是寅卯未初遛早儿的，以年纪来说，大概都是花甲左右，腰杆挺直步履轻健的老人；他们把腰腿遛开了，就直奔茶馆，这种老主顾自备茶壶、茶叶，毛巾、牙刷都存在柜上，一进门伙计先打洗脸水，等盥漱已毕，茶也闷得差不多啦，一边喝着茶，一边找熟客聊聊天，茶过三巡，让酽茶涮的肚子觉着有发空啦，这才信步回家吃早点去。这算茶馆最基本茶客。

第二拨是遛鸟儿的，要天蒙蒙亮才出门。像红蓝靛颏白翎，比较娇嫩一点会哨的鸟，既怕夜雾太重，又怕晨雾太浓，总要耗到晨光熹微，才敢换笼架慢慢往外溜达。勤快的人，早把笼子清洗干净，铜活擦得锃亮，换上食水，一进茶馆往罩栅底下一挂，各归各类，您就听它们一套跟一套歌唱比赛吧！如果您的鸟有脏口，那就别不识相跟人家清口鸟放在一块，赶紧挂得远一点，别让它把别人的鸟教坏了。从前有一个拉房牵的，是抗肩儿（抗肩儿是北平特有的行业，他们用一块宽木板给人搬运掸屏帽镜、玻璃摆设等不经磕碰的物件，或新娘嫁妆等）的出身，后来改行，脖梗子磨来蹭去长了两个大肉包，很像骆驼的驼峰，所以大家都叫他傻骆驼。他改做拉房牵生意后很得法，所以也假充斯文，喂鸟、养鸟、闻鼻烟、揉核桃，摆起谱儿来。因为他出身不高，满嘴匪话总也改不了，他的鸟儿受他耳濡目染，嘴还能干净得了吗？所以他把鸟笼往茶馆架子上一挂，不想惹事的人，只有纷纷摘下鸟笼子，赶紧远远避开。平素爱走香会耍中幡的宝三，一向也是一点亏不吃的粗鲁汉子，有一天也拎了个鸟笼子到茶馆来喝茶，两雄相遇，双方鸟儿哨来哨去的结果，都露出脏口；彼此互指对方鸟儿，把自己鸟儿带坏，越说越拧，动起手来。傻骆驼虽然有把子蛮力，如何是宝三真正练家子的对手？三招两式，一个德克勒（摔跤的招式），就把傻骆驼撂在地上，而且动弹不得。幸亏当时侦缉队队长马毓林打此经过，他跟双方都有个认识，才化解了这场龙争虎斗的纠纷，遛鸟儿的茶客能引来不少同好，也颇受茶馆欢迎。

第三拨就是一般耍手艺儿的,名为来喝早茶,实际是等工作,譬如厨师、棚匠。某人应下一宗大生意,可是人手不足,各行各业都有他们固定聚会的茶馆,只要到茶馆一招呼,问题迎刃而解。北平有句土话"到口子上找跑大棚子准没错",就是到指定茶馆找这帮手艺人。

另外一种是说媒拉牵、买卖房地产写字过契、好管闲事、说合官司一类人等。虽然一来一大帮多下茶钱,多给小费,可是一耗一整天,有时候说岔了,翻桌子,踹凳子,飞茶壶,掷茶碗,虽然事后照赔,可就把生意耽误了,所以茶馆并不十分欢迎这路客人。

有些茶馆,为了招揽茶客聘请一档子说评书先生来拴住茶座。在北平开茶馆的跟说评书的先生都有个不错,十之八九,是磕过头的把兄弟,否则岁尾年头好日子口您还请不动那些一流好手呢!说评书分大书小书两种,大书有《列国》《三国》《东汉》《西汉》《岳传》《明英烈》等类历史书;小书有《水浒》《聊斋》《济公传》《彭公案》《施公案》《三侠剑》《善恶图》《绿牡丹》《五女七贞》《永庆升平》《七侠五义》等等。当年连阔如在天汇轩说《东汉》,王杰魁在永盛馆说《七侠五义》,白天带灯晚给茶馆挣的钱真不下于一个小戏园子呢!带说评书的茶馆,上午茶座散了,伙计得连忙收拾,打扫干净,下午三点开书,晚饭之前收书,带灯晚的,要到十一点才散场呢。有一位说《聊斋》名家，专好说灯晚，夜场收书，胆小书客真有一人不敢回家，要搭伴同行，您就可以想到他说书的火候是如何活灵活现了。

春秋佳日在软红十丈的都市住久了，就想到郊区野外透透新鲜空气，尤其北平城里乡间风土人情一切景观完全两样，出外城过了关庙不远，就有野茶馆儿了。两三间不起眼的灰棚儿，前面搭了个芦席棚，棚底下砌了三两排台儿，上面抹上青灰就是茶桌，再砌几个矮墩就算凳子。这种野茶馆儿的茶壶茶碗，虽然五光十色，缺嘴少盖，可是茶具都是用开水烫过，准保卫生。这种生意以春秋平平，夏天最好；时序交冬，一飘雪花就关门大吉了。

西直门外万牲园东墙，有一片荷塘，当年慈禧皇太后由此处上船游幸颐和园，特别盖了一座船坞，种植桃柳。桥影长虹，风景倒也不俗。看青的老高，在船坞边上，搭了一间寓棚，砌了一个土灶，买几领芦席，铺在柳阴密处，就卖起茶来。芰荷覆水，吐馥留香，野禽沙鸟，翔泳悠然，似乎比南京的白鹭洲还多几分野意。所以，每年夏季总会招来不少茶客，席地品茗，仰天啸傲。可有一宗，就怕来场阵雨，茶客无处避雨只好一拥而散；本来可以赚个十吊八吊的买卖，天公不作美，卖了一天力气，等于白玩。这家雨来散茶馆，老北平去过的很多，现在偶然谈起来，还有人念念不忘这种盎然野趣呢！至于什刹海的茶棚、陶然亭的卢家茶馆、金鱼池的小丁、积水潭的玉渊泉，各有各个味道，一时也说之不尽。

四川人个个都能说善道，据说都是在茶馆摆龙门阵摆出来的。农业社会时代，既少消闲地方，又乏交谊场所，特别是年龄较大，腿脚不太利落的人，重庆山城，上坎下坡，备感吃力，只有到附近的茶馆喝喝茶，打发打发岁月了。同时山城僻壤，法律力量尚不能普及，国人又有屈死不打官司的旧观念，于是茶馆乃成了调解仲裁的处所，吃吃讲茶，彼此一迁就，就能把困难纠纷摆平。

西南各省的茶馆十之八九是袍哥们开的，他们除了卖茶之外，还有一项重要任务是传递帮里消息，接待救助帮友工作。帮里兄弟伙，落座泡茶之后，只要把茶壶茶碗的盖摆出个帮里暗号姿势，立刻就有帮中人前来盘底，如果入港，三言两语，就把问题解决了。以战时首都的重庆来说，市中心最热闹地段，几乎没有什么茶馆，可是一到郊区，这种纯吃茶的茶馆，就鳞次栉比，多如繁星啦。这些茶馆，差不多都是下江人，也就是四川同胞所指"脚底下人"开的。房子虽然蓬牖茅椽，倒也开敞通风，还有藤编竹扎以及可供打盹儿的躺椅。抗战期间，大家流亡在外，万一晚间找不到地方寻休，跟老板打个商量，再泡一个茶，也就可以在躺椅上蜷卧一宿，破晓再走了。

重庆和西南各地的茶馆，很少有准备香片、龙井、瓜片一类茶叶的，他们泡茶以沱茶为主。沱茶是把茶叶制成文旦大小一个一个的，掰下一块泡起来，因为压得确实，要用滚热开水，闷得透透的，才能出味。喝惯了龙井香片的人，初喝觉得有点怪怪的，可是细细品尝，甘而厚重，别有馨逸。有若干人喝沱茶上瘾，到现在还念念不忘呢！普洱茶是云南特产，爱喝普洱茶的人也不少，不过茶资比沱茶要稍微高一点。有的茶客进门来，既不要沱茶，更不要普洱，告诉幺师，"来一碗玻璃"。所谓玻璃敢情就是一杯白开水，不知道茶客是刮皮呀还是没有茶癖，这一点我倒不能不佩服幺师的雅量。要玻璃是不花钱的，而幺师仍旧春风满面，毫无不豫之色，实在太难得了。

摆龙门阵是四川哥子们的特长。所谓龙门阵势摆得广大高深，越摆越远，扯到后来离题太远，简直不知所云，大家一笑而罢，才算一等一高手。藏园老人傅增湘的老弟傅增淮说，四川人摆龙门阵，说者要有纵横一万里，上下五千年的襟怀；听者要有虚怀若谷的精神，百听不厌的耐心，才算龙门阵中高手。简直把人挖苦透啦。

在茶馆儿里听人家得意之处，总有人说出"安得儿逸"，起初实在不懂是什么意思，只觉得他们说这句话时，舌头一卷，俏皮轻松，有一股子特别腔调，说不出的韵味。久而久之才体会出这句话，即上海人所谓"惬意得来"，是不谋而合的意思。龙门阵摆天皇皇地荒荒，词穷意尽。听者说："明天还要起早赶场，你哥子莫涮坛子吧！"再不然来句："你老哥板凳郎个？"大家也就一笑而散了。这句四川腔，包括了开玩笑、寻开心、吹牛、拍马、瞎扯、胡说种种意念在内，实在是句攸德咸宜的俏皮话，真亏他们如何想出来的。

　　初来台湾时，延平北路当时叫太平町一带，还有纯吃茶的老人茶馆，喝喝老人茶来消磨岁月。近来虽然老人茶大行其道，百块钱一壶，已非一般老人所能负担，偶或在小街陋巷可能还能找到一两家旧式老人茶馆；至于新兴的茶道茶艺馆虽然越开越多，可是去古益远。茶馆！茶馆！喝茶的风气想蓬勃，真正茶馆的味道愈淡薄，不久的将来恐怕"茶馆"两字要成为历史上的名词啦！

（选自《老乡亲》，广西师范大学出版社二〇〇四年版）

门前的茶馆

陆文夫

早在四十年代的初期,我住在苏州的山塘街上,对门有一家茶馆。所谓对门也只是相隔两三米,那茶馆店就像是开在我的家里。我每天坐在窗前读书,每日也就看着那爿茶馆店,那里有人生百图,十分有趣。

每至曙色萌动,鸡叫头遍的时候,对门茶馆店里就有了人声,那些茶瘾很深的老茶客,到时候就睡不着了,爬起来洗把脸,昏昏糊糊地跑进茶馆店,一杯浓茶下肚,才算是真正醒了过来,才开始他一天的生涯。

第一壶茶是清胃的,洗净隔夜的沉积,引起饥饿的感觉,然后吃早点。吃完早点后有些人起身走了,用现在的话说大概是去上班的。大多数的人都不走,继续喝下去,直喝到把胃里的早点都消化掉,算是吃通了。所以苏州人把上茶馆叫做孵茶馆,像老母鸡孵蛋似的坐在那里不动身。

小茶馆是个大世界,各种小贩都来兜生意,卖香烟、瓜子、花生的终日不断;卖大饼、油条、麻团的人是来供应早点的。然后是各种小吃担都要在茶馆的门口停一歇。有卖油炸臭豆腐干的、卖鸡鸭血粉汤的、卖糖粥的、卖小馄饨的……间或还有卖唱的,一个姑娘搀着一个戴墨镜的瞎子,走到茶馆的中央,瞎子坐着,姑娘站着,姑娘尖着嗓子唱,瞎子拉着二胡伴奏。许多电影和电视片里至今还有此种镜头,总是表现那姑娘生得如何美丽,那小曲儿唱得如何动听等等之类。其实,我所见到卖唱姑娘长得都不美,面黄肌瘦,发育不全,歌声也不悦耳,只是唤起人们的恻隐之心,给几个铜板而已。

茶馆店不仅是个卖茶的地方,孵在那里不动身的人也不仅是为了喝茶的。这里是个信息中心,交际场所,从天下大事到个人隐私,老茶客们没有不知道的,尽管那些消息有时是空穴来风,有的是七折八扣。这里还是个交易市场,许多买卖人就在茶馆店里谈生意;这里也是个聚会的场所,许多人都相约几时几刻在茶馆店里碰头。最奇怪的还有一种所谓的吃"讲茶",把某些民事纠纷拿到茶馆店评理。双方摆开阵势,各自陈述理由,让茶客们评论,最后由一位较有权势的人裁判。此种裁判具有很大的社会约束力,失败者即使再上诉法庭,转败为胜,社会舆论也不承认,说他是买通了衙门。

对门有人吃讲茶时,我都要去听,那俨然是个法庭,双方都请了能说会道的人申述理由,和现在的律师差不多。那位有权势的地方上的头面人物坐在正中的一张茶桌上，像个法官，那些孵茶馆的老茶客就是陪审团。不过，茶馆到底不是法庭，缺少威严，动不动就大骂山门，大打出手，打得茶壶茶杯乱飞，板凳桌子断腿。这时候，茶馆店的老板站在旁边不动声色，反正一切损失都有人赔，败诉的一方承担一切费用，包括那些老茶客一天的茶钱。

现在，苏州城里的茶馆店逐步减少以至消失了，只有在农村里的小集镇上还偶尔可见。五年前我曾经重访过山塘街上的那家茶馆，那里已经没有了茶馆的痕迹，原址上造了三间新房和一个垃圾箱。

城里的茶馆店逐步消失的原因，近十年间主要是经济原因。开茶馆店无利可图，除掉园林和旅游点作为一种服务之外，其余的地方没人愿开茶馆店。一杯茶最多卖了五毛钱，茶叶一毛五，开水五分钱，还有三毛钱要让你在那里孵半天，孵一天，那还不够付房租和水电费。不能提高到五块钱吗？谁去？当茶价提高到三块钱的时候，许多老茶客就已经溜之大吉，只好眼睁睁地看着苏州的一大特色——茶馆的逐渐消失。

那些老茶客都溜到哪里去了呢，是不是都孵在家里品茶呢，不全是，茶馆有茶馆的功能，非家庭所能代替。坐在家里喝茶谁来与你聊天，哪来那么多的消息？那些消息都是报纸上没有的。

老茶客们自己组织自助茶馆了，此种义举常常都得到机关、工厂,特别是居民委员会的支持,找一个适当的场所,支起一个煤炉,搞一些台凳,茶客们自带茶具,带有一种俱乐部的性质,不是对外营业,说它是茶馆却和过去的茶馆不完全相似。这叫"无可奈何花落去,似曾相识燕归来"。

(选自《深巷里的琵琶声》,上海文艺出版社二〇〇五年版)

大理茶忆

晓雪

我从小就喜欢喝茶,在我的记忆中,童年、故乡、苍山、洱海,以及许多动人的传说故事和甜美的花朵果实,都是同茶联系在一起的。

我的故乡大理白族地区,几乎家家都有两种传统的爱好,一个是种花、赏花,一个就是烤茶、品茶。有条件的人家围一座小花园,没有花园的也要在自家庭院里、台阶上,栽些花木、摆些盆景。闲暇时候或迎宾待客、逢年过节,就一边喝茶,一边赏花。教孩子懂礼貌,头一件事就是要他学会向长辈敬茶,给来客端茶。新媳妇过门,看她是否人勤手巧、孝敬公婆,第一个考验就是看她能不能在新婚的第二天拂晓,抢在公婆起床之前把两杯香喷喷的烤茶端到公婆的床前。如果起不早或茶不香,就会被认为人懒手笨、没有家教。

小时候我寄居在外祖家。外祖家有个小花园,花园后边靠墙栽一排翠竹,中间种了石榴、花红、木瓜、佛手柑等果树。小水池周围、两边花台上,是一排排的花木盆景,有茶花、菊花、缅桂花、海棠花、玫瑰花和各种兰花。花园对面的柱子上贴着一副对联:"修德读书千秋事业,栽花种竹一片生机。"横批是:"品茗赏花"。外祖父每天早晚都要到小花园里,端一杯茶,或坐在藤椅上,或迈步花丛中,吟诗自娱。每天放学后,我也到花园的素馨花架下做功课,自己冲一盅茶,学着外祖父领略"品茗赏花"的乐趣。记得外祖父边喝茶边给我讲许多白族的神话传说、民间故事,也讲到唐代陆羽的《茶经》。他摇头晃脑地用白族腔调念一句:"茶者,南方之嘉木也……"然后就说,陆羽原来不过是在寺庙里给和尚煮茶的一个人,后来因为写了《茶经》这本书,讲了茶的起源、产地、种法、采制、烹调和饮用的好处等等,受到德宗皇帝的重视,召他进宫烧茶,从此出了名,被后人奉为"茶圣""茶神"。也是从外祖父的吟诵和讲解中,我知道了早在唐宋两朝,就有不少诗人写过喝茶的事情,如"闲亭向晓出帘栊,茗宴东亭四望通"(鲍君徽),"戏作小诗君一笑,从来佳茗似佳人"(苏轼),"矮纸斜行闲作草,晴窗细乳戏分茶"(陆游)等等。后来,每当自己泡茶时,看着所冲的茶水浮起的白色的小泡沫,我就想起"晴窗细乳戏分茶"的诗句。

相传诸葛亮率兵进入云南,士兵水土不服患了眼疾,他把手杖往地上一插,便长出一株神奇的树,树叶泡水,治好了士兵的眼疾。这就是茶树。这当然只是传说，但西双版纳勐海柴马达区的大黑山里，有一株高三十四米，直径一米的野生大茶树，树龄恰同这传说一样古老。国内外许多专家经过多年考证认为：云南是世界茶叶的原始产地。全世界已发现的茶组植物有三十个种，三个变种，云南就有三十个种，两个变种，其中二十四个种、一个变种为云南独有。从史书看，白族地区烹茶饮茶也至少可以追溯到唐代。唐樊绰《蛮书》记载："茶出银生城界诸山，散收无采造法。蒙舍蛮以椒姜和烹而饮之。"银生即现在滇南的景谷、西双版纳一带，蒙舍是唐代南诏大理地区的一个诏。可见早在一千多年前，滇南的茶叶就源源不断地运到滇西重镇大理，大理地区的白族人便有饮茶习惯了。

　　白族人讲究喝烤茶，茶叶要在冲泡前当场烤过。如果你到白族人家做客，主人请你坐时便立刻吩咐家里人烧水烤茶。一般烤茶是妇女的事，但有的男主人会自己动手。城镇里的大户人家在厨房里烧烤，将新冲的茶水斟入精致小巧、洁白如玉的瓷杯，再用很讲究的茶盘端出来请客人品尝。一般农村人家就在堂屋里的铁铸火盆的三脚架上，架火煨水，一边和客人聊天，一边把小沙罐放在火盆边烘烤。烤到一定火候（掌握火候很难又很重要）再放入茶叶，快速抖动簸荡，让茶叶在滚烫的沙罐里翻腾。待茶叶发泡，呈微黄色，喷出阵阵清香，即冲入少量沸水，在一阵吱吱嚓嚓的声音中，茶水顿时全部化为泡沫翻到罐口，像绣球花一般。这时满屋茶香四溢。主客齐声叫好,罐内的泡沫又慢慢落下,再加适量沸水,即可斟入茶盅,这就是别有风味的白族"烤茶",又称"雷响茶"。烤茶、冲茶时,门外巷子里过路的人都能老远就闻到茶香,所以如果过路的是熟人,往往会闻香而来,喝上一杯。小沙罐里的茶水很浓,每盅只能斟三五滴,再兑少许开水,才好饮用。但见茶水呈琥珀色,晶莹透亮,浓香扑鼻,只要你喝上一口,顿觉如饮"琼浆",味道醇厚,心舒神爽,积秽尽除。

白族俗话说:"酒满敬人,茶满欺人。"烤茶每次只能斟半杯,慢慢品完后,再从加了水稍煨过的小沙罐里斟出几滴,用沸水兑第二杯。如果一次就给客人斟上满满一杯茶,那是很不礼貌的。白族敬茶的礼节也很讲究。烤茶人先将第一杯茶双手齐眉敬给客人,客人接茶后又转敬给主人家的最长者,互相央谢,待对在座的人都央敬一番之后,方才开始啜饮。

对远方来的尊贵客人,白族人除招待一般的烤茶外,还要献上传统的别具一格的"三道茶"。第一道是新烤刚冲、略带苦味的清香茶,使你解渴消乏,心神清爽,体味到苍山洱海间的茶香水好;第二道是由核桃片、烤乳扇丝和红糖在茶水里浸泡的回甜茶,使你体味到好客主人的浓情蜜意和他们诚挚甜美的心灵;第三道是用蜂蜜和花椒冲泡的蜂蜜花椒茶,蜂蜜比红糖更甜,却又有花椒的调味解毒,使你在甜蜜中保持清醒,并引发你对生活的回味与思考。

白族有"省嘴待客"的传统。平常自己家里只饮用一般的清香烤茶，贵客来了，才摆"三道茶"，主人陪客人一起品尝。外祖父在小花园里请客人喝"三道茶"，我少年时曾多次沾光，边品茗边听外祖父和他的客人说古道今、谈诗论文，自己也不免浮想联翩，感到余味无穷。

离开家乡几十年，我一直保持着喝茶的习惯。但由于自己不会烧烤，再好的茶叶泡出来，它的汤色和味道，我感到也远不如家乡那特殊风味的"雷响茶"和"三道茶"。一九八八年八月，全国第二届当代少数民族作家文学讨论会在大理白族自治州首府大理市举行，州政府用热烈隆重的白族传统仪式举行"三道茶"招待会，我才同与会的各民族作家、学者朋友们一起，又一次领略到了家乡阔别三十多年的"三道茶"。那天，来自祖国四面八方的朋友们都格外高兴，载歌载舞，边品尝边捉摸每一道茶的不同味道和传统寓意，个个对白族人民源远流长的文化传统和烹茶艺术赞不绝口，而我却沉浸在童年的回忆之中。

（选自《清风集》，中外文化出版公司一九九〇年版）

香港茶事

柳苏

西方人家有客来,一定是送上一杯酒;中国人家有客来,一定是送上一杯茶。我们大可以说茶是中国的,虽然日本人很讲究喝茶,而且还有很讲究的茶道。

中国人当中,很讲究喝茶,而自有茶道的,是潮州人,潮州人的功夫茶就可以说是中国的茶道。

广东一般人也讲究喝茶,上茶楼喝茶。广东城乡的茶楼之多,是别的地方少见的。

香港以前属于广东(一九九七年归还中国以后将成为特区),处处有着广东特色,生活上,人们也一样有喜爱上茶楼喝茶的习惯。

喝茶,在广东人口中是说"饮茶",喝汤是"饮汤"。上茶楼自然是去"饮茶"了。

但主要又不是"饮"而是吃,大吃各色各样的点心。

香港的大街小巷，有着大大小小的许多茶楼。大的叫楼，小的叫室，也有风雅一点叫茶居、茶寮的。广州有有名的陶陶居，香港有名气不小的翠亨村茶寮。

酒店、饭店也可以"饮茶"，著名的大酒店如香港、半岛、丽晶、文华、希尔顿……但全都是大旅馆，却无一处不有茶厅、茶座，有的是供应中茶，有的是西茶，有的是中西俱备。不是旅馆的酒店、饭店、酒楼、酒家，当然更有茶可饮了。

反过来，茶楼也一样卖饭菜，开酒席，并不是纯吃茶。翠亨村茶寮其实是酒家。

说到纯吃茶，香港的茶楼就没有这份纯情，总要吃点心，而且主要是吃点心。这是"百粤古风"。

"饮茶"有"一盅两件"的说法。这是较简单的吃，一盅是茶，两件是点心。广东人把盖碗茶叫"盅"，尽管现在一般很少是盖碗茶而用无盖的茶杯，但"一盅两件"的说法还是存在。两件点心大体是虾饺和叉烧包，有些广东人说，上茶楼而不吃虾饺和叉烧包，就算不得饮过茶。和虾饺并称的是烧卖（大约就是北方的烧卖），不吃虾饺也总得吃烧卖吧，而往往是并吃，这就成了一盅三件。"一盅两件"只是最低消费的意思，当然，还有更低的只喝茶而不吃点心的，这样的情况很少很少。茶楼对这一类（恐怕少到不能成类只是偶一见之）的茶客，要加以"净饮双计"的惩罚，只饮不吃，加倍算茶钱。真正的净饮是连茶叶也不要，只喝白开水："来杯玻璃"——"玻璃"是白开水的代名词,由象形而来。没有人去"净饮玻璃",只不过喝茶以外加料,加一两杯开水而索取"玻璃"罢了。

上茶楼的人限于"一盅两件"的很少,总会多吃一些,因为多半是为吃而来。"饮茶"有早午晚之分。早茶就是早餐,午茶是中饭。现在的茶楼酒家很少还卖夜茶,晚上做的是宴会生意,这才能多赚钱。早餐也好,午饭也好,总是要吃饱,两件点心就未必能满足饥肠。

只是点心,也未必都能吃得饱,还有粥粉面饭供应。甚至于还有酒菜供应。说甚至于,是因为粥也好,粉也好,面也好,饭也好,都不是"白"的。粥有皮蛋瘦肉粥等等;粉有胡椒牛河等等(河是一种宽条的米粉,河粉的简称,更是沙河粉的简称,沙河是广州出产米粉著名的一个小镇,牛河就是牛肉炒河粉);面有牛腩面等等;饭有叉烧、烧鹅饭等等。吃这些,就不必另叫菜了。

但也有"饮茶"却以叫菜为主的,点心只是陪衬。那实际是请人家吃饭,不过简便一些,不是正式的筵席而已。甚至于点心也免,不要。

香港人应酬多,商业上的,一般亲友间的,除非是正式宴会,往往就用一顿午茶或午饭解决。这可以节省一些,不但省钱,也省时间。一顿晚饭,可以吃三两个钟头;一餐午茶或饭,一个多钟头也就足够。午茶是有下限的,下午两点,大家都要去上班,宾主就是不尽欢,也得散,因此不怕做客人的恋栈了。

每到星期天或放假的日子，"饮茶"又往往成为有孩子的家庭的一个节目。香港地方小，可以去游玩的所在总嫌不够，最容易安排的节目就是一家大小上茶楼。有吃，小孩子不会不欢迎。说是容易，其实也还是不容易，节假日上茶楼的人多，茶楼的座位却不会比平日多，要取得一席之地往往很难。平日茶楼相熟的，预订留位还好，要不然，就难免要受罚站之苦，等候人家离去，才有你的座位。有些服务周到的茶楼，设有专门的椅子给客人坐候，轮唤而进。这时候就成了一茶一饭，当思坐处不易。

一般茶楼，平日客人已经不少，节假日更"爆棚"（满座），热哄哄，闹纷纷，是应有之景，这样的"极视听之娱"，自然是谈不上什么情趣的。好在上茶楼的人也不是去追求什么情趣的，不过为了满足口腹之欲罢了。要情趣，一些喝西茶的地方也许还有，沙发的座位较宽，布置较雅，音乐较轻，灯光较柔和。喝的往往是下午茶。茶或咖啡，一块点心做点缀，这时倒真是以茶为主，取得片刻的轻松。如果是郊野或海滨风景之地，白天当然无须什么灯光，可以欣赏的有自然风景，这当然更好，也当然更不是一般人轻易可以得到。

较大的茶楼总有三五层。每层一二百张桌子，容得下一千以上的人。五层的话，就应是六七千人共聚一楼了。

一般的点心总有一二十种可供选择，咸甜齐备。咸的如虾饺、烧卖、叉烧包、粉角、芋角外，还有猪肠粉。把米粉皮包了叉烧、牛肉之类蒸了吃，包得就像一节猪的大肠。有凤爪，就是鸡脚。甜的马蹄（荸荠）糕、马拉糕（我也不知"马拉"何意）、蓬莱包、蓬莱粽等等。一种咸的粽叫作糯米鸡。还有红豆沙、芝麻糊。这些都富有广东特色。西点如布丁之类也吃得到。可以说得上是多彩多姿。

以前是"吃在广州"，近年已经由"吃在香港"取代。以前是"饮茶"之风盛行于广东，现在也是香港有过之而无不及。饮食文化是要由经济来决定的，随经济的发展而发展。

"饮茶"，本来是茶为主，像这样的"饮茶"实在是喧宾夺主，茶客之意不在茶，而在乎咸甜点心之间，粥粉面饭之间。这里写的因此也很少在茶上着墨。"从来佳茗似佳人"，这就实在有些唐突佳人，罪过罪过了。

如果不在最后补上这一笔，也是不免罪过的。在香港的红棉道，有一间规模不大的茶具博物馆，名气却比较大。里面展出的是中国的种种茶具，从古到今都有，而以著名的紫砂壶为多，这是出于明清名工大匠之手的名壶，如时大彬的作品之类。这是一位私人收藏家捐献出来的，公家拨了一座屋子做馆址。这样的博物馆不仅在香港是独一无二的，在全世界据说也绝无仅有，使香港的茶事为之生色，自不待说。这一笔可真少它不得。

（选自《清风集》，中外文化出版公司一九九〇年版）

细说中国茶道：潮州功夫茶

雷铎

"人在草木中",猜一字。谜底是:茶。道出茶中的天人合一观。

茶文化是古老的东方文明的骄傲之一。世界上最古老而完备的茶文化专著是中国陆羽的《茶经》。

世人皆知日本有茶道,殊不知中国亦有茶道——广东潮州的功夫茶,便是中国茶道的代表作。其历史较当代日本茶道更古老。

有"经",且有"道",便不仅仅是"一种饮料",不仅仅是"用开水冲泡一种叫做Tea的灌木叶子"。

"道"即"文化",即"仪式",即"意味",即"形式",即一个叫贝尔的洋人在《艺术》中说的"有意味的形式",也可以说是一种生活艺术,一种包含着深厚的东方文化的东方哲学。

既然叫做"道",便有"形而下"与"形而上"两层含义,茶为"体",道为"用",如燃烛见光,火为光体,光为火用。

这样说起来很复杂,需要"剥竹笋",一层一层剥开,一如煮水泡茶,慢慢品味"个中三昧"。

先说潮州功夫茶"形而下"的一层:茶叶、水、茶具;然后再说功夫茶的冲泡方法、礼仪和种种讲究,由"体"及"用"。

中国功夫茶流行于闽南之漳州、厦门与广东之潮州、汕头及台湾一带,而最古老的,是潮州功夫茶,它与潮语(潮州话)、潮剧、潮菜、潮绣、潮州木雕和石雕一道,构成了中国汉族中独特的潮州文化——它不仅繁荣于潮州本土,亦流行于海外一切有潮州人的地方。

功夫茶对"硬件"的要求极严格:茶叶需是上好的福建乌龙茶族或潮州的凤凰茶(其实亦是乌龙茶的一种),茶分春茶与秋茶,春茶清醇,秋茶浓郁。细分其品种,则有"乌龙""色种""一枝春""大红袍""凤凰单丛"之类,再细分,"凤凰单丛"又有"白叶单丛"与"黄枝单丛"之别。其采制方法大同小异——既不同于绿茶的纯晾晒,也不同于红茶之纯烘烤或沱茶的全发酵,而是半晾晒、小烘炒、半发酵。因而,它集合了诸多茶派的长处:有绿茶的清香而无绿茶的生味,有红茶的醇厚而无红茶的暴烈,有沱茶的沉稳而无沱茶的枯老,不生不涩,不烈不老,既甘且醇,文武适中。茶种有别,但其

细说中国茶道:潮州功夫茶　205

上品，则皆具上述诸优点。

冲茶所用的水，分四等：一坑、二泉、三井、四溪。"坑"是山涧水，发于泉穴，流于泥沙石涧中，是"活水""动水"；泉是地下水，为"静水"，好的泉水，与涧水难分伯仲，一二之说，只是"方便之道"，以禅观之，是"分别心"；井水则是人工泉，不及山泉之幽静无染；溪水虽是活水，却含土味，故为下品。至于自来水，是现代产物，当代都市人，觅天然水而不可汲，以之代用，需储放数日，或用麦饭石之类过滤，方能汲天然水之纯净。

最讲究的，是"原山茶配原山水"，谓之"天然原配"。

至于茶具，若配备齐全，需有八种，曰："一罐、二炉、三炭、四扇、五锅、六壶、七杯、八漏"。

"罐"是储存茶叶的器皿，以锡壶为上选，密封性好，茶叶长贮不坏；其他金属、竹木属之皿，为代用品而已；

"炉"是炭炉，曰"风炉"，以红陶为之，形若圆筒，上有"三山"，前有"炉门"，中有"炉窗"，煤油炉、酒精炉、电炉、煤气炉，亦皆现代代用品而已；

"炭"之上品为"榄核炭"，以闽粤特产之橄榄核晒干后烧制，用之煮水，其火纯青，无烟无臭，而木炭，又优劣有别，等而下之，不可赘述；

"扇"为炉扇，以羽毛扇或葵扇为通用；

"锅"是煮开水的壶，潮语称"锅"，多以铜铁为主，亦有专用陶锅者；

"壶"的名目最多，以宜兴紫砂壶为上品，其他陶壶、瓷壶次之，茶壶造型千变万化，其名贵者，价值连城；

"杯"通常有陶与瓷二种，宜小不宜大，与半个鸡蛋壳相若，常与壶相配成套；

"漏"是盛冲泡时的余水之皿，又称"茶洗"。

近年，台湾功夫茶反传大陆，故今日的潮州功夫茶，又有引进台湾茶道之"闻香杯"与竹夹（夹杯洗杯用）、竹勺、木勺（舀水用）者，则已是"改良功夫茶"了。

功夫茶的冲泡，简而言之，有四道工：一水、二洗、三冲、四泡。水需"蟹目水"，火候在将滚未滚，细泡半成之际：无泡过"生"，全滚太"老"，皆不可用；"洗"是要烫壶洗杯；"冲"是注水入壶；"泡"是注茶入杯，要领是"高冲低泡"，"高冲"可透茶叶，"低泡"不生水沫。此外，还有"洗茶""刮沫"之类，"洗茶"是冲泡后的头遍茶液，弃之不饮，为的是去碎茶末及减其"表味"，"刮沫"是头三遍茶常有浮沫，故可用"茶瓯"（一种有盖的大杯）之瓯盖刮去。

以上所述，是冲泡功夫茶的"ABC"，至于常人所说的"关公巡城，韩信点兵"，是指泡茶时执壶"巡"行于群杯之上，壶中最后的茶液，需"点"干净，亦是常规常识，尚未进入"道"的层次。

所谓"道"者，即"礼"，即"仪"，即"心"。

"礼"者,"茶三酒四",茶杯一般只用三至四只,因而,人多干杯时,"礼节见焉,先后分焉"。常规是:先宾后主,先老后幼,互相礼让,"礼仪之邦",其时见焉。

"仪"者,即仪式,这是最考究最复杂的一层。旧时候显贵人家待贵客时,需扫几拂窗,焚香沐手,其慕敬之心,有如礼佛;待茶的人员,可多至四个:一琴师、一小童、一半老男子、一妙龄少女。小童扇炉,叫"茶童";半老男子,叫"茶师父";妙龄女子,无称谓,一般是婢女。茶师父取其老于道茶,少女取其年少姣好;前者要的是他的经验,后者要的是她的美好,前者为的是"口福",后者为的是"眼福"——当然,这一切,已随一个时代的过去而"俱往矣"。当代人待客,未有这许多繁文缛节,主冲客饮,无琴,便用现代音响代替。亦是雅事一桩。

所谓"心"者,是功夫茶道的最高境界。以上所述,皆是"外在",皆是"施",唯有"心"是"内在"的"受"——再好的"道"需以心受。"众妙之门,存乎一心",再好的茶,亦需己心受。故,饮茶之道,其终极,是以心受之,品其奥妙,是为至道。

以层次而论,茶有"三受三品三香":一曰"鼻受臭(同"嗅",读xiù)品",品其"溢香"——凡是好茶,未饮之先味已四溢,香不可言。以笔者一己之体会,潮州功夫茶,略逊于台湾茶道者,是少了一个专门用来"鼻品"的"闻香杯",故引进之以改良。二曰"口受、舌品",品其"喷香",凡好茶液,入于口,及于舌尖,经舌上,过舌根,方入喉,极品之茶,其味无法言传,一合唇,茶香自口溢出,自鼻孔喷出,如此,百茶百味,千茶千味,未入心,心已受之。三曰:"心受,神品",品其"余香",好茶品一口,其味若初恋,三年思之若美人。

禅宗说:"吃饭喝茶,无非妙道。"妙在有心,片刻之享受,终身受益。人生的美好,便如品茶,无数闪光的片刻,组成殊堪品味回味的人生。

如此说来,喝茶,是世上最简单的事情,也是世上最复杂的事情。说简单,是平常喝法,一杯、一茶、一水,冲了喝便是。说复杂,是如本文所述,变为"文化",变为"艺术",变为"有意味的形式",变为一种"仪式"、一种"道"。

东方文化之奥,便在于"讲究",能从最简单处,得到无穷的体味,故功夫茶有"五行四德""三才四福"。五行者,茶为草木之属,炭为火之属,泉为水之属,器皿为金、土之属,一茶备,五行全。四德者"净、静、谨、敬"是也。三才者,天地人合一。春时品茶,世界绿染,执壶赏春,春风拂面,春色入心;夏日品茶,荷蕖争放,临水榭,赏清芳,盛夏之中,有"莲华世界"在;金秋品茶,黄英竞放,杯中有芳芬世界,心里有澄澈乾坤;冬时赏茶,有雪赏雪,无雪想雪,倘是"踏雪寻梅",自然更有诗意,倘无,清室拥暖炉,看水蒸云雾,壶藏乾坤，三杯入口，浑然忘我。如此，居于嚣嚣尘世，而得天地四时变化之妙，物我两忘，不论有无"琴师"、"茶童"、"茶师父"与"侍茶女"，只要有四时景色，种种天籁，清静梵心，则"口福、眼福、耳福、心福"四福皆备，人生有此，复何所求？

功夫茶文化，历史悠久，门派繁多，笔者虽自号"嗜"，亦仅是初涉此道；虽然"可以三日无书，不可一日无茶"，爱茶若妙人，亦仅仅是权作"门外茶谈"。末了，作打油诗一首。谓之《功夫茶杂咏》，曰——

一滴清茶藏大道，五行四德兼三才；
三千世界寄须弥，众妙之门为君开。

（选自《清风集》，中外文化出版公司一九九〇年版）

水乡茶居

杨羽仪

在广东水乡,茶居是一大特色。

每个村庄,百步之内,必有一茶居。这些茶居,不像广州的大茶楼,可容数百人;每一小"居",约莫只容七八张四方桌、二十来个茶客。倘若人来多了,茶居主人也不心慌,临河水榭处,湾泊着三两画舫,每舫四椅一茶几,舫中品茶,也颇有兴味。

茶居的建筑古朴雅致,小巧玲珑,多是一大半临河,一小半倚着岸边。地板和河面留着一个涨落潮的落差位。近年的茶居在建筑上有较大的变化,多用混凝土水榭式结构,也有砖木结构的,而我却偏好竹寮茶居。它用竹子做骨架,金字屋顶,覆盖着蓑衣或松树皮,临河四周也是松树皮编成的女墙,可凭栏品茗,八面来风,即便三伏天,这茶居也是一片清凉的世界。

茶居的名字,旧时多用"发记茶居""昌源茶室"的宝号。

现在，水乡人也讲斯文，常常可见"望江楼""临江茶室""清心茶座"等雅号。

旧时的水乡茶室，多备"一盅两件"。所谓"一盅"，便是一只铁嘴茶壶配一个瓦茶盅，壶里多放粗枝大叶，茶叶味涩而没有香气，仅可冲洗肠胃而已。所谓"两件"，多是粗糙的大件松糕、芋头糕、萝卜糕之类，虽然不怎样好吃，却也可以填肚子，干粗活的水乡人颇觉得实惠。现时，水乡人品茗，是越来越讲究了。茶居里再也不见粗枝大叶了，铁嘴壶也被淘汰了，换上白雪雪的瓷壶。柜台上陈列着十多种名茶，洞庭君山、云南普洱、西湖龙井、英德红茶……偶有一两种大众化的，也至少是茉莉花茶和荔枝红了。至于那"两件"，也绝非粗品，而是时兴的"干蒸烧卖""透明鲜虾饺""蛋黄鱼饼""牛肉精丸"之类，倘要填肚子，也很少吃糕，而多取荷叶糯米鸡了。在"史无前例"的年月，糯米也被什么"化"掉了，原先渗着清气的荷叶，因为《爱莲说》的作者是士大夫，这块荷叶也应该被"清队"了，"糯米鸡"变成了"裸裸鸡"。倘糯米饭中真的裹着鸡肉，虽是"赤膊上阵"，也还不失真趣。可是，不知哪个发明家，来个偷梁换柱，把鸡肉变成一块肥猪肉，这只"糯米鸡"变成了"裸裸糯米猪"。唉，那个时代酿造的虚伪，竟也渗入"糯米鸡"的馅里！现在，水乡茶居的糯米鸡，不但恢复了传统的荷叶包裹，而且糯米饭里头的确裹着鸡肉，还拌以虾米、冬菇、云耳等珍品，色香味均属上乘，百唳不厌。

水乡人饮茶,又叫"叹茶"。那个"叹"字,是很有学问的。

我想,"吃酒图醉",而且"一醉方休",大概不是吃酒的宗旨,"醉翁之意不在酒"么。会吃酒的人,邀三几个情投意合者,促膝谈心,手中举着酒杯儿,美美倾谈,酒中吐出真情,意真情挚,便渐渐进入古时所谓"酒三昧"的境界。"叹"茶的"叹"字,我以为是享受的意思。不论"叹"早茶或晚茶,水乡人都把它作为一种享受。他们一天辛勤劳作,各自在为新生活奔忙,带着一天的劳累和溽热,有暇"叹"一盅茶,去去心火,便是紧张生活的一种缓冲。我认为"叹"茶的兴味,未必比酒淡些,它也可以达到"醺醺而不醉"的境界。

"叹"茶的特点是慢饮。倘在早晨,茶客半倚栏杆欣赏着小河如何揭去雾纱露出俏美的真容,两岸的番石榴、木瓜、阳桃果实,或浓或淡的香气,渗进小河里,迷蒙、淡远的小河,便如倾翻了满河的香脂。或者,看大小船只在半醒半睡的小河中摇橹扬帆来去,看榕荫、朝日和小鸟的飞鸣。倘在傍晚,日光落尽,云影无光,两岸渐渐消失在温柔的暮色里,船上的人的吆喝声渐渐远了,河面被一片紫雾笼罩。不知不觉,皎月悄悄浸在小河里……晨昏的小河,倘遇幽人雅士,固然为之倾倒。然而,茶客当中多是农民,未必为之动情。不过,水乡人"叹"茶,动辄两个小时。他们细细地品味,不仅品味着食物,而且也品味着生活。

一座水乡小茶居，便是一幅"浮世绘"。茶被冲进壶里，不论同桌的是知己还是陌路人，话匣子就打开了。村里的新闻，世事的变迁，人间的悲欢，正史的还是野史的，电台播的大道新闻还是乡间的小道消息，全都在"叹"茶中互相交换"版本"。说着，听着，有轻轻的叹息，有呵呵的笑声，也有愤世嫉俗的慨叹。无怪乎古时的柳泉居士蒲松龄先生也是在泉边开一小茶座，招呼过往客人，一边"叹"茶，一边收集可写《聊斋志异》的故事了。

在茶居里，有独自埋下头，静静地读完一张报纸的；有读着、读着，突然拍案而起，惊动四邻的。如今农村经济政策不断放宽，水乡人的两道浓眉也越来越舒展。茶客们"叹"着茶，便心碰心儿，谁个养了多少头奶牛，年产量多少；谁个治木瓜害虫有特效药；谁个万元户联合起来给穷队投资，帮助穷队改变落后面貌……茶越冲越淡了，话却越说越浓。有的茶客在斟盘商谈合资联营，把"死了火"的大队砖窑复活过来，合资购买一辆大卡车，经营长途贩运……一桩桩雄心勃勃的事儿，就在"叹"茶中经过"斟盘"而"拍板"了，这里，茶客们的兴致更浓了，他们举起茶杯碰起杯来，始觉浓茶已冲成白开水，便呵呵大笑，吩咐茶居主人再沏一壶香茶……

这样的"草草杯盘共一欢"，便是水乡生活中的诗。

月已阑珊，上下莹澈，茶居灯火的微芒，小河月影的皱皱,水汽的飘拂,夜潮的拍岸,一座座小小茶居在醉意中,一切都和心象相融合。我始觉这个"叹"字的功夫,颇如艺术的魅力,竟使人渐醉……

(选自《清风集》,中外文化出版公司一九九〇年版)

西湖茶事

于冠西

少时读陆游《临安春雨初霁》诗,读到"晴窗细乳戏分茶",总对"分茶"一词不得其解。后来,长居杭州,便中请教专家,才知道"分茶"是宋元时煎茶品茗中的一种逸趣。茶煎汤后,上浮细沫如乳,用箸搅之,使汤水波纹幻变成种种形状,借以观赏。杨万里《澹庵座上观显上人分茶》一诗,曾专门记述了老僧分茶时茶汤中显现的奇妙景象:"纷如擘絮行太空,影落寒江能万变。"曾见有的注家,把陆诗中"晴窗"一句注为:借晴窗之光,分拣茶叶,鉴别质量等级。释义欠准确。宋时所用都是饼茶、团茶,尚无散茶制法,如何分拣?

从上述放翁这句诗中,也使人知道当时茶中上品其浮沫色白如乳,色翠绿者即非上乘。所以,蔡襄为范仲淹改诗一事,曾传为文坛佳话。蔡将范诗中"黄金碾畔绿尘飞,碧玉瓯中翠涛起"改为"黄金碾畔玉尘飞,碧玉瓯中素涛起"。身居龙图阁直学士高位的范仲淹,对此谦逊而感佩地说:"君善鉴茶者也,此中吾语之病也。"蔡曾任福州、杭州知州,对茶确有研究。《茶录》一书,就是他论茶、论茶器兼论烹茶之法的专著。

昔日茶色贵乳白,后世茶色贵翠绿,大约主要是制茶及煎泡方法不同的缘故。据记载,古人饮茶,开始是用野生鲜叶,到了曹魏始有采叶做饼的方法,目的是方便携带和保存。唐代发明了蒸汽杀青捣碎制饼烘干法,宋代又有于蒸青之后压榨去汁做成蒸青团茶之法。那时饮茶,要将茶饼或茶团弄碎碾细,置于容器烹煮,饮时连同茶末一同下咽。所以唐宋诗文中均称"煎茶""烹茶""煮茶",而无"冲茶""沏茶""泡茶"之称。陆游、杨万里时代的文人墨客、僧尼道士以"分茶"为茶道中之一乐事,就是这么来的。

西湖群山皆产茶。西湖种茶始于何代何人,其说不一,《西湖志》等书对此亦乏详确记述。但在唐代陆羽所著的《茶经》中,已有杭州天竺、灵隐二寺产茶的记载。当时所产之茶,名为"白云茶""香林茶""宝林茶"。至北宋苏东坡知杭州时,对西湖种茶的历史曾有考证,他认为西湖最早的茶树,在灵隐下天竺香林洞一带,是南朝宋诗人谢灵运(三八五至四三三年)在下天竺翻译佛经时,从天台山带来的。故苏诗中有"天台乳花也不见""白云峰下雨旗新"等句（白云峰在上天竺）。东坡此说和《茶经》之记载正相吻合。如以此说推断，西湖种茶最迟当始于南北朝，距今已有一千五百余年的历史。而倡导种茶者，多与从事宗教佛事的人士有关。所以，除野生之茶外，古代人工种植之茶树，多在名山古刹附近。据专家说，这是因为寺庙僧尼均奉斋戒，以茶代酒；而且饮茶可以提神，避免在坐禅修行时为睡魔所扰。

饮茶而讲究茶叶，始于唐代。推重何处出产之茶，则因年代而不相同。如唐代重阳羡（今江苏宜兴）茶，宋重建州（今福建建瓯）茶，清代则重武夷茶、龙井茶。可见西湖龙井茶之名重于世是比较晚的。

龙井茶至清代始得被推重，这大约和上述制茶工艺的演进有关。制茶由饼茶、团茶而逐渐演进为后来的散茶；饮茶由烹、煮演进为后来的冲、沏，是明清以来的事。演进的原因，是后者较之前者制作简便，省工省时，更重要的是保持了茶叶的色、香、味、形，大大提高了茶汤的品质和品茗的真趣。

西湖龙井茶，就是在这种演进中，充分显示了它们的优势，以其色香味形"四绝"而后来居上、独步天下的。

西湖群山依江带湖，气候温和，雨量充沛。尤其在春茶旺发时节，不时细雨蒙蒙，山坡溪涧之间的茶园，时与云雾为侣。加以茶园多系微酸沙质土壤，通气透水，有效磷含量丰富，非常适宜茶树的生长。其中尤以狮峰、龙井、云楼、梅家坞所产之茶品质最优。昔日即按此分为"狮""龙""云""梅"四个品类。近几十年来，已将其归并为"狮""龙""梅"三个品类。其中以狮峰龙井为诸茶之冠，一九八一年曾荣获国家金质奖。

"龙井茶"之名，既是以其产地命名，又是以其世传的独特的制茶技艺命名。所以，产于西湖者或产于杭州郊县者，凡以其技艺所制之茶，均称之为"龙井茶"。但不产于西湖者，皆称之为"浙江龙井"，以与"西湖龙井"相区别。

龙井茶的外形和内质皆美，除产地天时地利条件外，全赖其精湛的炒制工艺。炒制特级龙井，全用手工操作，分"青锅"和"辉锅"两道工序，其间不经揉捻，是制作上的一大特色。炒茶温度控制全凭手感，炒制过程有"抖、带、挤、甩、挺、拓、扣、抓、压、磨"等十大手法。熟练地掌握这一系列手法，绝非一朝一夕之功。炒制一市斤特级龙井茶，需用手工采摘、精心挑选的三万至四万只芽头，炒制时间达四小时之久。所以，龙井上品来之不易。

常言道："好茶尚须好水""茶贵新、水贵活"。西湖除产好茶外，还有好水与其相配，真是得天独厚。《西湖志·山水》所载之名泉、名涧、名井多不胜数，多为品茗之佳水。如今最著名的莫过于虎跑泉、龙泓井。其他尚有灵隐之冷泉（实为涧水）、灵峰南麓之玉泉、葛岭背后之白沙泉等等。虎跑泉位于大慈山麓定慧禅院之中，泉清渫而甘寒，古时与龙井、玉泉、郭婆井、吴山泉，并称为"杭之圣水"。如于清明前后，去虎跑、龙井等地，得新制之"明前""雨前"特级龙井少许，置于杯中，以煮沸而稍降温之新鲜泉水冲泡，但见杯盏中朵朵芽片，芽芽直立，一枪（芽尖）一旗（嫩叶），徐徐舒展，缓缓摇曳下沉，其形天然完美，栩栩如生。若所用茶具是明洁的无色玻璃杯，此时若迎着日光看去，只见嫩绿芽片上的茸茸细毫，与茶汤中上下翻腾之细小茶素，晶莹闪烁，交相辉映，展现出一片春的生机。茶汤之色，淡雅素净，宛若早春三月烟雨空蒙中湖山所透出的一片新绿。随着杯中茶气的蒸腾，其气之香，介于有无之间，如龙井幽谷所产之素兰，嗅之则无，无意中却沁人心脾，大有君子之风。至于茶汤之味，更是轻清无比，若细细品啜，则觉清而不醇，甘而不冽，口颊生香，芬芳隽永。假日工余，若得于此山水佳处凭窗静坐，品此好茶，实是一大雅事，一大乐事。

周恩来总理生前最爱饮龙井茶。来杭时，公务之余，常自杭州饭店（他不住别墅，只住杭州饭店五楼）出行过西泠桥，沿白堤去孤山前的楼外楼等处品茶。每次品过，均嘱随行同志代为照价付钱。住在宾馆喝茶亦照价付款。而且上午冲泡一杯，品尝之后，嘱服务员不要倒掉，下午仍继续冲饮。他曾对人说，一杯龙井，数百嫩芽，由采到制，来之不易，物力民力应当爱惜。周总理与西湖茶农交谊很深，每次来杭，必去龙井、茅家埠、梅家坞等地访问茶农,了解茶事民情,同干部座谈发展规划,同采茶能手在茶园聊天,鼓励茶区努力增加产量,提高质量,以弘扬祖国的茶文化,使龙井茶能为国内外更多的人士所享用、所喜爱。他曾称梅家坞是他联系各层群众的蹲点单位。只此一地,他就先后去过五次,可说是全村妇孺皆识。

朱德总司令生前不只喜爱杭州之兰(杭州花圃兰花室之匾额即其亲笔所题,并曾赠亲自培育的茶花珍贵品种),而且喜爱西湖之茶,他老人家也曾不止一次去茶乡访问,并有《看西湖茶区》七绝一首:"狮峰龙井产名茶,生产小队一百家。开辟斜坡四百亩,年年收入有增加。"

鲁迅先生虽为浙人,但平日似不讲究饮茶。有一回上海某公司廉价卖茶,先生以每两洋二角去买来二两。他在一篇杂文中写道:"开首泡了一壶,怕它冷得快,用棉袄包起来,却不料郑重其事的来喝的时候,味道竟和我一向喝着的粗茶差不多,颜色也很重浊。我知道这是自己错误了,喝好茶,是要用盖碗的,于是用盖碗。果然,泡了之后,色清而味甘,微香而小苦,确是好茶。"他认为"有好茶喝,会喝好茶,是一种'清福'"。"假使是一个使用筋力的工人,在喉干欲裂的时候,那么,即使给他龙井芽茶,珠兰窨片,恐怕他喝起来也未必觉得和热水有什么大区别罢。"(《准风月谈·喝茶》)郁达夫和鲁迅不同,他是喜吃好茶、会吃好茶的。他的《登杭州南高峰》诗中，就有"病肺年来惯出家，老龙井上煮桑芽"，"香暗时挑闺里梦，眼明不吃雨前茶"之句。

一九八四年茶叶市场开放以来，在发展茶区商品经济的同时，西湖茶文化正在逐步兴起。杭州正在筹建颇具规模的茶叶博物馆，借以弘扬祖国茶文化的优秀遗产，普及茶叶知识，促进中外茶文化的交流，促进茶叶事业的发展。在九里松洪春桥畔的密林深处，还新建了一座古朴典雅的"茶人之家"，成为有关茶事的中外学者、专家及品茗爱好者的聚会品茗之所。在西湖茶乡，近年来又恢复了中断多年的"斗茶"活动。每逢"斗茶"，来自西湖各茶乡的数十名制茶高手，各显神通，比赛制茶。由省市十位著名茶叶专家当场评判。在一九八九年四月的"斗茶"中，满觉村四十九岁的茶农杨继昌，得分最高，继上届比赛获得冠军之后，又一次名列榜首，成为"斗茶双连冠"。

目前，杭州饮料市场虽遭受"可乐""雪碧""雀巢""麦氏"的强烈冲击，大街小巷，各色咖啡厅、咖啡屋鳞次栉比，但各传统茶室，特别是风景名胜之地的虎跑、龙井、玉泉、吴山等处的茶室，中外茶客依然慕名而至，时常座无虚席。市区不少品茗爱好者，还于每日清晨乘车或骑车赶到虎跑等名泉之地，以各种便于携带的容器灌装泉水，运回用以冲茶。今年春季，因每日前往取水者人数过多，虎跑泉水水量及洁净程度受到威胁，报纸曾呼吁设法加以节制。可见，有千余年历史的西湖茶文化，根深叶茂，是绝不会为"雀巢""雪碧"之类的时髦挤垮的。

（选自《清风集》，中外文化出版公司一九九〇年版）

辑 三

茶 话

喝茶

周作人

前回徐志摩先生在平民中学讲"吃茶",——并不是胡适之先生所说的"吃讲茶",——我没有工夫去听,又可惜没有见到他精心结构的讲稿,但我推想他是在讲日本的"茶道"(英文译作Teaism),而且一定说的很好。茶道的意思,用平凡的话来说,可以称作"忙里偷闲,苦中作乐",在不完全的现世享乐一点美与和谐,在刹那间体会永久,是日本之"象征的文化"里的一种代表艺术。关于这一件事,徐先生一定已有透彻巧妙的解说,不必再来多嘴,我现在所想说的,只是我个人的很平常的喝茶罢了。

喝茶以绿茶为正宗,红茶已经没有什么意味,何况又加糖与牛奶?葛辛(George Gissing)的《草堂随笔》(Private Papers of Henry Ryecroft)确是很有趣味的书,但冬之卷里说及饮茶,以为英国家庭里下午的红茶与黄油面包是一日中最大的乐事，中国饮茶已历千百年，未必能领略此种乐趣与实益的万分之一，则我殊不以为然。红茶带"土斯"未始不可吃，但这只是当饭，在肚饥时食之而已；我的所谓喝茶，却是在喝清茶，在赏鉴其色与香与味，意未必在止渴，自然更不在果腹了。中国古昔曾吃过煎茶及抹茶，现在所用的都是泡茶，冈仓觉三在《茶之书》(Book of Tea, 1919)里很巧妙的称之曰"自然主义的茶"，所以我们所重的即在这自然之妙味。中国人上茶馆去，左一碗右一碗的喝了半天，好像是刚从沙漠里回来的样子，颇合于我的喝茶的意思，（听说闽粤有所谓吃功夫茶者自然也有道理。）只可惜近来太是洋场化，失了本意，其结果成为饭馆子之流，只在乡村间还保存一点古风，唯是屋宇器具简陋万分，或者但可称为颇有喝茶之意，而未可许为已得喝茶之道也。

喝茶当于瓦屋纸窗之下，清泉绿茶，用素雅的陶瓷茶具，同二三人共饮，得半日之闲，可抵十年的尘梦。喝茶之后，再去继续修各人的胜业，无论为名为利，都无不可，但偶然的片刻优游乃正亦断不可少。中国喝茶时多吃瓜子，我觉得不很适宜，喝茶时所吃的东西应当是清淡①的"茶食"。中国的茶食却变了"满汉饽饽"，其性质与"阿阿兜"相差无几；不是喝茶时所吃的东西了。日本的点心虽是豆米的成品，但那优雅的形

---

① "清淡"原刊作"轻淡"。

色，朴素的味道，很合于茶食的资格，如各色的"羊羹"（据上田恭辅氏考据，说是出于中国唐时的羊肝饼），尤有特殊的风味。江南茶馆中有一种"干丝"，用豆腐干切成细丝，加姜丝酱油，重汤炖热，上浇麻油，出以供客，其利益为"堂倌"所独有。豆腐干中本有一种"茶干"，今变而为丝，亦颇与茶相宜。在南京时常食此品，据云有某寺方丈所制为最，虽也曾尝试，却已忘记，所记得者乃只是下关的江天阁而已。学生们的习惯，平常"干丝"既出，大抵不即食，等到麻油再加，开水重换之后，始行举箸，最为合式。因为一到即罄，次碗继至，不遑应酬，否则麻油三浇，旋即撤去，怒形于色，未免使客不欢而散，茶意都消了。

吾乡昌安门外有一处地方，名三脚桥（实在并无三脚，乃是三出，因以一桥而跨三叉的河上也），其地有豆腐店曰"周德和"者，制茶干最有名。寻常的豆腐干方约寸半，厚三分，值钱二文，周德和的价值相同，小而且薄，几及一半，黝黑坚实，如紫檀片。我家距三脚桥有步行两小时的路程，故殊不易得，但能吃到油炸者而已。每天有人挑担设炉镬，沿街叫卖，其词曰：

辣酱辣，麻油炸，
红酱搽，辣酱拓；
周德和格五香油炸豆腐干。

其制法如上所述，以竹丝插其末端，每枚值三文。豆腐干大小如周德和，而甚柔软，大约系常品。唯经过这样烹调，虽然不是茶食之一，却也不失为一种好豆食。——豆腐的确也是极东的佳妙的食品，可以有种种的变化，唯在西洋不会被领解，正如茶一般。

日本用茶淘饭，名曰"茶渍"，以腌菜及"泽庵"（即福建的黄土萝卜，日本泽庵法师始传此法，盖从中国传去）等为佐，很有清淡而甘香的风味。中国人未尝不这样吃，唯其原因，非由穷困即为节省，殆少有故意往清茶淡饭中寻其固有之味者，此所以为可惜也。

十三年十二月

（原载《语丝》第七期，一九二四年十二月）

茶和交友

林语堂

我以为从人类文化和快乐的观点论起来，人类历史中的杰出新发明，其能直接有力的有助于我们的享受空闲、友谊、社交和谈天者，莫过于吸烟、饮酒、饮茶的发明。这三件事有几样共同的特质：第一，它们有助于我们的社交；第二，这几件东西不至于一吃就饱，可以在吃饭的中间随时吸饮；第三，都是可以借嗅觉去享受的东西。它们对于文化的影响极大，所以餐车之外另有吸烟车，饭店之外另有酒店和茶馆，至少在中国和英国，饮茶已经成为社交上一种不可少的制度。

烟酒茶的适当享受，只能在空闲、友谊和乐于招待之中发展出来。因为只有富于交友心，择友极慎，天然喜爱闲适生活的人士，方有圆满享受烟酒茶的机会。如将乐于招待心除去，这三种东西便成为毫无意义。享受这三件东西，也如享受雪月花草一般，须有适当的同伴。中国的生活艺术家最注意此点，例如：看花须和某种人为伴，赏景须有某种女子为伴，听雨最好须在夏日山中寺院内躺在竹榻上。总括起来说，赏玩一样东西时，最紧要的是心境。我们对每一种物事，各有一种不同的心境。不适当的同伴，常会败坏心境。所以生活艺术家的出发点就是：他如更想要享受人生，则第一个必要条件即是和性情相投的人交朋友，须尽力维持这友谊，如妻子要维持其丈夫的爱情一般，或如一个下棋名手宁愿跑一千里的长途去会见一个同志一般。

所以气氛是重要的东西。我们必须先对文士的书室的布置和它的一般的环境有了相当的认识，方能了解他怎样在享受生活。第一，他们必须有共同享受这种生活的朋友，不同的享受须有不同的朋友。和一个勤学而含愁思的朋友共去骑马，即属引非其类，正如和一个不懂音乐的人去欣赏一次音乐表演一般。因此，某中国作家曾说过：

赏花须结豪友，观妓须结淡友，登山须结逸友，泛舟须结旷友，对月须结冷友，待雪须结艳友，捉酒须结韵友。

他对各种享受已选定了不同的适当游伴之后，还须去找寻适当的环境。所住的房屋，布置不必一定讲究，地点也不限于风景幽美的乡间，不必一定需一片稻田方足供他的散步，也不必一定有曲折的小溪以供他在溪边的树下小憩。他所需的房屋极其简单，只需："有屋数间，有田数亩，用盆为池，以瓮为牖，墙高于肩，室大于斗，布被暖余，藜羹饱后，气吐胸中，充塞宇宙。凡静室，须前栽碧梧，后种翠竹。前檐放步，北用暗窗，春冬闭之，以避风雨，夏秋可开，以通凉爽。然碧梧之趣，春冬落叶，以舒负暄融和之乐，夏秋交荫，以蔽炎烁蒸烈之威。"或如另一位作家所说，一个人可以"筑室数楹，编槿为篱，结茅为亭。以三亩荫竹树栽花果，二亩种蔬菜。四壁清旷，空诸所有。蓄山童灌园薙草，置二三胡床着亭下。挟书剑，伴孤寂，携琴弈，以迟良友。"

到处充满着亲热的空气。

吾斋之中，不尚虚礼。凡入此斋，均为知己。随分款留，忘形笑语。不言是非，不侈荣利。闲谈古今，静玩山水。清茶好酒，以适幽趣。臭味之交，如斯而已。

在这种同类相引的气氛中，我们方能满足色香声的享受，吸烟饮酒也在这个时候最为相宜。我们的全身便于这时变成一种盛受器械，能充分去享受大自然和文化所供给我们的色声香味。我们好像已变为一把优美的梵哑林，正待由一位大音乐家来拉奏名曲了。于是我们"月夜焚香，古桐三弄，便觉万虑都忘，妄想尽绝。试看香是何味，烟是何色，穿窗之白是何影，指下之余是何音，恬然乐之，而悠然忘之者，是何趣，不可思量处

茶和交友　233

是何境?"

一个人在这种神清气爽,心气平静,知己满前的境地中,方真能领略到茶的滋味。因为茶须静品,而酒则须热闹。茶之为物,性能引导我们进入一个默想人生的世界。饮茶之时而有儿童在旁哭闹,或粗蠢妇人在旁大声说话,或自命通人者在旁高谈国是,即十分败兴,也正如在雨天或阴天去采茶一般的糟糕。因为采茶必须天气清明的清早,当山上的空气极为清新,露水的芬芳尚留于叶上时,所采的茶叶方称上品。照中国人说起来,露水实在具有芬芳和神秘的功用,和茶的优劣很有关系。照道家的返自然和宇宙之能生存全恃阴阳二气交融的说法,露水实在是天地在夜间和融后的精英。至今尚有人相信露水为清鲜神秘的琼浆,多饮即能致人兽于长生。特昆雪所说的话很对,他说:"茶永远是聪慧的人们的饮料。"但中国人则更进一步,而且它为风雅隐士的珍品。

因此,茶是凡间纯洁的象征,在采制烹煮的手续中,都须十分清洁。采摘烘焙,烹煮取饮之时,手上或杯壶中略有油腻不洁,便会使它丧失美味。所以也只有在眼前和心中毫无富丽繁华的景象和念头时,方能真正的享受它。和妓女作乐时,当然用酒而不用茶。但一个妓女如有了品茶的资格,则她便可以跻于诗人文士所欢迎的妙人儿之列了。苏东坡曾以美女喻茶,但后来,另一个持论家,《煮泉小品》的作者田艺蘅即补充说,如果定要以茶去比拟女人,则唯有麻姑仙子可做比拟。至于"必若桃脸柳腰,宜躯屏之销金幔中,无俗我泉石"。又说:"啜茶忘喧,谓非膏粱纨绔可语。"

据《茶录》所说:"其旨归于色香味,其道归于精燥洁。"所以如果要体味这些质素,静默是一个必要的条件;也只有"以一个冷静的头脑去看忙乱的世界"的人,才能够体味出这些质素。自从宋代以来,一般喝茶的鉴赏家认为一杯淡茶才是最好的东西,当一个人专心思想的时候,或是在邻居嘈杂,仆人争吵的时候,或是由面貌丑陋的女仆侍候的时候,当会很容易地忽略了淡茶的美妙气味。同时,喝茶的友伴也不可多,"因为饮茶以客少为贵。客众则喧,喧则雅趣乏矣。独啜曰幽;二客曰胜;三四曰趣;五六曰泛;七八曰施。"

《茶疏》的作者说:"若巨器屡巡,满中泻饮,待停少温,或求浓苦,何异农匠作劳,但需涓滴;何论品赏?何知风味乎?"

因为这个理由,因为要顾到烹时的合度和洁净,有茶癖的中国文士都主张烹茶须自己动手。如嫌不便,可用两个小僮为助。烹茶须用小炉,烹煮的地点须远离厨房,而近在饮处。茶僮须受过训练,当主人的面前烹煮。一切手续都须十分洁净,茶杯须每晨洗涤,但不可用布揩擦。僮儿的两手须常洗,指甲中的污腻须剔干净。"三人以上,止爇一炉,如五六人,便当两鼎,炉用一童,汤方调适,若令兼作,恐有参差。"

真正鉴赏家常以亲自烹茶为一种殊乐。中国的烹茶饮茶方法不像日本那么过分严肃和讲规则,而仍属一种富有乐趣而又高尚重要的事情。实在说起来，烹茶之乐和饮茶之乐各居其半，正如吃西瓜子，用牙齿咬开瓜子壳之乐和吃瓜子肉之乐实各居其半。

茶炉大都置在窗前，用硬炭生火。主人很郑重地扇着炉火，注视着水壶中的热气。他用一个茶盘，很整齐地装着一个小泥茶壶和四个比咖啡杯小一些的茶杯。再将贮茶叶的锡罐安放在茶盘的旁边，随口和来客谈着天，但并不忘了手中所应做的事。他时时顾看炉火，等到水壶中渐发沸声后，他就立在炉前不再离开，更加用力地扇火，还不时要揭开壶盖望一望。那时壶底已有小泡，名为"鱼眼"或"蟹沫"，这就是"初滚"。他重新盖上壶盖，再扇上几扇，壶中的沸声渐大，水面也渐起泡，这名为"二滚"。这时已有热气从壶口喷出来，主人也就格外注意。到将届"三滚"，壶水已经沸透之时，他就提起水壶，将小泥壶里外一浇，赶紧将茶叶加入泥壶，泡出茶来。这种茶如福建人所饮的"铁观音"，大都泡得很浓。小泥壶中只可容水四小杯，茶叶占去其三分之一的空隙。因为茶叶加得很多，所以一泡之后即可倒出来喝了。这一道茶已将壶水用尽，于是再灌入凉水，放到炉上去煮，以供第二泡之用。严格的说起来，茶在第二泡时为最妙。第一泡譬如一个十二三岁的幼女，第二泡为年龄恰当的十六女郎，而第三泡则已是少妇了。照理论上说起来，鉴赏家认第三泡的茶为不可复饮，但实际上，则享受这个"少妇"的人仍很多。

以上所说是我本乡中一种泡茶方法的实际素描。这个艺术是中国的北方人所不晓的。在中国一般的人家中,所用的茶壶大都较大。至于一杯茶,最好的颜色是清中带微黄,而不是英国茶那样的深红色。

我们所描写的当然是指鉴赏家的饮茶,而不是像店铺中的以茶奉客。这种雅举不是普通人所能办到,也不是人来人往,论碗解渴的地方所能办到。《茶疏》的作者许次纾说得好:"宾朋杂沓,止堪交错觥筹;乍会泛交,仅须常品酬酢。惟素心同调,彼此畅适,清言雄辩,脱略形骸,始可呼童篝火,汲水点汤,量客多少,为役之烦简。"而《茶解》作者所说的就是此种情景:"山堂夜坐,汲泉煮茗。至水火相战,如听松涛。倾泻入杯,云光潋滟。此时幽趣,故难与俗人言矣。"

凡真正爱茶者,单是摇摩茶具,已经自有其乐趣。蔡襄年老时已不能饮茶,但他每天必烹茶以自娱,即其一例。又有一个文士名叫周文甫,他每天自早至晚,必在规定的时刻自烹自饮六次。他极宝爱他的茶壶,死时甚至以壶为殉。

因此,茶的享受技术包括下列各节:第一,茶味娇嫩,茶易败坏,所以整治时,须十分清洁,须远离酒类、香类一切有强味的物事和身带这类气息的人;第二,茶叶须贮藏于冷燥之处,在潮湿的季节中,备用的茶叶须贮于小锡罐中,其余则另贮大罐,封固藏好,不取用时不可开启,如若发霉,则须在文火上微烘,一面用扇子轻轻挥扇,以免茶叶变黄或变色;第三，烹茶的艺术一半在于择水，山泉为上，河水次之，井水更次，水槽之水如来自堤堰，因为本属山泉，所以很可用得；第四，客不可多，且须文雅之人，方能鉴赏杯壶之美；第五，茶的正色是清中带微黄，过浓的红茶即不能不另加牛奶、柠檬、薄荷或他物以调和其苦味；第六，好茶必有回味，大概在饮茶半分钟后，当其化学成分和津液发生作用时，即能觉出；第七，茶须现泡现饮，泡在壶中稍稍过候，即会失味；第八，泡茶必须用刚沸之水；第九，一切可以混杂真味的香料，须一概摒除，至多只可略加些桂皮或茉莉花，以合有些爱好者的口味而已；第十，茶味最上者，应如婴孩身上一般的带着"奶花香"。

据《茶疏》之说，最宜于饮茶的时候和环境是这样：

饮时：
心手闲适　披咏疲倦　意绪棼乱　听歌拍曲
歌罢曲终　杜门避事　鼓琴看画　夜深共语
明窗净几　洞房阿阁　宾主款狎　佳客小姬
访友初归　风日晴和　轻阴微雨　小桥画舫
茂林修竹　课花责鸟　荷亭避暑　小院焚香
酒阑人散　儿辈斋馆　清幽寺院　名泉怪石

宜辍：
作字　观剧　发书柬　大雨雪　长筵大席
翻阅卷帙　人事忙迫　及与上宜饮时相反事

不宜用：

恶水　敝器　铜匙　铜铫　木桶　柴薪

粗童　恶婢　不洁巾悦　各色果实香药

不宜近：

阴室　厨房　市喧　小儿啼　野性人　童奴相哄

酷热斋舍

（选自《林语堂文集》，作家出版社一九九五年版）

《古今茶事》序

胡山源

对于茶,虽然不至于像对于酒那样,我绝对不喝,却也喝得很少。现在我所喝的,就只是开水。

一天到晚,在冬季,我大约要喝一壶开水,在夏季,则至少两壶,如果打了球,那就三四壶都说不定。我只用一把壶,瓷壶,不用杯子,嘴对嘴喝着。我以为这种喝,最卫生,最爽快,为什么要用杯子,多所麻烦呢!反正这一把壶又只有我一个人喝。(偶然我的妻与儿女也要喝,我也由他们喝,反正同为一家人,吃同一只锅子烧出来的,同一只碗盛出来的饭与菜,要避免什么不良的传染,也避免不到什么地方去。何况我相信,我们一家人都十分健全,谁的口腔里也不含有一些传染病。不过这也许不能通行到别人家去,那末,我还是主张一人一把壶,废去杯子就是了。)

我最不喜欢喝热水瓶中倒出来的热开水,而只喜欢喝冷开水。这在夏天，固然很凉，也许为别人所欢迎，在冬天，恐怕就有人要对之摇头吧。但我却以为冬天喝冷开水，其味无穷，并不下于夏天的冰淇淋。假使你不相信，请你尝尝看。

我这样的喝开水，不喝茶，甚至冬天喝冷开水，不喝热开水，当然是有原因的，并非我穷得连茶叶都买不起，或故意要惊世骇俗，作此怪僻的行为。原因很简单，就是怕麻烦。既然喝茶是为了解渴，开水、冷开水，都可以解渴，何必一定要喝茶，要喝热开水呢？若说喝茶并非为了解渴，是为了享受茶味，为了助谈兴，与人联欢，那末，我没有这种心思，这种工夫，由别人去吧，我不反对，但同时我希望别人也不要勉强我，勉强我去喝这样的茶。

苏州人上茶馆似乎是很出名的。我曾在苏州做过事，可是一年之内，我只上过一次，至多两次茶馆，那是为了朋友约在那处，不能不去。在故乡，在别处，我就从来不一个人或和别人上茶馆去喝茶，除了有时为人所约，非在这种地方不可之外。

不过我的喝冷开水，也不自今日始。我从小就喝过各种水。我是乡下人出身，我正可以告诉你一些乡下人，也就是我所喝的水。最普通的是缸里的河水。这在我家，是用矾澄清过的。在有些人家，根本就不用矾。夏天喝井水，凉沁心脾，绝不下于冰冻荷兰水。池水我也喝过，我最记得，由我乡间的故乡上城时，必须走过一个出名的"清水池塘"，在热天，我走到那里，和别人一般，总要蹲下去用手掬着喝一个饱。山间的泉水,当然是最好的,我往往要伏下去作一会牛饮。此外还有"天落水",我也喝过,甚至我祖母所说的"灶家菩萨的汰脚水",就是"汤罐水",我也喝过。

我的祖母是不许我喝"生水"的,甚至也不给我喝开水,而给我喝茶。但我也许生性不习惯,看见左邻右舍同样的孩子,甚至在喝着污水,并不哼一下肚子痛,我就羡慕得不得了。我要自由喝,我不愿意在喝时受束缚,所以在我的祖母管不着我时,我就喝着上述的种种水。侥幸,我也并没有因此闹过一次肚子。二十多年前在上海,有一年我就完全喝自来水,原因是只有一个人,不高兴每天上老虎灶去泡开水。结果也很好,并没有意外。

我的确主张喝生水。这有什么不好呢?有几个乡下人是喝熟水的?我以为只要身体健康,就会百病消除。不信,正可以使我们记起这样的医药故事:某医药教授,在其身体健康时,当众喝下一杯霍乱菌,结果扬扬如平时,并未吐泻。据说,航海的人缺了淡水,只可以用布绞了咸水喝,旅行沙漠的人缺了鲜水,连泥浆都会喝下去。安知我们就不会有这一天呢?到了这一天你将如何呢?(我主张积极的,压倒病菌的卫生,不主张消极的,处处向病菌示弱的卫生。理由很多,大家总能想到。)

我那样的生水都喝过,我的喝冷开水又何足为奇!不但不足为奇,简直已经很奢侈了:烹熟的,还要用瓷壶装,虽然勉强取消了一只杯子。

不过我在乡间的儿童时代,到底是喝茶的时候为多,而喝生水或开水的时候为少。原因就为了我的祖母是"城里人"出身,她的饮食起居不同于一般乡下人,所以我在解渴时,总喝着茶。

最普通的茶,是到街上去买回来的茶梗泡的。它的味道,平常得很,无可纪念。使我至今还忘不掉的,是这几种茶:一,焦大麦茶。这是许多种田人都喝的,其甘香之味,我以为远胜于武夷或普洱。二,锅巴茶。据说,从前某皇帝,正德或乾隆,出外"游龙",在一个乡下人家喝了锅巴茶,回到皇宫里因为御茶房烧不出这种茶,杀了不知多少人,其味之佳,可想而知。三,棠棣茶。这是生在山上的较小的一种山楂树,将它的叶子采回来炒焦了也可以泡茶吃。我家没有,偶然在邻家喝到,其味似乎有些涩的。四,夏枯草茶。这也在邻家喝到,有些药味。不过涩与药,也另有清凉之味。

我家还肯买茶叶——其实是茶梗——所以还有真正的茶喝,一般乡下人,如果是喝茶的,就大都只用焦大麦与锅巴来泡茶。因为这不必费钱去买,大麦与锅巴,都是自己家里有的东西,只要炒炒焦就是了。还有些人家,因为舍不得大麦与锅巴,而也要尝尝茶味,就只有采取野生的棠棣和夏枯草了。我忝为乡下人,总算都尝到了这些好茶。我想,如果将这些茶料装潢起来,放在锦盒中,题个什么佳名,或者甚至说是外国来

《古今茶事》序 243

的，有如Lipton，放在上海各大公司的橱窗里出售，也许会被高等仕女所啧啧称道吧！咖啡和可可，都是南美洲土人喝的东西，但一经提倡，便风行全球，安知它们不会也有这一天呢？"口之于味也，有同嗜焉"，至少在现今的时世，不大靠得住。可惜它们都埋没在乡间，终于难登大雅之堂！然而它们到底还是侥幸的，它们保全了它们的天真，本味，与乡下人为伍，得到了乡下人为知己，并没有为高等的仕女所污辱。

据说，有些地方还有炒柳叶或槐叶当茶叶的，我没有尝过这种茶，不知是什么味道。但我却赞成这个办法，我相信可以泡茶的植物，一定是多的，其效用也不会亚于茶的，何必一定要求茶呢？菊花已很普通，当我小学时，我还在校用枯干的木香花瓣泡过茶，其味也不见得比菊花推扳。我以为凡物要被大人先生或高等仕女弄得非驴非马，引为他们的专有品，就由他们去，好在天地之大，无所不有，我们正可以另从便利的入手，既然取之不尽，用之不竭，还得到了他们所永远尝不到的真正美味，例如焦大麦等，我们又何乐而不为！

以我这样喝冷开水，甚至喝生水的人来说"茶事"，虽然不见得会被人笑掉牙齿，也许要被人讥为不自量力，附庸风雅吧。对的，我是不自量力，但附庸风雅则未必。因为我已自承不喝茶了，自然免了"附庸"之嫌；至于我不喝茶而说"茶事"，则本着述而不作的成法，似乎也与我的"力"无关。我的《古今茶事》就因为有了《古今酒事》，在茶酒不相离的关系之下，不管上面两种的顾忌，而就此集成的。

此外，我也可以援知酒之例，自认为知茶，知各名山所出之茶。不过这不是现在所需要的事情，更不是我现在所需要的事情，所以我究竟如何知法，知到如何程度，我也只好存而不论，以待异日了。

本书也和《古今酒事》一样，在"八一三"之前早就齐稿，序也早已写好。不料"八一三"事起，比了"酒事"还要不幸，不但序未带出来，连稿也未带出来。本书局当局，因为这是"酒事"的姊妹篇，不能不出，以完成一个系统，所以又在一年多以前，叫我重新从事于此。我也颇有此心，就在百忙中再从各书中，去搜寻材料。"喝茶"照理要比"饮酒"普遍得多，但等到搜集材料的时候，"茶事"似乎要比"酒事"反而少得多，也许因为茶的刺激不如酒的那样厉害，所以因喝茶而发生的韵事也就减少了；又或者为了我的时间匆促，尚有遗漏之处，那只好等到后来有工夫再补了。至于原序我究竟说些什么话，已一句也不记得，只好另外写了上面这一篇。我以为这书的经过如此，也值得提出，所以补识于此。

编者　三十年七月

（选自《古今茶事》，世界书局一九四一年版）

戒茶

老舍

我既已戒了烟酒而半死不活，因思莫若多加几种，爽性快快的死了倒也干脆。

谈再戒什么呢？

戒荤吗？根本用不着戒，与鱼不见面者已整整两年，而猪羊肉近来也颇疏远。还敢说戒？平价之米，偶尔有点油肉相佐，使我绝对相信肉食者"不鄙"！若只此而戒除之，则腹中全是平价米，而人也快变为平价人，可谓"鄙"矣！不能戒荤！

必不得已，只好戒茶。

我是地道中国人，咖啡、蔻蔻、汽水、啤酒，皆非所喜，而独喜茶。有一杯好茶，我便能万物静观皆自得。烟酒虽然也是我的好友，但它们都是男性的——粗莽、热烈，有思想，可也有火气——未若茶之温柔，雅洁，轻轻的刺戟（激），淡淡的相依；茶是女性的。

我不知道戒了茶还怎样活着,和干吗活着。但是,不管我愿意不愿意,近来茶价的增高已教我常常起一身小鸡皮疙瘩!

茶本来应该是香的,可是现在卅元一两的香片不但不香,而且有一股子咸味!为什么不把咸蛋的皮泡泡来喝,而单去买咸茶呢?六十元一两的可以不出咸味,可也不怎么出香味,六十元一两啊!谁知道明天不就又长一倍呢!

恐怕呀,茶也得戒!我想,在戒了茶以后,我大概就有资格到西方极乐世界去了——要去就抓早儿,别把罪受够了再去!想想看,茶也须戒!

(选自《老舍全集》,人民文学出版社一九九九年版)

喝茶

苏雪林

读徐志摩先生会见哈代记,中间有一句道:"老头真刻啬,连茶都不教人喝一盏……"这话我知道徐先生是在开玩笑,因他在外国甚久,应知外国人宾主初次相见,没有请喝茶的习惯。

西人喝茶是当咖啡的,一天不过一次的,或于饭后,或于午倦的时候,余是口渴,仅饮汽蒸冷水,不像中国人将壶泡着茶整天喝它,他们初次见面,谈话而已,也不像中国人定要仆人捧出两杯茶来,才算敬客之道。这是中西习惯不同之处,无所谓优劣,我所连带要说的,是外国人对于应酬的经济。

我仅到过法国,来讲一点法国人的应酬罢,法人禀受高卢民族遗风,对于"款客之道"(Hospitalité)素来注重,但他们的应酬,都是经过艺术化的,以情趣为主,物质为轻,平常酬酢,不必花费什么钱财,而能尽交际之乐。

中国人朋友相见不久,便要请上馆子吃饭,法人以请吃饭为大事，非至亲好友，不大举行，而且也不大上馆子，家中日常蔬菜外添设一两样便算请了客。至于普通请客，就是"喝茶"（Ptendre authe）*了。每次茶点之费不过合华币一元，然而可同时请四五客。初交不请，一定要等相见三四次，友谊渐熟之后再请。他们无论男女自小养成一种口才，对客之际，清言娓娓，诙谐杂出，或纵谈文艺，或叙述故事，或玩弄乐器，或披阅名画，口讲指画，兴会淋漓，令人乐而忘倦，其关于国家社会不得意的问题，从不在这个时候提起。他们应酬的宗旨，本要使客尽欢，若弄得满座欷歔，有何趣味呢？

法人无故不送人礼物，送亦不过鲜花一束，新书一卷而已，而且亦必有往有来，借以互酬雅意。中国人不知他们习惯，每每以贵重礼物相送，不但不能结好，反而引猜嫌。我有一个同学，他有一个法友，是书铺的主人，平日代他搜罗旧书，或报告新出版著作的消息，甚为尽心，这位同学便送他一个中国古瓷花瓶，谁知竟将他弄得大不自在了，以后相见虽照常亲热，而神宇之间，颇为勉强，则因为他们素不讲究送礼，忽见人送值钱的东西，便疑心人将大有求于他的缘故。

人生在世，不能没有亲朋的往来，有之则应酬原所不免，但应酬本旨在增加交际间的乐趣，使人快乐，也要使自己快

---

* 此处法文拼写有误，法语中"喝茶"通常用 boire du thé 或 prendre du thé 表达。——编注

乐；若为应酬而弄得财力两亏，疲于奔命，那就大大的无谓了。

中国是以应酬为最重要的国家，而百分之九十九的应酬都是无谓。朋友虽无真实的感情，亦必以酒肉相征逐，婚丧呀，做寿呀，生日呀，小孩出世呀，初次见面呀，礼物绝不可少，而以政界应酬为最多。我有一个本家在北京做官，每年薪俸不过两千余元，而应酬要占去八九百元，虽说我送了人家的礼，人家也送我的礼，但现钱可以买各项东西，礼物不能变出现钱来。这种应酬，等于拿金钱互相抛掷，究竟有什么意思呢？而在应酬太繁，不能维持生活，不免要于正当收入之外想其他方法，中国官吏寡廉鲜耻，祸国殃民之种种，不能说与应酬无关。

（选自《苏雪林文集》，安徽文艺出版社一九九六年版）

吃茶文学论

阿英

吃茶是一件"雅事",但这雅事的持权者,是属于"山人""名士"者流。所以往古以来,谈论这件事最起劲,而又可考的,多居此辈。若夫乡曲小子,贩夫走卒,即使在疲乏之余,也要跑进小茶馆去喝点茶,那只是休息与解渴,说不上"品",也说不上"雅"的。至于采茶人,根本上就谈不上有什么好茶可喝,能以留下一些"茶末""茶梗",来供自己和亲邻们享受,已经不是茶区里的"凡人"了。

然而山人名士,不仅要吃好茶,还要写吃茶的诗,很精致的刻"吃茶文学"的集子。陆羽《茶经》以后,我们有的是讲吃茶的书。曾经看到一部明刻的《茶集》收了唐以后的吃茶的文与诗,书前还刻了唐伯虎的两页《煮泉图》,以及当时许多文坛名人的题词。吃茶还需要好的泉水,从这《煮泉图》的题名上,也就可以想到。因此,当时讲究吃茶的名士,遥远地雇了专船去惠山运泉,是时见于典籍,虽然丘长孺为这件事,使"品茶"的人曾经狼狈过一回,闹了一点把江水当名泉的笑话。

钟伯敬写过一首《采雨诗》,有小序云:"雨连日夕,忽忽无春,采之瀹茗,色香可夺惠泉。其法用白布,方五六尺,系其四角,而石压其中央,以收四至之水,而置瓮中庭受之。避溜者,恶其不洁也。终夕緦緦焉,虑水之不至,则亦不复知有雨之苦矣。以欣代厌,亦居心转境之一道也。"在无可奈何之中,居然给他想出这样的方法,采雨以代名泉,为吃茶,其用心之苦,是可以概见的;张宗子坐在闵老子家,不吃到他的名茶不去,而只耗去一天,又算得什么呢?

还有,所以然爱吃茶,是好有一比的。爱茶的理由,是和"爱佳人"一样。享乐自己,也是装点自己。记得西门庆爱上了桂姐,第一次在她家请客的时候,应伯爵看西门那样的色情狂,在上茶的时候,曾经用首《朝天子》调儿的《茶调》开他玩笑。那词道:"这细茶的嫩芽,生长在春风下。不揪不采叶儿渣,但煮着颜色大。绝品清奇,难描难画。口儿里常时呷,醉了时想他,醒来时爱他。原来一篓儿千金价。"拿茶比佳人,正说明了他们对于两者认识的一致性,虽说其间也相当的有不同的地方。

话虽如此,吃茶究竟也有先决的条件,就是生活安定。张大复是一个最爱吃茶的人了,在他的全集里、笔谈里,若果把讲吃茶的文章独立起来,也可以印成一本书。比他研究吃茶更深刻的，也许是没有吧。可是，当他正在研究吃茶的时候，妻子也竟要来麻烦他，说厨已无米，使他不得不放下吃茶的大事，去找买米煮饭的钱，而发一顿感叹。

从城隍庙冷摊上买回的一册日本的残本《近世丛语》，里面写得是更有趣了。说是："山僧嗜茶，有樵夫日过焉，僧辄茶之。樵夫曰：'茶有何德，而师嗜之甚也？'僧曰：'饮茶有三益，消食一也，除睡二也，寡欲三也。'樵夫曰：'师所谓三益者，皆非小人之利也。夫小人樵苏以给食，豆粥藜羹，仅以充腹，若嗜消食之物，是未免饥也。明而动，晦而休，晏眠熟寐，彻明不觉，虽南面王之乐莫尚之也，欲嗜除睡之物，是未免劳苦也。小人有妻，能与小人共贫窭者，以有同寝之乐也，若嗜寡欲之物，是令妻不能安贫也。夫如此，则三者皆非小人之利也，敢辞。'"可见，吃茶也并不是人人能享到的"清福"，除掉那些高官大爵，山人名士的一类。

新文人中，谈吃茶，写吃茶文学的，也不乏人。最先有死在"风不知是在哪一个方向吹"的诗人徐志摩等，后有做吃茶文学运动，办吃茶杂志的孙福熙等，不过，徐诗人"吃茶论"已经成了他全集的佚稿，孙画家的杂志，也似乎好久不曾继续了，留下最好的一群，大概是只有"且到寒斋吃苦茶"的苦茶庵主周作人的一个系统。周作人从《雨天的书》时代（一九二五年）开始作"吃茶"到《看云集》出版（一九三三年），是还在"吃茶"，不过在《五十自寿》（一九三四年）的时候,他是指定人"吃苦茶"了。吃茶而到吃苦茶,其吃茶程度之高,是可知的,其不得已而吃茶,也是可知的,然而,我们不能不欣羡,不断的国内外炮火,竟没有把周作人的茶庵,茶壶和茶碗打碎呢?特殊阶级的生活是多么稳定啊。

八九年前,芥川龙之介游上海,他曾经那样的讽刺着九曲桥上的"茶客";李鸿章时代,外国人也有"看中国人的'吃茶',就可以看到这个国度无救"的预言。然而现在,即使就知识阶级言,不仅有"寄沉痛于苦茶者",也有厌腻了中国茶,而提倡吃外国茶的呢。这真不能不令人有康南海式的感叹了:"呜呼!吾欲无言!"

一九三四年

(选自《夜航集》,上海良友图书印刷公司一九三五年版)

喝茶

梁实秋

我不善品茶,不通茶经,更不懂什么茶道,从无两腋之下习习生风的经验。但是,数十年来,喝过不少茶,北平的双窨、天津的大叶、西湖的龙井、六安的瓜片、四川的沱茶、云南的普洱、洞庭湖的君山茶、武夷山的岩茶,甚至不登大雅之堂的茶叶梗与满天星随壶净的高末儿,都尝试过。茶是我们中国人的饮料,口干解渴,唯茶是尚。茶字,形近于"荼",声近于"槚",来源甚古,流传海外,凡是有中国人的地方就有茶。人无贵贱,谁都有分,上焉者细啜名种,下焉者牛饮茶汤,甚至路边埂畔还有人奉茶。北人早起,路上相逢,辄问讯"喝茶未"。茶是开门七件事之一,乃人生必需品。

孩提时,屋里有一把大茶壶,坐在一个有棉衬垫的藤箱里,相当保温,要喝茶自己斟。我们用的是绿豆碗,这种碗大号的是饭碗，小号的是茶碗，呈绿豆色，粗糙耐用，当然和宋瓷不能比，和江西瓷不能比，和洋瓷也不能比，可是有一股朴实厚重的风貌，现在这种碗早已绝迹，我很怀念。这种碗打破了不值几文钱，脑勺子上也不至于挨巴掌。银托白瓷小盖碗是祖父母专用的，我们看着并不羡慕。看那小小的一盏，两口就喝光，泡两三回就得换茶叶，多麻烦。如今盖碗很少见了，除非是到故宫博物院拜会蒋院长，他那大客厅里总是会端出盖碗茶敬客。再不就是在电视剧中也常看见有盖碗茶，可是演员一手执盖一手执碗缩着脖子啜茶那副狼狈相，令人发噱，因为他不知道喝盖碗茶应该是怎样的喝法。他平素自己喝茶大概一直是用玻璃杯、保温杯之类。如今，我们此地见到的盖碗，多半是近年来本地制造的"万寿无疆"的那种样式，瓷厚了一些；日本制的盖碗，样式微有不同，总觉得有些怪怪的。近有人回大陆，顺便探视我的旧居，带来我三十多年前天天使用的一只瓷盖碗，原是十二套，只剩此一套了，碗沿还有一点磕损，睹此旧物，勾起往日的心情，不禁黯然，盖碗究竟是最好的茶具。

茶叶品种繁多，各有擅场。好友来自徽州，同学清华，徽州产茶胜地，但是他看到我用一撮茶叶放在壶里沏茶，表示惊讶，因为他只知道茶叶是烘干打包捆载上船沿江运到沪杭求售，剩下来的茶梗才是家人饮用之物。恰如北人所谓"卖席的睡凉炕"。我平素喝茶，不是香片就是龙井，多次到大栅栏东鸿记或西鸿记去买茶叶，在柜台前一站，徒弟搬来凳子让坐，看伙计称茶叶，分成若干小包，包得见棱见角，那份手艺只有药铺伙计可以媲美。茉莉花窨过的茶叶，临卖的时候再抓一把鲜茉莉花放在表面上，所以叫做双窨，于是茶店里经常是茶香花香，郁郁菲菲。父执有名玉贵者，旗人，精于饮馔，居恒以一半香片一半龙井混合沏之，有香片之浓馥，兼龙井之苦清。吾家效而行之，无不称善。茶以人名，乃径呼此茶为"玉贵"，私家秘传，外人无由得知。

其实，清茶最为风雅。抗战前造访知堂老人于苦茶庵，主客相对总是有清茶一盂，淡淡的、涩涩的、绿绿的。我曾屡侍先君游西子湖，从不忘记品尝当地的龙井茶，不需要攀登南高峰风篁岭，近处于平湖秋月就有上好的龙井茶，开水现冲，风味绝佳。茶后进藕粉一碗，四美具矣。正是"穿牖而来，夏日清风冬日日；卷帘相见，前山明月后山山"（骆成骧联）。有朋自六安来，贻我瓜片少许，叶大而绿，饮之有荒野的气息扑鼻。其中西瓜茶一种，真有西瓜风味。我曾过洞庭，舟泊岳阳楼下，购得君山一盒。沸水沏之，每片茶叶均如针状直立漂浮，良久始舒展下沉，味品清香不俗。

初来台湾，粗茶淡饭，颇想倾阮囊之所有在饮茶一端偶作豪华之享受。一日过某茶店，索上好龙井，店主将我上下打量，取八元一斤之茶叶以应，表示不满，乃更以十二元者奉上，余仍不满，店主勃然色变，厉声曰："买东西，看货色，不能专以价钱定上下，提高价格，自欺欺人耳！先生奈何不察？"我爱其憨直。现在此茶店门庭若市，已成为业中之翘楚。此后我饮茶，但论品味，不问价钱。

茶之以浓酽胜者莫过于功夫茶。《潮嘉风月记》说功夫茶要细炭初沸连壶带碗泼浇，斟而细呷之，气味芳烈，较嚼梅花更为清绝。我没嚼过梅花，不过我旅居青岛时有一位潮州澄海朋友，每次聚饮酩酊，辄相偕走访一潮州帮巨商于其店肆。肆后有密室，烟具、茶具均极考究，小壶小盅有如玩具。更有娈婉丱童伺候煮茶、烧烟，因此经常饱吃功夫茶，诸如铁观音、大红袍，吃了之后还携带几匣回家，不知是否故弄玄虚，谓炉火与茶具相距以七步为度，沸水之温度方合标准。与小盅而饮之，若饮罢径自返盅于盘，则主人不悦，须举盅至鼻头猛嗅两下。这茶最有解酒之功，如嚼橄榄，舌根微涩，数巡之后，好像是越喝越渴，欲罢不能。喝功夫茶，要有工夫，细呷细品，要有设备，要人服侍，如今乱糟糟的社会里谁有那么多的工夫？红泥小火炉哪里去找？伺候茶汤的人更无论矣。普洱茶，漆黑一团，据说也有绿色者，泡烹出来黑不溜秋，粤人喜之。在北平，我只在正阳楼看人吃烤肉，吃得口滑肚子膨亨不得动弹，才高呼堂倌泡普洱茶。四川的沱茶亦不恶，唯一般茶馆应市者非上品。台湾的乌龙，名震中外，大量生产，佳者不易得。处处标榜冻顶，事实上哪里有那么多的冻顶？

喝茶,喝好茶,往事如烟。提起喝茶的艺术,现在好像谈不到了,不提也罢。

(选自《雅舍小品》,台北中正书局一九八六年版)

茶话

周瘦鹃

茶,是我国的特产,吃茶也就成了我国人民特有的习惯。无论是都市,是城镇,以至乡村,几乎到处都有大大小小的茶馆,每天自朝至暮,几乎到处都有茶客,或者是聊闲天,或者是谈正事,或者搞些下象棋、玩纸牌等轻便的文娱活动,形成了一个公开的群众俱乐部。

茶有"茗""荈""槚"几个别名。据《尔雅》说,早采者为茶,晚取者为茗,荈和槚是苦茶。吃茶的风气始于晋代。晋人杜育,就写过一篇《荈赋》,对于茶大加赞美;到了唐代,那就盛行吃茶了。

茶树的干像瓜芦,叶子像栀子,花朵像野蔷薇,有清香,高一二尺。江苏、浙江、福建、安徽各省,都是茶的产地,如碧螺春、龙井、武夷、六安、祁门等各种著名的绿茶、红茶,都是我们所熟知的。茶树都种于山野间,可是喜阴喜燥,怕阳光怕水，倘不施粪肥，味儿更香，绿茶色淡而香清，红茶色香味都很浓郁，而味带涩性。绿茶有明前、雨前之分，是照着采茶的时期而定名的，采于清明节以前的叫做明前，采于谷雨节以前的叫做雨前，以雨前较为名贵。茶叶可用花窨，如茉莉、珠兰、玫瑰、木樨、白兰、玳玳都可以窨茶，不过花香一浓，就会冲淡茶香，所以窨花的茶叶，不必太好，上品的茶叶，是不需要借重那些花的。

吃茶有什么好处，谁也不能肯定。茶可以解渴，这是开宗明义第一章，有的人说它可以开胃润气，并且助消化，尤以红茶为有效。可是卫生家却并不赞同，以为茶有刺激神经的作用，不如喝白开水有润肠利便之效。但我们吃惯了茶的人，总觉得白开水淡而无味，还是要去吃茶，情愿让神经刺激一下了。

唐朝的诗人卢仝和陆羽，可说是我国提倡吃茶的有名人物，昔人甚至尊之为"茶圣"。卢仝曾有一首长歌，谢人寄新茶，其下半首云："……柴门反关无俗客，纱帽笼头自煎吃，碧云引风吹不断，白花浮光凝碗面。一碗喉吻润；两碗破孤闷；三碗搜枯肠，惟有文字五千卷；四碗发轻汗，平生不平事，尽向毛孔散；五碗肌骨清；六碗通仙灵；七碗吃不得也，唯觉两腋习习清风生。"夸张吃茶的好处，写得十分有趣；因此"卢仝七碗"，也就成了后人传诵的佳话。陆羽字鸿渐，有文学，嗜茶成癖，著《茶经》三篇，原原本本地说出茶之源、之法、之具，真是一个吃茶的专家。宋朝的诗人如苏东坡、黄山谷、陆放翁等，也都是爱茶的，他们的诗集中有不少歌颂吃茶的作品。

制茶的方法，红绿茶略有不同，据说要制红茶时，可将采下的嫩叶，铺满在竹席上，放在阳光中曝晒，晒了一会，便搅拌一会，等到叶子晒得渐渐地萎缩时，就纳入布袋揉搓一下，再倒出来曝晒，将水分蒸散，再装在木箱里，一层层堆叠起来，重重压紧，用布来遮在上面，等到它变成了红褐色透出香气来时，再从箱里倒出来晒干，然后放在炉火上烘焙。经过了这几重手续，叶子已完全干燥，而红茶也就告成了。制绿茶时，那么先将采下的嫩叶放在蒸笼里蒸一下，或铁锅上炒一下，到它带了黏性而透出香气来时，就倒出来，铺散在竹席上，用扇子把它用力地扇，扇冷之后，立即上炉烘焙，一面烘，一面揉搓，叶子就逐渐干燥起来。最后再移到火力较弱的烘炉上，且烘且搓，直到完全干燥为止，于是绿茶也就告成了。

过去我一直爱吃绿茶，而近一年来，却偏爱红茶，觉得醇厚够味，在绿茶之上；有时红茶断档，那么吃吃洞庭山的名产绿茶碧螺春，也未为不可。

在明代时，苏州虎丘一带也产茶，颇有名，曾见之诗人篇章。王世贞句云："虎丘晚出谷雨后，百草斗品皆为轻。"徐渭句云："虎丘春茗妙烘蒸，七碗何愁不上升。"他们对于虎丘茶的评价，都是很高的。可是从清代以至于今，就不曾听得虎丘产茶了。幸而洞庭山出产了碧螺春，总算可为苏州张目。碧螺春本来是一种野茶，产在碧螺峰的石壁上，清代康熙年间被人发现了，采下来装在竹筐里装不下，便纳在怀里，茶叶沾了热气，透出一阵异香来，采茶人都嚷着"吓杀人香"。原来"吓杀人"是苏州俗话，在这里就是极言其香气的浓郁，可以吓得杀人的。从此口口相传，这种茶叶就称为"吓杀人香"。康熙南巡时，巡抚宋荦以此茶进献，康熙因它的名儿不雅，就改名为"碧螺春"。此茶的特点，是叶子都蜷曲，用沸水一泡，还有白色的细茸毛浮起来。初泡时茶味未出，到第二次泡时呷上一口，就觉得"清风自向舌端生"了。

从前一般风雅之士，对于吃茶称为品茗，原来他们泡了茶，并不是一口一口的呷，而是像喝贵州茅台酒、山西汾酒一样，一点一滴地在嘴唇上"品"的。在抗日战争以前，我曾在上海被邀参加过一个品茗之会。主人是个品茗的专家，备有他特制的"水仙""野蔷薇"等茶叶，并且有黄山的云雾茶，所用的水，据说是无锡运来的惠泉水，盛在一个瓦铛里，用松毛、松果来生了火，缓缓地煎。那天请了五位客，连他自己一共六人。一只小圆桌上，放着六只像酒盅般大的小茶杯和一把小茶壶，是白地青花瓷质的。他先用沸水将杯和壶泡了一下，然后在壶中满满的放了茶叶，据说就是"水仙"。瓦铛水沸之后，就斟在茶壶里，随即在六只小茶杯里各斟一些些，如此轮流的斟了几遍,才斟满了一杯。于是品茗开始了,我照着主人的方式,啜一些在嘴唇上品,啧啧有声。客人们赞不绝口,都说"好香!好香!"我也只得附和着乱赞,其实觉得和我们平日所吃的龙井、雨前是差不多的。听说日本人吃茶特别讲究,也是这种方式,他们称为"茶道",吃茶而有道,也足见其重视的一斑。我以为这样的吃茶,已脱离了一般劳动人民的现实生活,实在是不足为训的。

(选自《苏州游踪》,金陵书画社一九八一年版)

俗客谈茶

秦瘦鸥

"开门七件事,柴米油盐酱醋茶"。这是我们上代人留下来的两句老话,尽管此刻已经很少人再提起,大部分的中青年同志甚至根本没听说过,但不可否认,今天柴米油盐酱醋茶依然是绝大部分人日常生活中的最低需要,缺一不可。自然,也有少数人例外,七事之中,缺一缺二都不在乎。例如有些人因病遵照医生嘱咐,长期忌食加盐的菜,亦无损健康。而我,大概由于身无雅骨,对茶向来可喝可不喝,只要不缺白开水,一样好过日子。

记得自己还是个小毛孩子的时候,我们那个虽然毗邻上海市区,却依然很闭塞的小城里面,不但没见过什么雀巢咖啡或雪碧、芬达之类的饮料,连问世最早的柠檬汽水或姜汁汽水,也只有极少数的家庭里才有。一般的老百姓要解渴,只有喝茶,但用的茶叶也绝非什么乌龙、茅峰,都是不列等的粗茶而已,我们家中有一把锡制的大茶壶,约莫可装三四磅水,每天早上,我妈妈抓把茶叶丢在壶里,提水一冲,于是一家几口就随时可以去倒出来喝。我玩得累了,口渴不堪,往往懒得找茶杯,干脆探头咬住壶嘴,直接把茶吸出来,也不管什么妨碍清洁卫生。到了夏天,不能喝热的了,泡的茶就晾在大瓷碗里,让一家人解渴。

这里还免不掉要插写一次我童年时代所遇到的偶发事件。那是发生在我就读的小学校里的:有个姓葛的小学生,原来身子还不错,可渐渐地显得面黄肌瘦,精神萎靡不振,终至休学回家。同学中纷纷传说,小葛害的是怪病。老师听他讲,由于他惯于把未泡过的茶叶放在嘴里咀嚼,日子多了,便成为"茶痨"。最后听说是有位高明的医生给他开了张方子,服后吐出许多绿色的小虫,他才得以康复。此事是真是假,我至今没弄清楚,但在我的脑海深处,却已留下了不可消灭的印象,到我成年后,不觉就养成了不喝茶的习惯。现在老了,也还是如此。有人误认为我必然常服人参之类的补品,故而忌茶;其实茶叶是否真会使补品失效,医学界至今尚无论断,何况我只是一个"爬格子"的老人,哪来这么多人参鹿茸?茶是一种常绿灌木,不仅春间所生的嫩叶可作饮料,其籽也可以榨油,其干坚密木质,可供雕刻,称得上一身都是宝。千百年来,经过人工培育改良,对气候土地的适应性更强了。我们国内绝大地区,几乎凡有人烟之处,就可以见到茶树(品质高下当然是另外一回事）。正因为这样，喝茶这种风气，早已和吃饭饮酒一样，传遍全国。数十年来，我足迹所到之处，很少没有茶室、茶馆的。尤其是广州、香港、扬州、苏州、重庆、成都等地，解放前茶楼林立，俨然成为人们从事社会活动的主要场所。解放后由于各种因素，茶楼已不再发展。有不少茶室则并入餐厅酒楼，成为经营项目之一。但并没有影响人们爱好喝茶的习惯，我看今后也不会吧。

至于骚人墨客，以煮茶品茗为乐，更是无代无之。唐陆羽一生淹蹇，不事生计，独嗜茶成癖，著成《茶经》三篇，被后世奉为茶神。庸俗如我，当然不会忽发奇想，去找《茶经》来读，但在古典小说《红楼梦》中看到曹雪芹所写的宝玉、黛玉、宝钗等访栊翠庵，妙玉烹茶待客的那一段，也觉雅韵欲流，悠然神往。从妙玉所谈关于如何选择用水，如何掌握烹煮时的火候，以及非用名器不饮等等高论中看，似乎略同于现代人所说的"功夫茶"。排场如此讲究的饮茶仪式，一九五四年我在香港，居然也幸得一遇。那次是新闻界同道张世健、谢嫦伉俪在一家著名的潮州菜馆宴客，宾主酒醉饭饱之余，与张谢谊属同乡的菜馆老板曲意交欢，又捧出一套精美的宜兴紫砂茶具来，用炭火烹水，泡了两小壶高级的铁观音，由大家用鸡蛋壳那么大小的杯子来品尝。我也郑重其事地缓缓喝下了两杯，却还像猪八戒吃人参果一样，除了觉得其味特别浓，并略带苦味外，仍然说不出什么妙处，但看到阖座怡然，也就不愿败人清兴，妄发一言了。

今年"五一"节的下午，我应邀往访一位早年曾留学英国的朋友，他家里有喝下午茶的习惯。过去我也在西方人家里喝过几次所谓"Afternoon Tea"，觉得茶具很多，很讲究，但没有多少东西可吃，近于"掼派头"。如今大概因为年纪老了，食量锐减，对除咖啡、红茶外，只备几片吐司或饼干的下午茶倒也觉得很清淡，而素有暖胃消食作用的红茶也适合我的体质，所以那天喝得特别满意，后来就在家里仿照着招待几次来友。我想一个俗人在生活上学得雅一些，也可算得是对精神文明的向往吧。

（选自《清风集》，中外文化出版公司一九九〇年版）

茶

钟敬文

近来因为在山里常常看到茶园,不禁想说点与茶有关的零碎话儿。

茶树,是一种躯干矮小的植物,这是我早年所不知道的。在我那时的想象中,它是和桑槐一样高大的植物。直到两三年前,偶然在某山路旁看见了,才晓得自己以前妄揣的好笑。世间的广大,我们所知道的、意想的,实在不免窄小或差误得太远了。"辽东豕"一类的笑话,在素号贤博者,也时或无法免除的吧。

自然,物品味道的本身,是很有关系的;但最大的原因,还是因为日常应用得太普通了吧,喝茶的情趣,无论如何,总来不及喝酒风雅。这当然不是说自来被传着关于它的逸事、隽语,是连鳞片都找不出的。譬如"两腋生风""诗卷茶灶",这都是值得提出的不可湮没的佳话。但我们仍然不能不说酒精是比它有力地大占着俊雅的风头的。举例是无须乎的,我们只要看诗人们的文籍中,关于"酒"字的题目是怎样多,那就可以明白茶是比较不很常齿于高雅之口的东西。话虽如此说,但烹茗、啜茗,仍然为文人、僧侣的清事之一。不过没有酒那样得力罢了。

吟咏到茶的诗句,合拢起来,自然是有着相当的数量的;可是此刻我脑子里遗忘得几等于零。翻书吧,不但疏懒,而且何必?我们所习诵的杜牧的"今日鬓丝禅榻畔,茶烟轻飏落花风",虽然是说到茶的烟气的,但我却很爱这个诗句,并因之常常想起喝茶的滋味。"从来佳茗似佳人",这是东坡的一句绮语。我虽然觉得它比拟得颇有些不类之诮,但于茶总算是一个光荣的赞语吧。不知是哪位风雅之士,把此语与东坡另一诗句"欲把西湖比西子"作起对来,悬挂在西湖上的游艇中。这也是件有趣味的事吧。

岭表与江之南北,都是有名产茶的地方。因为从事于探撷的工作者,大都是妇女之流的缘故吧,所以采茶这种风俗,虽没有采莲、采菱等,那样饶于风韵;但在爱美的诗人和民间的歌者,不免把它做了有味的题材而歌咏着。屈大均所著的《广东新语》中,录有采茶歌数首,情致的缠绵,几于使人不敢轻视其为民间粗野的产品。记得幼时翻过的《岭南即事》里面,也载着很逗人爱的十二月采茶歌。某氏的《松萝采茶词》三十首,是诗坛中吟咏此种土俗的洋洋大著吧。就诗歌本身的情味来说，前两者像较胜于后者（这也许是我个人偏颇的直观吧），但后者全有英文的译词（见曼殊大师所编著的《汉英文学因缘》*Chinese-English Poetry*），于声闻上，总算来得更为人所知了。

双双相伴采茶枝，
细语叮咛莫要迟。
既恐梢头芽欲老，
更防来日雨丝丝。

今日西山山色青，
携篮候伴坐村亭。
小姑更觉娇痴惯，
睡倚栏杆唤不醒。

随便录出两首在这里，我们读了，可以晓得一点采茶女的苦心和憨态吧。

如果咖啡店可以代表近代西方人生活的情调，那末，代表东方人的，不能不算到那具有中古气味的茶馆吧。的确，再没有比茶馆更能够充分地表现出东方人那种悠闲、舒适的精神了。在那古老的或稍有装潢的茶厅里，一壶绿茶，两三朋侣，身体歪斜着，谈的是海阔天空的天，一任日影在外面慢慢地移过。此刻似乎只有闲裕才是他们的。有人曾说，东方人那种构一茅屋于山水深处幽居着的隐者心理，在西方人是未易了解的。我想这种悠逸的茶馆生涯，恐于他们也一样是要茫然其所以的吧。近年来生活的东方化西方化的是非问题，闹得非常地响亮；我没有这样大的勇气与学识，来做一度参战或妄图决判的工作。但东方人——狭一点说，中国人，这种地方，所表现的生活的内外的姿态，与西方人的显然有着不同，是再也无可怀疑的。

说到这里，我对于茶颇有点不很高兴的意态；倘不急转语锋，似乎要写成咒茶文来也未可知。还是让我以闲散的谈话始终这篇小品吧。有机会时，再来认真说一下所谓东西文化的大问题。

中国古代，似乎只有"荼"字没有"茶"字，据徐铉说，荼字就是后来的茶字。这大约因为那时我们汉族所居住的黄河流域，不是盛产茶的区域吧。又英语里的茶字作"tea"，据说是译自汉语的。我们乡下的方言，读茶作"de"，声音很相近；也许当时是从我们闽、广的福佬语里翻过去的也说不定呢。

高濂的《四时幽赏录》，是西湖风物知己的评价者；他在冬季的景物里，写着这样一段关于茗花的话："两山种茶颇蕃，仲冬花发，若月笼万树。每每入山寻茶胜处，对花默共色笑，忽生一种幽香，深可人意。且花白若剪云绡，心黄俨抱檀屑。归折数枝，插觚为供。枝梢苞萼，颗颗俱开，足可一月清玩。

更喜香沁枯肠，色怜青眼，素艳寒芳，自与春风姿态迥隔。幽闲佳客，孰过于君？"(《山头玩赏茗花》)碎踏韬光的积雪，灵峰的梅香，也在高寒中嗅遍，去年的冬天，总不算辜负这湖上风光了吧。但却没有想到，没有想到这文人笔下极力描写着而为一般世人所不愿注意的茶花。今年风雪来时，或容我有补过的机会吧。否则，两山茶树，或将以庸俗笑人了。——谁能辩解，我们每天饮喝着它叶片的香气，于比较精华的花朵，反不能一度致赏！

（原载《荔枝小品》，上海北新书局一九二七年版）

茶 马国亮

写完了"烟",像平常工作后一样,现在我又得燃上一支香烟了。在我,烟和水是有很密切的关系的,未吸烟之前,我常要喝一点水,吃过烟之后,也得喝一点水。因此,现在我又如常例地想喝一点水了。

走近那放茶具的小桌子,我才记起那盛白开水的壶边还有一壶茶。于是,我又觉得很有趣地,替自己倒上一杯满满的红茶。

喝茶,和喝咖啡一样,是一件很有趣的事,至少我觉得这样。虽然我喝咖啡的次数,十倍少于喝茶,因为咖啡的焦苦的气味我根本不大欢喜,偶然喝喝,也不过像素来不吸烟的朋友吸一支香烟一样,完全当作一件有趣的事罢了。以喝茶为有趣的事的,其实不止我一个人,我有一个朋友也是一样。我常常走到他家里,好几次看见他一个人独喝着茶。因为他平素也是常喝白开水的，于是我便问他为什么忽然这样特别地喝着茶，他便答我一个人坐得无聊了，便喝点茶玩玩罢了。喝茶玩玩。这不是和我一般的把它当为有趣的把戏吗？其实他喝的茶也并不是特别的好茶，这正如素来不吸烟的一般朋友，偶然吸吸，是不必定要上等香烟的。

我的房里有红茶，不过是最近的事。二房东是设着茶庄的，中秋节的时候，承了房东太太的好意，送给我一箱红茶，这大大的一箱茶叶，大概我两年也喝不完，并且还承她的好意，教我不要把茶放进热水瓶而要放进瓷茶壶里去，因为这才不会把茶味变了，喝的时候混上一点开水，这样茶既不太浓而又能保持茶的原味。可是因为我没有喝茶的习惯，对于她的话我听了便完了，这一箱茶叶放在墙角不曾动过，几天之后，那细人大概觉得假如要我自己注意去喝茶，怕是决不会有的，于是她常例地替我泡白开水的时候给我加上了一把茶叶。晚上我回来喝到，倒也觉到颇为别致。我每晚临睡总吃一点果子盐的，那晚因为没有白开水，便无可奈何的只好用茶混着吃下，因为那晚特别地喝了许多平常从不喝的茶，结果是使我整夜不能安稳地睡，而且在第二天早上，我又发觉那用茶送下的果子盐，竟完全不发生效力！这不眠和果子盐不发生效力的罪是不是该由茶负责，我是不得而知，但从此我的茶桌上便多添一只热水瓶，并且我很抱歉地没有依照房东的好意的指导，竟然和她所说的相反地把茶放进热水瓶去，而水，则放进瓷壶内。原因是我没有喝开水的习惯,在冬天也喜欢喝冷的,并且我觉得我这拿喝茶当有趣的事情,原也无须计较茶味的好坏的。

茶,在中国是一件交际必需之品。客人来了,顶穷的人家也得敬一杯茶。听说茶在交际上是有两种意义的:一是表示敬意;二是当主人拿起茶盅请茶的时候,便是暗示叫客人走的意思。所以主人请茶,客人便当告辞。这暗示叫客人走的意义的习惯,现在大概只能在一般老前辈间流行着,青年人是不大懂得的了,所以大多数人也只当作殷勤待客的意义罢了。其实用茶敬客,主人虽有真切的诚意,但客人却十九不会真个喝的,这是什么道理,连我自己做过不喝茶的客人也不能说出。敬茶的意思,大概因为客人远道跑来看自己,那末敬一杯茶是很应该的事。如果这位客人不承受,未免太有却盛情了。不过倘若我们留心研究一下,我们就会发觉现在大多数的敬茶,也不过是循例罢了,主人是丝毫不带一点诚意的。主人不带诚意,也难怪客人不必恭而受之了。更何况现在有些人是习惯滴茶不入口的,那末主人更不能不特别通融,对于客人的不吃茶不便生气了。

这大概是学校寄宿舍所造成的结果,不喝茶而单喝水的人现在渐渐多起来了。在卫生与消费方面严格地说,这未尝不是一种好现象。因为茶是像烟与咖啡一般地可以使人兴奋的,而消费方面,总是一种多余的损失。这只就平常饮茶的人们来说罢了。那些有茶癖的,所耗费的金钱还大呢。

我父亲有一个朋友，便是其中的一个，他的饮茶并不像平时我们一般，只把现成常备泡好的茶往嘴里灌便了，他们那些有茶癖的喝法是不同的，据我对于我父亲的朋友所观察到的是：他对于泡茶的沸水也须得亲自去烧的。他先在一只小小的炉里放下一点炭燃着，上面放上盛水的壶子，然后自己拿着扇子，很有度数地轻轻地扇着炉口，像怕火太慢和太烈都不行的样子，这样守着等水沸了，便拿起来对着那早放着茶叶的精致的小瓷壶里倒（那其中的茶叶是很贵的，一块钱只有很少的一点点）。倒了之后，再很小心等了若干短短的时候——据说过快和过久都很有影响于茶味的，才拿起来倒在像小酒杯般大小的茶杯上，茶杯共有七八只之多，直至把壶里的全倒了出来为止，大概是怕给茶叶浸得过久味又会太浓的原故，这样才一杯杯地喝着。我也叨他的盛情跟他喝了许多，说也惭愧，我对于这些茶除稍微勉强感到一点比平常的清香一点的气味之外（这恐怕是心理作用也不定的。其实看见这样贵重的茶叶，又看他这么辛苦才弄出几小杯子茶来，不香也会觉得它香的了），其余一点好处也不觉得。喝完了，他又再烧，再泡，再喝，这样他的全部的时间和金钱便完全用在里面了。又另外有一个父执，从前是吃鸦片的，后来把鸦片戒了，却又上了茶癖，听他说，他在茶方面的消费，比吃鸦片还厉害。

"品茗"，广东人有一个特别的名词叫做"饮茶"，那所谓"特别"的名词，便是因为那"饮茶"两字并不单作喝茶解，而是说上馆子吃点心的意思。朋辈相见,动辄以"饮茶"相酬酢。因为馆子里吃点心必先泡一盅茶,所以便产生了这个特有的名词,其实饮茶是副,而吃点心才是主要的事。一盅清茶,几碟点心,一叙友情,谈谈日常生活而至于国家大事,倒是一件赏心乐事,不让所谓"西窗剪烛,促膝谈心",与所谓"夜雨聊床共话"的。广东人既有此风气,故广东的茶馆子特别多,点心也各出心裁,尽力拢拉顾客。座上高谈阔论,毫无局促,记得前几年政府专制,对于言论偶有偏激或对政府指摘者,即目为革命党,或反革命,或反动……茶楼上因言说不检而致被捕的,时有所闻。所以茶楼酒馆的老板,做做好事,在壁上贴满了"莫谈国事"的警告。

至于借饮茶而干别的事情的,除以上所说的之外,还有上海人所谓"吃讲茶",所谓"吃讲茶"也者,便是双方有了纠纷,不愿去受国家法律的裁判,而另请了第三者做调停人主持公道,在茶楼上互相调停和解之意。用意本来很好,但是许多威迫势胁,与乎敲竹杠等事,也借此下手,因而演出流血的事,这又未免与本意相背太厉害了。

因为喝一杯茶,便想起了许多茶的事情。朋友,你我之间相隔这么远,我可惜不能把这儿的红茶给你倒一杯,这一些文字就算是一杯淡淡的茶罢,最少它不会刺激你使你睡不着,虽然这些文字是全无价值可言,像是一杯并不香的茶一样。

下面还有几句话。是Sydney Smith说的,如果你喜欢甜一点，这算是一杯清茶以外的一粒糖吧，他说：

"多谢上帝赐给我们茶，没有它，我不知现在的世界会变成怎样，它如何能生存？我庆幸我自己在有了茶之后才生斯世。"

如果你再喜欢一些慢慢地咀嚼细味的东西，那末这儿还有一片柠檬，随杯奉送，不另收费，这是巴蕾 J. M. Barrie 在他的"可敬的克莱登"中所说的话：

"生命好像茶一样，你越是深深地喝下去，你便越快要看到那杯底的渣滓的了。"

（选自《生活之味精》，上海良友图书印刷公司一九三一年版）

喝茶

杨绛

曾听人讲洋话，说西洋人喝茶，把茶叶加水煮沸，滤去茶汁，单吃茶叶，吃了咂舌道："好是好，可惜苦些。"新近看到一本美国人做的茶考，原来这是事实。茶叶初到英国，英国人不知怎么吃法，的确吃茶叶渣子，还拌些黄油和盐，敷在面包上同吃。什么妙味，简直不敢尝试。以后他们把茶当药，治伤风，清肠胃。不久，喝茶之风大行，一六六〇年的茶叶广告上说："这刺激品，能驱疲倦，除噩梦，使肢体轻健，精神饱满。尤能克制睡眠，好学者可以彻夜攻读不倦。身体肥胖或食肉过多者，饮茶尤宜。"莱登大学的庞德戈博士（Dr. Cornelius Bontekoe）应东印度公司之请，替茶大做广告，说茶"暖胃，清神，健脑，助长学问，尤能征服人类大敌——睡魔"。他们的怕睡，正和现代人的怕失眠差不多。怎么从前的睡魔，爱缠住人不放；现代的睡魔，学会了摆架子，请他也不肯光临。传说，茶原是达摩祖师发愿面壁参禅，九年不睡，天把茶赏赐给他帮他偿愿的。胡峤《饮茶诗》："沾牙旧姓余甘氏，破睡当封不夜侯。"汤况《森伯颂》："方饮而森然严乎齿牙，既久而四肢森然。"可证中外古人对于茶的功效，所见略同。只是茶味的"余甘"，不是喝牛奶红茶者所能领略的。

浓茶搀上牛奶和糖，香洌不减，而解除了茶的苦涩，成为液体的食料，不但解渴，还能疗饥。不知古人茶中加上姜盐，究竟什么风味，卢仝一气喝上七碗的茶，想来是叶少水多，冲淡了的。诗人柯立治的儿子，也是一位诗人，他喝茶论壶不论杯。约翰生博士也是有名的大茶量。不过他们喝的都是甘腴的茶汤。若是苦涩的浓茶，就不宜大口喝，最配细细品。照《红楼梦》中妙玉的论喝茶，一杯为品，二杯即是解渴的蠢物。那末喝茶不为解渴，只在辨味。细味那苦涩中一点回甘。记不起哪一位英国作家说过，"文艺女神带着酒味"，"茶只能产生散文"。而咱们中国诗，酒味茶香，兼而有之，"诗清只为饮茶多"。也许这点苦涩，正是茶中诗味。

法国人不爱喝茶。巴尔扎克喝茶，一定要加白兰地。《清异录》载符昭远不喜茶，说"此物面目严冷，了无和美之态，可谓冷面草"。茶中加酒，使有"和美之态"吧？美国人不讲究喝茶，北美独立战争的导火线，不是为了茶叶税么？因为要抵制英国人专利的茶叶进口，美国人把几种树叶，炮制成茶叶的代用品。至今他们茶室里，顾客们吃冰淇淋喝咖啡和别的混合饮料,内行人不要茶;要来的茶,也只是英国人所谓"迷昏了头的水"(bewitched water)而已。好些美国留学生讲卫生不喝茶,只喝白开水,说是茶有毒素。代用品茶叶中该没有茶毒。不过对于这种茶,很可以毫无留恋的戒绝。

伏尔泰的医生曾劝他戒咖啡,因为"咖啡含有毒素,只是那毒性发作得很慢"。伏尔泰笑说:"对啊,所以我喝了七十年,还没毒死。"唐宣宗时,东都进一僧,年百三十岁,宣宗问服何药,对曰,"臣少也贱,素不知药,惟嗜茶"。因赐名茶五十斤。看来茶的毒素,比咖啡的毒素发作得更要慢些。爱喝茶的,不妨多多喝吧。

(选自《杨绛文集》,人民文学出版社二〇〇四年版)

我和茶

叶君健

茶和我的生活，甚至工作发生关系，是当我在大学教书的时候，也就是在抗战期间。一九四〇年我从香港绕道越南到重庆，在重庆大学教书。学校在沙坪坝。那里有条小街，街上没有什么像样的店铺，只有一个茶馆，颇为热闹，它总是宾客满门。原来那个地方"哥老会"的朋友们很多，他们相会的地方就是这个茶馆。战时的住房紧，我住在学校宿舍，一张单人床和一张桌子就把房间塞满了。我要会朋友或与朋友聊天，就只有去那个茶馆。茶馆所提供的茶是有名的四川沱茶。茶很浓，味带苦涩，非常提神，是聊天的最好兴奋剂。不知不觉之间我喝这种茶上了瘾。不去那个茶馆的时候，我就在我那个小房里喝起来——独酌，配合我的"读书"。我发现浓茶会提高读书的理解力，因为茶可以活跃脑子的想象力。

一九四四年我去了英国。那时世界第二次世界大战正在激烈地进行，英国被德国的潜艇所封锁，生活物资运不进来，沱茶当然没有了。好在我天天得到英国各地去巡回演讲有关中国人民抗战的事迹。英国人民也被动员了起来，做开辟欧洲第二战场的努力。刺激头脑的事情时时刻刻都有，没有沱茶也不觉得有所失。我真正想喝点什么的时候，就拧开自来水管——在去重庆以前我就是这样解决"渴"的问题的，根本不知道什么叫作茶。但在英国，茶还是要饮的，不过茶的性质及饮它的目的不同——实际上它是饭食之一种。

茶这种植物原是中国人发现的，饮茶这种习惯也是首先在中国人中间传开——据传说，神农在位期间，纪元前二七三七年，中国人就已经开始饮茶。但是中国最古的辞书《尔雅》里所记载的茶作为人民生活中的饮料，是在纪元后三五〇年才开始。到了十八世纪末，饮茶的习惯已经发展到了这种程度，唐代文人陆羽（七三三至八〇四年）还专门写了一部《茶经》，论述茶的性状、品质、产地、产制方法及应用等问题。唐朝政府甚至还征收茶税。日本从唐朝引进了饮茶的习惯，竟然在十三世纪末也出版一本有关《茶道》的著作。欧洲文献中茶最初出现于威尼斯的著名哲学家建姆巴蒂斯塔·拉木休（Giovanni Battista Ramusio，1485—1557）写的三卷《航海与旅行》（*Delle Navigationi et Viaggi*）一书。英国人于一五九五年从翻译荷兰航海家演·胡歌·万·林叔丹（Jan Huyghen van Linschootn）写的《旅游记》（*Travels*）才得知"茶"（Tcha）

这种饮料。到了十七世纪中叶，茶已经开始在英国普及了。一六五七年伦敦的加尔威咖啡馆（Garraway's Coffee House）开始公开卖茶。一六五八年伦敦《政治信使报》（*Mercurius Politicus*）第一次登了这样一则关于茶的广告：

> 那种美妙的、被医务界所认可的中国饮料，中国人名之谓"茶"（Tcha），别的国家叫做"泰"（Tay），又名"德"（Tee），现在在斯魏丁·伦兹街的"苏丹总咖啡馆"，由伦敦的皇家交易所出售。

饮茶的习惯就这样成了英国人日常生活的一个组成部分。事实上英国成了西方的主要饮茶国。但英国人所饮的茶却和我们的不同。当茶叶最初在英国出售的时候，它每磅的价格——英镑，大概相当于现在至少六十到一百英镑，相当于现价五百到一千元人民币。这样价钱的茶当然只有贵族才能品尝。也许正是由于这个缘故，英国东印度公司开始在印度和锡兰开辟茶园，大量生产茶叶。因为气候的关系，这种茶叶既粗又黑又涩，即英国所谓的"黑茶"（Black Tea），我们把它叫作"红茶"。英国人喝它的时候在里面加进牛奶和糖。这样的茶就不是"品"的饮料了，而是食物的一种。英国人吃早饭的时候有它，上午十点多钟打尖的时候有它，下午四点来钟"小吃"的时候也有它。有些英国人甚至把它配以三明治、沙拉和点心当作晚饭，即所谓"高茶"（High Tea）。每天人们就这样伴着饭食"吃"几次茶，此外就从不"泡茶"作"品"的享受。但在我们中间，我们的办公桌上随时随地都放着泡好的一杯茶，当然也随时随地地"品茶"。甚至公共汽车司机在行车的时候，也要在他的座位旁放一大杯泡好的茶。

我在英国住了近六年，虽然天天要"吃"几次茶，但真正渴的时候还得开自来水管，用漱口杯或用嘴对着它饮几口。我在重庆习惯了的沱茶，当然只能成为美好的回忆了。再与它重逢的时候，是在一九四九年冬，我回国以后。从此"黑茶"们成为记忆了，因为中国的饭食和它配不上套。沱茶又成了我在家接待朋友或读书的陪伴。我对茶的经验也只限于这个范围。有关沱茶（除四川以外还有云南产品）的学问，据说很广，但除了上述范围外，我就说不出更多的道理了，因为我对它的体验不深。我喝茶大部分在晚间。我的办公桌的抽斗里从没有茶叶，桌上自然也没有茶杯。一晃三十多年就这样过去了。倒是在现在当了"顾问"以后，也就是过了花甲之年以后，我不需坐班，得有机会到国内许多地方（有不少还是名胜地）去跑跑，认识了许多新朋友。承他们的厚谊，每年我总要收到他们寄来的一些本地新茶，我"品"起来倒还带味。我当然谈不上是什么茶的鉴赏家，但近十多年来我"品"过的茶种确实不少。从中得出了什么结论呢？

很简单：中国的美好东西太多，茶是其中突出的一种。但它不像其他珍贵的东西，它既高雅，又大众化，没有它中国人的生活方式就不完整——柴、米、油、盐、酱、醋之外，还必须有茶。可惜这个真理，我只有在生活中兜了好大一个大圈子以后才悟出来，未免觉得惭愧。

（选自《清风集》，中外文化出版公司一九九〇年版）

清风小引

袁鹰

人生的妙谛，人类的至情，文化的菁华，艺术的真善美，往往蕴育于日常生活的起居、行止、交往、饮食之中。"此中有真意，欲辨已忘言"，那自然是臻于化境。但多数时候，还是可以辨，可以言的，也可以写一篇篇一首首脍炙人口的佳作。

据说，以饮茶闻名世界的英国人，其饮茶史已逾三百多年，是从中国西去的舶来品。英文的cha和tea，都源自汉语（后者是福建音）。在我们自己，则至少亦在千年以上了。《诗经》里《大雅·绵》有"周原膴膴，堇荼如饴"句，可作明证。千百年来，茶成为开门七件事之一，虽是叨陪末座，却不可或缺。上自帝王贵族、文人学士，下至市井庶民、贩夫走卒，日常起居，可以无酒，不可无茶。十一亿人口，饮茶人肯定比酒徒、酒鬼多出不知多少倍，尽管酒的名声大得多。

饮茶，真个是老少咸宜，雅俗共赏，无论是喝大海碗的大碗茶，或是小酒盅似的功夫茶，无论是喝"大红袍"一类的贡茶，或是四级五级花茶末，甚至未经焙制的山茶，其消乏解渴、称心惬意，大致都是相同的。何况春朝独坐，寒夜客来之际，身心困顿、亲朋欢聚之时，一盏在手，更能引起许多绵思遐想、哀乐悲欢、文情诗韵、娓娓情怀、款款心曲……以至历史、地理、哲学、宗教、科学、技艺民俗等等方面思维情愫的流动和见闻知识的涉猎，都能给纷扰或恬静的生活平添几缕情趣。酒使人沉醉，茶使人清醒。几杯茶罢，凉生两腋，那真是"乘此清风欲归去"了。几年前访日本京都，听里千家主人千宗室先生介绍日本茶道的"和敬清寂"四个字，虽然还不甚了解，但恍惚间似乎感到有心意相通之处。

"何以解忧？惟有杜康。"这千古名句，也许只是曹孟德当年兴到落笔，后人不断重复这两句诗，却又不断以自己的体会否定了它。茫茫人世，忧思、忧虑、忧愁、忧患千桩万种，区区杜康何能消解那许多？若是二三知己，品茗倾谈，围炉夜话，如潺潺春水，汩汩清溪，倒可以于相互慰藉中真的分忧解愁。我自己有切身感受。十年前，林林同志七十华诞，我曾作俚句一律相贺，中有一联："小院灯黄情思远，西楼茶酽笑谈浓"。诗意平平，写的却是实事。十年动乱中，我们在京华北城净土胡同比邻而居，时相过从，常在他家楼上一边喝功夫茶，一边无所顾忌地纵谈时事。窗外寒风凛冽，室内炉火熊熊，喝了几道乌龙茶，将一切愁思郁闷都抛诸脑后，于是踏月回到我独自索居的小院。此情此景，已恍如隔世，而他家乌龙茶微带苦涩的滋味，至今还留在齿颊间，尤其是乱离艰危之世，更觉难忘，请读者浏览一下本书中许多作者对自己种种不同遭际中饮茶经历的回忆，便可知愚见不谬了。

范仲淹《斗茶歌》中有句云："吁嗟天产石上英（指茶叶），论功不愧阶前蓂（指传说中的瑞草）。众人之浊我可清，千日之醉我可醒。"又写到若遇到好茶出世，"长安酒价减百万，成都药市无光辉。不如仙山一啜好，泠然便欲乘风飞"。把盏一啜，便欲乘风飞去，不免有点夸张，却也见希文先生对饮茶确是一往情深。为茶评功摆好、尽力渲染的远不止范希文一人。于冠西同志寄稿来时，惠赠一册《中国古代茶诗选》（钱时霖先生选注，浙江古籍出版社出版）。展读之际，不禁大喜。过去虽曾读过些茶诗，实未料到竟有如此之多，真是孤陋寡闻。据钱时霖先生说，他于从事茶叶研究之余，陆续收集到的古代茶诗已有一千余首，编入此书的，亦有自唐至清二百余首。此书印了一万册，但是无缘读到的肯定还有成千上万。我愿推荐给嗜茶又爱诗的读者，这些诗将茶和诗融为一体，其中不少又将留连山水和品茗畅叙相连，更觉清风习习，韵味无穷。

钱时霖先生在那本茶诗选前言中，提到有人将苏东坡两首诗中的名句集成一副对联，天下饮茶同好不妨将它悬在壁间，茶烟浮绕之时，或许能助你进入悠然神往、心灵纯净的境界：

欲把西湖比西子

从来佳茗似佳人

(选自《清风集》,中外文化出版公司一九九〇年版)

嗜茶者说

韩作荣

每年清明、谷雨前后,总有朋友寄一点儿新茶来,这一袋或一小桶从复苏的枝条上采摘的新芽,在我看来,几近于灵魂的渗透、生命的游移。第一杯新茶的品饮,我会舍弃终日不离手的紫砂壶,将通透明亮的磨花玻璃杯纳入少许青茗,在炉灶旁看水在壶底张开鱼眼、吐出蟹沫,继而冲泡。于是乎水汽环绕氤氲,茗芽在水中舒展,那芽鲜嫩、肥硕,叶则微小,连缀在茶芽之旁,一芽一叶、一芽两叶,透出一团新意,而水,却在淡绿中带一点儿微黄,呈现在面前的,有如微缩的江南,所谓风在茶中、云在茶中、雨在茶中了。

一杯新茶会给我这被烟熏黄的四壁带来生气,带来新鲜的气息,让眼睛蓦然一亮。看芽叶顶着一颗颗水珠,所谓"雀舌含珠",这昏暗的小屋似乎也传来鸟的啼鸣。

待三十秒过后,舒放的茶会溢出其独有的清香,静静地品一口，一股热流像一条线一样深入胸腹，可香气仍留在唇齿之间。从茶芽的"环肥燕瘦"，会领略茶生于山前还是生于背阴的山后，细品茶的滋味，会知晓茶园四周栽植的是板栗树还是兰花，因为茶会吸纳花的香气。

新茶难觅，好茶无多。那大抵是因为中国的名茶为绿茶，且多为茶芽。茶树发芽时采摘，只能有几天的时间，所谓"早采三天是个宝，晚采三天便成草"了，芽是活物，并不等待采摘的手指。而一斤特级龙井含嫩芽三万余；一芽一叶，形如雀舌的碧螺春，一斤中含雀舌近七万。想于白毫萌生、嫩叶初展之际，凌晨夜露未碎时开始采摘，五名采茶女采一天，才能采摘出一斤龙井，难怪稀者为贵了。可茶芽细嫩，经不得浸泡，好茶第二泡最妙，第三杯还喝得，再泡第四杯水时则索然无味了。自然，好茶并非都是茶芽，中国的十大名茶中，"六安瓜片"均为瓜子形的嫩叶；"太平猴魁"则枝叶相连，于水中浸泡，有刀枪剑戟般的杀伐之态；而"铁观音"系粗老采，粗梗老叶半发酵后制成，仍为名茶，不过此类茶多为喝功夫茶所用。

对于饮茶，我虽为嗜茶者，在精于茶道者看来，尽管频多挑剔，仍是个饮茶无道者。想来，本人对茶道也算略知一二，但实感茶道的形式感过重，已不是品茶，而是和茶没有多少关联的一种仪式了；再则想讲究一番，也没有那个条件，所谓"茶文化"，也只能胡侃一番，让那茶便泡在文化里，和喝茶的嘴没有必然的联系。

古人称烹茶为煮泉,所谓水为茶之体,茶为水之魂,没有好水,那魂是不便附体的。烹茶以泉水为上,江水次之,井水为下,可城市中并非都有中冷泉、惠山泉、观音泉、虎跑泉、趵突泉这被茶客称道的五大名泉,所饮的地下水本属最次的烹茶之水,加之水污染,再美妙纯粹的灵魂也要附于病体之上,用这样的水泡茶,只能是一种遗憾了。烧水的壶以铜壶为最,在市场上也很难买到。泥炉大体可以自造,而烧水之柴,譬如广东的潮汕功夫茶,火必以橄榄核焚烧,让人哪里去找?水应为山坑石缝水,在马路上也是寻不来的。至于一套普通茶具也要大大小小百余件,人呼吸都不顺畅的小屋,买来这些茶具大抵也要塞在床底下,有这个必要吗?至于烫杯飞转成花,头冲水洗叶倒掉,二冲水沿泥壶的四周环入,不能直冲,以免冲破茶胆,倒茶对着杯子巡行至八分满谓"关公巡城",直至点点滴滴最后滴下,谓之"韩信点兵",这些似乎不难做到,但就我而言,也感到够啰嗦的了。

真正饮茶有道者,该是日本人。所谓"和、敬、清、寂"为茶道四规,其最高境界为禅境,那种喝法,已接近一种宗教了。正如宗教中的仪式、宗教情感往往大于教义,日本人饮茶是最为程式化的,对茶室、茶具、茶水、环境布置、迎客、享客、送客、蒸茶,都有严格的仪式和要求。日本早期建造的茶室为"雅室",体现的是"高尚的贫穷",表现的是自然的原初意味,可细部安排所费心力不亚于宫殿与寺庙的建造,却绝没有富丽堂皇的人工雕饰及陈设。其室门高不过三尺，入都须曲膝躬身爬进去，为的是培养人谦恭的美德。室内几近空室，单纯、洁净，只有滚水沸腾的声音，茶铫的鸣声，有如天笼雾谷的瀑布的回声，海涛冲激礁岩的音响，也似雨打芭蕉，风吹松叶的萧萧之声。及至后来，禅家认为肉体的本身也不过是荒野之中的一间小屋而已，茶室作为逃避风雨的暂时避难所，便趋于草率、马虎了；随后的个性强化，茶室建造得近于艺术作品，但其单纯朴实，不俗不艳，确成为灵魂的庇所，注重永恒之精神的追寻，成为避免纷扰的圣堂。

日本的茶道，品饮的已是一种精神。难怪一些官员商贾在繁难之暇都要来茶室让躁动不安的灵魂得以抚慰，求得宁静。来者一走入通往茶室的小径，路径其间的藤苔枯叶，林木扶疏之中便会给人一种身处自然、远离都市的感觉，作为禅境的初始，体验那种"孤绝"，或初醒者的"梦中徘徊"，会处于一种醇美之境的渴望里……

日本的茶道源于中国，可中国人在元代之后，茶道衰落，饮茶已趋于一种自然方式的清饮了，那便是既注重止渴生津，又注重体味茶中的世界。我倒认为，这种无道之饮未必不是一种好的品饮方式。过于讲究方式、礼仪，茶已非茶，倒失去了茶本身。茶之色、之香、之味，都在茶本身之中，其意味亦不在喝茶的方式里，茶对于人精神的抚慰，也是在饮茶之中方能获得。所谓精神，除去神灵的虚拟，也无非是指人的感知、情绪和意志，有如茶离不开水，灵魂也离不开人的肉体。茶，作为饮料，由于人的干渴才有意义，几碗热茶饮过，会顿觉通体舒泰，正如唐代诗人卢仝饮茶之体验，当轻汗尽向毛孔发散，让人感到肌骨轻灵，两腋间竟习习生出风来，可谓茶人合一，把茶喝透了。而这种通透的状态，肌骨轻灵的状态，既是生理的，也是心理的，那种恬静、安适，让紧缩的神经松弛，随茶绿进入一种情境之中，让人想起生存的重负，有如片状的龙井，杀青、揉捻、挤压之后已扁，人此时倒像一片被水泡开的青叶，因为"过去我就是这么舒放，当我还未从树上被一只手采摘下来的时候"。

如果说日本人喝茶是精神式的，英国人喝茶则是实惠式的。茶中要加奶、加糖。英国小说家葛辛在《草堂随笔》中谈及饮茶，认为英国家庭里下午的红茶与黄油面包是一日中最大的乐趣。

茶被英人看成绅士，在中国则被看成女人。林语堂曾把第二泡绿茶称之为"少妇"。说起来，烟和茶都是植物的叶子，但烟和火相配，茶与水相配。我则认为烟属阳，茶属阴，烟是呛人的，具有进攻性，属一种强烈的刺激；而茶是清香、柔软的，具有吸纳性，是一种给予和抚慰。忆明珠先生曾说过茶能过滤梦境，已有了独特的体验。我想，忙忙碌碌的人，日理万机的人，如果能静下心来，喝一杯上好的绿茶，那该有洗涤灵魂的妙用的。

可在时下,饮茶已和茶本身的趣味越来越远了。茶楼作为谈生意的场所,让饮茶具有了新的内涵,或许可称之为时代特色吧。前些天在南昌,一些朋友曾一起吃早茶,第一次领略早茶的我才发现,几十种小菜,几十种点心任其选择,摆了满满一桌,皆精致尖新,可茶只有一壶,其味并不见佳,所谓吃早茶者,是吃一次丰富的早饭,那茶实在是可有可无的了。在餐桌上,我想起了《红楼梦》中的妙玉,她煎茶所用的水,是冬日收梅花上的雪,用鬼脸青花瓷瓮珍藏于地下,夏日才开瓮取用的。想来这么讲究的饮茶方式,大概也只在小说中很古典地存在了,人世间,恐怕再也不会有谁这般谈玄弄景。

不过,嗜茶的我还是固执地喜欢一杯雨前茶,茶会排烦解忧,给人以宁静,是人与自然融合的最佳方式。

(选自《清风集》,中外文化出版公司一九九〇年版)

茶话

老烈

饮茶是很有趣味的事。早年我并不知道茶为何物,更不知道饮茶是怎么回事。在我的家乡那个小镇上,只有地主和大老板才饮。一般人家逢年过节买二两茶待客,多属等外品或剔压货,沏出来是黄沌沌的浑汤,那味道也就可想而知。人们讥笑它叫"涨肚黄",冲了七八道,成了"涨肚白",还在那里"请吃茶,请!"后来在山东沂蒙山区的农村,喝过烤糊了的桑叶做的"桑茶",炒焦了的高粱做的"米茶"。放进"吊子"(瓦罐)里在灶门上煨滚便可以喝了。据说可以消气。解放以后在一个领导机关工作,当"二排议员"。每逢开会,领导们坐在围成一圈的沙发里,我们在外围,坐二排。两三张长桌,几把靠椅,做记录,整材料,有所垂询还得回报几句。不过吃茶颇受优待,和领导们一律平等,每人面前都是一杯龙井。从此,慢慢地吃出了味道,也懂了点门道,成了茶客,只有"文化大革命"成了"对象"那几年，上厕所要报告请求批准，万一"牛倌"不点头，便连屎尿也得憋着，别说没有茶，就是白开水也不敢多喝。此外，四十年来，简直不可一日无此君。

饮茶，北方人喜欢花茶，长江沿岸多饮绿茶，闽粤则讲究乌龙。我这个北方佬，一路南来，落户广州，茶就饮得杂，什么都来，未能"从一而终"，够不上"忠贞之士"。一般地我是夏天饮绿茶，冬天饮乌龙，春秋间或饮点红茶。对于花茶则不感兴趣，总觉得它有点"小家碧玉"的脂粉气，香味是人工后加的，不纯不正。而龙井，水仙之属，"淡扫蛾眉""国色天香"，得一种自然之香的天赋美意，妙得很。绿茶的上品，要数"西湖龙井""太湖碧螺春""庐山云雾""黄山毛峰""六安瓜片"等等。乌龙有"武夷岩茶""铁观音""大红袍""水仙""凤凰"之类。红茶是"祁红""滇红""宜红"，近年"英德红""海南红"也渐渐有名。好茶的形状也美。"龙井"纤细俊秀，泡出来一芽一叶，便是"一枪一旗"。"碧螺春"柔曼娇弱，沸水一冲，显现白茸茸的嫩毫。"乌龙"苍老虬劲，舒腰展身之后，暗绿的边缘上便泛出一圈红晕。品茶须分色、香、味。"色"比较好分辨，上等绿茶，汤如翡翠而略带嫩黄，清澈明净。乌龙汤若金橙而稍显棕黄，晶明深透。红茶汤似琥珀而微泛金黄，鲜艳红亮。反之，凡是暗而浊的汤色，那便是次品、下品了。"味"也比较好说，绿茶清而甘；乌龙苦而甘；红茶涩而甘。好茶一入口，便先感到有些清、苦、涩的味道，然后就觉得有一种浓厚的甘甜回味，香透齿舌。如果只有苦涩而无甘甜，那便是等而下之的东西。唯有这"香"难说。好茶，泡出来确实好闻，香，奇香，异香，妙不可言的香。但到底是什么香？却难以比喻。花茶一闻便知，这是茉莉香，那是玫瑰香。红茶、绿茶、乌龙的香，你就很难说得清是哪种花香、哪种木香抑或哪种人造香？所谓"醇厚"呵，"馥郁"呵，"芬芳"呵，并未解决问题。大胆妄言一句，也只能说，绿茶香清，红茶香艳，乌龙香浓。这似乎又包含了香的轻重程度，还是没说清楚。没办法，且待方家指教罢。

待到在广州落户，尤其到汕头去过几次以后，我才明白天地原来这样广阔，而饮茶竟有如许"功夫"。潮汕饮茶，非常讲究。红、绿、花茶一概不取，独嗜乌龙。茶具也特别，小巧玲珑。一只宜兴紫砂壶，只有蜜柑那么大小；四只枫溪小杯，薄如蛋壳，质地洁白。放在一只圆盘上，中有几组梅花形小孔，可以漏水，下面是个壁高两厘米的盛水圆钵。还要有一套煮水的器具，一只红泥小炉，燃烧白炭，精致的小铜壶，晶光锃亮。水则以泉水最好，井水次之，自来水差些。煮水，初沸为"鱼眼"；二沸为"连珠"，泡茶最好；三沸腾波鼓浪，水就"老"了。饮时，先将茶叶放入紫砂壶内，几乎填满。水沸后，冲入壶中，迅即倒出，除去浮沫，谓之"洗茶"。然后再冲水泡茶，盖好壶盖，还要在壶上淋浇沸水"洗壶""洗杯"。这之后才斟茶，那就又有一套规矩，开始是"关公巡城"，一杯挨一杯反复斟注;等到壶里茶汁少了,便是"韩信点兵",一滴一滴地平均分配。这时,各项"仪式"都告完成,主人做个手势:"请!"于是主客一齐举杯,慢慢品啜。如此,往复三五巡,才算茶毕。这通手续真是繁琐极了,难怪要称作"功夫茶"。不过,杯壶炉盘,红白金紫,赏心悦目;一杯香雪,两腋清风,味沁胸腑,倒也很值得,称得上怡情趣事。近几年东山赋闲,偶尔也附庸风雅,"功夫"么一次,"虽不能至,心向往之",自得其乐而已。

若在广州坐茶楼,那就又是一番情景,讲究的是"一盅两件",即一杯茶两件点心。老实说茶品并不怎么高,而点心却非常之好,像虾饺、蛋挞、擘酥、马蹄糕等等都很有名。茶市分为早、中、晚,早市最热闹,也更有味。差不多清晨五点就上座了,接着便四方辐辏,接踵而来,真是高朋满座,盛友如云。三五茶友,一起就座,慢斟细品,地北天南,足可盘桓到八九点钟。那种气氛,确实"够味"。北方却不同,在解放前,茶馆要到早饭后九十点钟才开市。阔老逸少入雅座,贩夫走卒在大厅。一张八仙桌,几把太师椅,墙上贴着"警谕":"莫谈国事,勿论人非。"品茶谈心,也只限于柴米油盐的行情市价。有的茶馆间有"说大鼓"、唱"莲花落"的,多是些《三国》《水浒》《渔樵闲话》等等评书演义,还得时常带上一句"太平年呐,一朵落莲花!"四川茶馆又别有风情。饮的是盖碗茶,虽也边饮边吃,却只有茶熏腐干、五香花生米之类。"茶博士"的冲茶手艺也特别：客人落座，看清人数，左臂一叠碗盏，右手一把铜壶，走将过来，啪啪啪啪，单手一甩，茶托便放齐了；然后放好茶碗，投上叶子，高高地举起长嘴铜壶，远远地离碗足有两尺距离，刷地一声便将沸水冲去。外乡人没看惯，不免害怕，担心沸水溅到身上，殊不知这一切动作有惊无险，来得干净利索，一滴不溅，半点不流。那真叫高，实在是高！中国是茶的发源地，种茶、制茶、饮茶有两千多年的历史，经验丰富。《诗经》《汉书》都有关于茶的记述，唐陆羽著《茶经》，宋赵佶写《大观茶论》，蔡襄有《茶录》，丁谓有《茶图》，明陆树声有《茶寮记》。清朝，从《红楼梦》里，妙玉以梅花雪水烹"老君眉"，用"绿玉斗"招待宝玉，便可见"茶道"之一斑。历代诗人名士在诗词歌赋中也多有吟咏，杜牧、梅尧臣、白居易、陆游都有"茶诗"传世。特别是苏轼，"大瓢贮月归春瓮，小杓分江入夜瓶"，竟连江中汲水烹茶也写到了。但就中最美的恐怕要数唐朝的卢仝。他把饮茶说得美妙之极："一碗喉吻润；二碗破孤闷；三碗搜枯肠，惟有文字五千卷；四碗发轻汗，平生不平事，尽向毛孔散；五碗肌骨清；六碗通仙灵；七碗吃不得也，但觉两腋习习清风生。"上了天了。

（选自《清风集》，中外文化出版公司一九九〇年版）

泡沫红茶

周志文

在泡沫红茶店，二十五岁以上的人都被看成是老人家了，更何况我们这个年纪。

所谓泡沫红茶，就是在加糖稀释的冰红茶上，加了一层发泡的奶油，这层奶油并不是真正的奶油，而是将鲜牛奶用搅蛋器之类器具打成泡沫状，然后浇在茶上，这和维也纳咖啡上的一层有"绝缘"作用的厚奶油是不同的。原因是咖啡是烫的，用茶匙一搅，奶油会溶在咖啡里，而红茶是冰的，奶油遇冷凝固，是无法用来"调茶"的。所以只有用发泡的鲜奶，那层雪白的泡沫，用吸管搅动，就和红茶融合成一体，杯子里面就成了浅咖啡色或粉红色的液体，看起来十分好看。

学校和公园附近，近两年开了许多家供应这类饮品的冷饮店，座上的大多是少年或刚刚进入青年的客人。这些店铺的装潢是一个样式的，墙上贴着松木板，桌子和椅子也都是用松木或杉木做成。为了增加木制品的"风霜"度，多数木板都用火烧烤过，黑迹斑斑的，其实既不整洁也不好看。但每家都是这个样子，仿佛不是这样就成不了流行的泡沫红茶店似的。

有一天我和朋友在学校附近的一家这样的店里暂歇，我点了杯姜汁，朋友点了一杯名叫"波霸"的奶茶。我和朋友都猜想他那杯茶里到底放的是什么东西。送上来一看，原来是一个极大的杯子，里面盛着的是一般的泡沫红茶罢了，红茶里面有些像小弹珠的粉制丸子，他的吸管特别粗，可能是为了吸食杯内的小丸子而特制的。我们为名字叫"波霸"而起了争执，他认为就是指茶里的丸子而言，我却认为是指那个滚圆而特大的玻璃杯。杯里的丸子虽然大，但距离"波霸"其实还是颇远的。

"还有一个可能，"我的朋友在吸食了两口之后说，"就是它的味道。它其实就是泡沫红茶，只是奶加多了，整杯的茶和丸子都是奶的味道。这可能才是它的名字叫'波霸'的真正原因。"

我们的争论其实是微不足道的，比起店里放的西洋流行歌曲的音量来，我们的声音不够响，和邻桌少年的谈话相比，我们的谈话更缺少震撼的内容。那几个少年从我们进来后就在高谈阔论，内容是对付巷道停车的方法。一个少年主张放掉他轮胎的气，一个主张用钥匙刮他车子的烤漆，另一个则从怀里拿出一把美工刀，他说他是随身带着这个"家伙"的。他说：

"管他哪个'鸟'，只要挡住老子的去路，老子就把他坐垫给'做'了，嘿嘿！"

"少逊了！你还在对付摩托车呀！我们说的是对付汽车呢。"扬美工刀的少年给大家轰了下来。这时一个声音比较低沉的少年在大家的怂恿下站了起来，他四顾了一下，清了清喉咙然后说：

"其实再简单不过了。"他似乎才是真正狠的角色。他随意扬起一只放在桌上的牙签，"这只牙签就够了。你把牙签塞进他的车门钥匙口，然后齐头折断，他的车门锁就报销了，任他想什么办法，钥匙硬是塞不进去，除非换一把锁，这个办法，就是锁匠也破解不了呢。"

跟这样具有"爆发力"的题目比较，我们有关波霸奶茶的争论就显得贫血而无力了。我和朋友面面相觑，我的姜汁不好喝，大部分是调了味的甜水。我看朋友的杯子，他喝得也很少，那么硕大的杯子，对任何人而言都可能过大了。好在是泡沫红茶，除了水和泡沫之外，没有太多其他的东西，这和一些所谓的流行文化，其实也没有什么不同。我和朋友付账离去。当我们离开那家店时，我心里想幸亏我没有汽车也没有摩托车，不需要为城市的危机而担忧。朋友想些什么我并不知道，但可能是跟我想的类似吧。

（选自《文学的餐桌》，广西师范大学出版社二〇〇四年版）

我们吃下午茶去！

董桥

茶有茶道，咖啡无道；茶神秘，咖啡则很波希米亚。套Roland Barthes的说法，茶是英国人的"图腾饮料"（totem-drink），每天上下午两顿茶点是人权的甜品，只剩午饭晚宴之后才喝咖啡，硬说餐后喝奶茶是俗夫所为，没有教养，宁愿自讨苦喝，喝不加糖不加牛奶的黑咖啡死充社会地位，还要忍受外国人笑他们煮出来的咖啡味道像"弄湿了的脏衣袖拧出来的水"！幸好James Laver幽默解嘲，写《茶经》说咖啡提神，烈酒催眠，十八世纪法国人大喝咖啡，出了一批会编百科全书的鸿儒；这批鸿儒要是一边喝酒一边辩论学问，结果不是挥刀宰掉对手就是沉沉入睡；茶则喝了既不会催眠也不致好辩，反而心平气和，难怪英国人有"忍让的气度"云云。其实，当年英国东印度公司垄断茶市的手段并不"忍让"，终于在美利坚惹出茶叶其党，独立其事。

懂得茶的文化，大半就讲究品茗正道了。有一位长辈来信开玩笑说："茶叶虽好，用煤气炉代石灶，不锈钢壶代瓦锅，自来水代名泉，自不免大煞风景。"知堂老人主张喝茶以绿茶为正宗，说是加糖加牛奶的红茶没有什么意味，对 George Gissing《草堂随笔》冬之卷里写下午茶的那段话很不以为然。吉辛到底是文章大家，也真领悟得出下午茶三昧，落笔考究得像英国名瓷茶具，白里透彩，又实用又堪清玩。午后冷雨溟蒙，散步回家换上拖鞋，披旧外套，蜷进书斋软椅里等喝下午茶，那一刻的一丝闲情逸致，他写来不但不琐碎，反见智慧。笔锋回转处，少不了点一点满架好书、几幅图画、一管烟斗、三两知己；说是生客闯来啜茗不啻渎神，旧朋串门喝茶不亦快哉！见外、孤僻到了带几分客气的傲慢，实在好玩，不输明代写《茶疏》的许然明："宾朋杂沓，止堪交错觥筹；乍会泛交，仅须常品酬酢。惟素心同调，彼此畅适，清言雄辩，脱略形骸，始可呼童篝火，汲水点汤。"到了女仆端上茶来，吉辛看见她换了一身爽净的衣裙，烤面包烤出一脸醉红，神采越显得焕发了。这时，烦琐的家事她是不说的，只挑一两句吉利话逗主人一乐，然后笑嘻嘻退到暖烘烘的厨房吃她自己那份下午茶。茶边温馨，淡淡描来，欲隐还现，好得很！

茶味常常教人联想到人情味，不然不会有"茶与同情"之说；偏偏十八世纪的 Jonas Hanway 不知分寸，骂人家的侍女喝茶太狂，花容憔悴，又骂修路工人偷闲喝茶，算出一百万名工人一年工作两百八十天、每人每十二个工作小时扣掉一小时冲茶喝茶，英国国库每年亏损五十八万三千三百三十英镑！老实说，这些贵族是存心不让工人阶级向他们看齐。东印度公司操纵茶市一百年左右，伦敦茶价每磅值四英镑，只有贵族富家才喝得起。那期间，欧洲其他国家先后压低茶税，次级茶叶这才源源输英，只售两先令一磅，普罗大众纷纷尝到茶的滋味了！英国色情刊物至今还刊登不少中产妇女勾引劳力壮汉喝茶上床的艳事，虽是小说家言，毕竟揶揄了乔纳斯·翰威这种身心两亏的伪丈夫。

小说家费尔丁老早认定"爱情与流言是调茶最好的糖"，果然，十九世纪中叶一位公爵夫人安娜发明下午茶会之后，闺秀名媛的笑声泪影都照进白银白瓷的茶具之中，在雅致的碎花桌布、黄油面包、蛋糕方糖之间搅出茶杯里的分分合合。从此，妇女与茶给文学平添不少酸甜浓淡的灵感。Dorothy Parker 的 *The Last Tea* 和 V. S. Pritchett 的 *Tea with Mrs. Bittell* 都是短篇，但纸短情长，个中茶里乾坤，已足教人缅想古人"饮啜"之论。所谓一壶之茶，只堪再巡；初巡鲜美，再则甘醇，三巡意欲尽矣，乃以"初巡为婷婷袅袅十三余，再巡为碧玉破瓜年，三巡以来，绿叶成荫矣"！

后来，英国争取女权运动的人为烧水沏茶的家庭主妇和女工发出了愤怒的吼声了！著名专栏作家 Katharine Whitehorn 在《观察家报》撰文抱怨妇女以泡茶消磨光阴最是无聊："有人说:'没有茶,谁活得下去?'叫他们去死,他们就活得下去了。我说茶是英国病。"又说"英国家庭生活劳人伤神,正是家家户户穷吃茶这件混账事惹出来的"。可是,"最后一次茶叙"是什么情调呢?巴克小说里那个穿巧克力色西装的年轻人坐到餐桌边,戴着人造山茶花的女人已经在那儿坐了四十分钟了。"我迟到了,"他说,"对不起要你等。""我的老天!"她说,"我也刚到了一下。我想喝茶想死了,一进门赶紧叫了一杯来再说。其实我也迟到。我刚坐下来不到一分钟。""那还好,"他说,"当心当心,别搁那么多糖——一块够了。快把那些蛋糕拿走。糟糕!我心情糟透了!"她说,"是吗?到底出了什么事了?"

没事。"煎茶烧香,总是清事,不妨躬自执劳",正好消磨无聊光阴,英国茶痴怎么可以不学这点气度?茶杯里的风波最乏味。当年《笨拙》杂志一幅漫画的说明说:"要是这杯是咖啡,那我要茶;可是要是这杯是茶,那我偏要咖啡。"吉辛的女仆走了;吉辛茶杯里的茶还堪再巡:我们吃下午茶去!

(选自《董桥自选集·品味历程》,三联书店二〇〇二年版)

辑 四

茶 事

再论吃茶

周作人

郝懿行《证俗文》一云：

"考茗饮之法始于汉末，而已萌牙于前汉，然其饮法未闻，或曰为饼咀食之，逮东汉末蜀吴之人始造茗饮。"据《世说》云，王濛好茶，人至辄饮之，士大夫甚以为苦，每欲候濛，必云今日有水厄。又《洛阳伽蓝记》说王肃归魏住洛阳初不食羊肉及酪浆等物，常饭鲫鱼羹，渴饮茗汁，京师士子见肃一饮一斗，号为漏卮。后来虽然王肃习于胡俗，至于说茗不中与酪作奴，又因彭城王的嘲戏，"自是朝贵宴会虽设茗饮，皆耻不复食，唯江表残民远来降者好之"，但因此可见六朝时南方吃茶的嗜好很是普遍，而且所吃的分量也很多。到了唐朝统一南北，这个风气遂大发达，有陆羽卢仝等人可以作证，不过那时的茶大约有点近于西人所吃的红茶或咖啡，与后世的清茶相去颇远。明田艺蘅《煮泉小品》云：

"唐人煎茶多用姜盐,故鸿渐云:'初沸水合量,调之以盐味。'薛能诗:'盐损添常戒,姜宜著更夸。'苏子瞻以为茶之中等用姜煎信佳,盐则不可。余则以为二物皆水厄也,若山居饮水,少下二物以减岚气,或可耳,而有茶则此固无须也。今人荐茶类下茶果,此尤近俗,纵是佳者,能损真味,亦宜去之。且下果则必用匙,若金银大非山居之器,而铜又生腥,皆不可也。若旧称北人和以酥酪,蜀人入以白盐,此皆蛮饮,固不足责耳。人有以梅花菊花茉莉花荐茶者,虽风韵可赏,亦损茶味,如有佳茶亦无事此。"此言甚为清茶张目,其所根据盖在自然一点,如下文即很明了地表示此意:

"茶之团者片者皆出于碾铠之末,既损真味,复加油垢,即非佳品,总不若今之芽茶也,盖天然诸者自胜耳……芽茶以火作者为次,生晒者为上,亦更近自然,且断烟火气耳。"谢肇淛《五杂俎》十一亦有两则云:

"古人造茶,多春令细,末而蒸之,唐诗'家僮隔竹敲茶臼'是也。至宋始用碾,揉而焙之则自本朝(案:明朝)始也。但揉者恐不若细末之耐藏耳。"

"《文献通考》:'茗有片有散。片者即龙团旧法,散者则不蒸而干之,如今之茶也。'始知南渡之后,茶渐以不蒸为贵矣。"清乾隆时茹敦和著《越言释》二卷,有撮泡茶一条,撮泡茶者即叶茶,撮茶叶入盖碗中而泡之也,其文云:

"《诗》云荼苦,《尔雅》苦荼,茶者荼之减笔字前人已言之，今不复赘。茶理精于唐，茶事盛于宋，要无所谓撮泡茶者。今之撮泡茶或不知其所自，然在宋时有之，且自吾越人始之。案炒青之名已见于陆诗，而放翁《安国院试茶》之作有曰，我是江南桑苧家，汲泉闲品故园茶，只应碧缶苍鹰爪，可压红囊白雪芽。其自注曰，日铸以小瓶蜡纸，丹印封之，顾渚贮以红蓝缣囊，皆有岁贡。小瓶蜡纸至今犹然，日铸则越茶矣。不团不饼，而曰炒青曰苍龙爪，则撮泡矣。是撮泡者对砑茶言之也。又古者茶必有点。无论其为砑茶为撮泡茶，必择一二佳果点之，谓之点茶。点茶者必于茶器正中处，故又谓之点心。此极是杀风景事，然里俗以此为恭敬，断不可少。岭南人往往用糖梅，吾越则好用红姜片子，他如莲芍榛仁，无所不可。其后杂用果色，盈杯溢盏，略以瓯茶注之，谓之果子茶，已失点茶之旧矣。渐至盛筵贵客，累果高至尺余，又复雕鸾刻凤，缀绿攒红以为之饰，一茶之值乃至数金，谓之高茶，可观而不可食，虽名为茶，实与茶风马牛。又有从而反之者，聚诸乾藤烂煮之，和以糖蜜，谓之原汁茶，可以食矣，食竟则摩腹而起，盖疗饥之上药，非止渴之本谋，其于茶亦了无干涉也。他若莲子茶龙眼茶种种诸名色相沿成故，而种糕馨饼饵皆名之为茶食，尤为可笑。由是撮泡之茶遂至为世诟病，凡事以费钱为贵耳，虽茶亦然，何必雅人深致哉。又江广间有礧茶，是姜盐煎茶遗制，尚存古意，未可与越人之高茶原汁茶同类而讥之。"王侃著《巴山七种》，同治乙丑刻，其第五种曰《江州笔谈》，卷上有一则云：

"乾隆嘉庆间宦家宴客，自客至及入席时，以换茶多寡别礼之隆杀。其点茶花果相间，盐渍蜜渍以不失色香味为贵，春不尚兰，秋不尚桂，诸果亦然，大者用片，小者去核，空其中，均以镂刻争胜，有若为饤盘者，皆闺秀事也。茶匙用金银，托盘或银或铜，皆錾细花，髹漆皮盘则描金细花，盘之颜色式样人人各异，其中托碗处围圈高起一分，以约碗底，如托酒盏之护衣碟子。茶每至，主人捧盘递客，客起接盘自置于几。席罢乃啜叶茶一碗而散，主人不亲递也。今自客至及席罢皆用叶茶，言及换茶人多不解。又今之茶托子绝不见如舟如梧櫜鄂者。事物之随时而变如此。"

予生也晚，已在马江战役之后，儿时有所见闻亦已后于栖清山人者将三十年了。但乡曲之间有时尚存古礼，原汁茶之名虽不曾听说，高茶则屡见，有时极精巧，多至五七层，状如浮图，叠灯草为栏干，染芝麻砌作种种花样，中列人物演故事，不过今不以供客，只用作新年祖像前陈设耳。因高茶而联想到的则有高果，旧日结婚祭祀时必用之，下为锡碗，其上立竹片，缚诸果高一尺许，大抵用荸荠金橘等物，而令人最不能忘记的却是甘蔗这一种，因为上边有"甘蔗菩萨"，以带皮红甘蔗削片，略加刻画，穿插成人物，甚古拙有趣，小时候分得此菩萨一尊，比有甘蔗吃更喜欢也。莲子等茶极常见，大概以莲子为最普通，杏酪龙眼为贵，芡栗已平凡，百合与扁豆茶则卑下矣。凡待客以结婚时宴"亲送"舅爷为最隆重，用三道茶，即杏酪莲子及叶茶，平常亲戚往来则叶茶之外亦设一果子茶，十九皆用莲子。范寅《越谚》卷中饮食门下，有茶料一条，注曰，"母以莲栗枣糖遗出嫁女，名此。"又醲茶一条注曰，"新妇煮莲栗枣，遍奉夫家戚族尊长卑幼，名此，又谓之喜茶。"此风至今犹存，即平日往来馈送用提合，亦多以莲子白糖充数，儿童入书房拜蒙师，以茶盅若干副分装莲子白糖为礼，师照例可全收，似向来醲茶系致敬礼，此所谓茶又即是果子茶，为便利计乃用茶料充之，而茶料则以莲糖为之代表也。点茶用花今亦有之，唯不用鲜花临时冲入，改而为窨，取桂花茉莉珠兰等和茶叶中，密封待用。果已少用，但尚存橄榄一种，俗称元宝茶，新年入茶店多饮之取利市，色香均不恶，与茶尚不甚相忤，至于姜片等则未见有人用过。越中有一种茶盅，高约一寸许，口径二寸，有盖，与茶杯茶碗茶缸异，盖专以盛果子茶者，别有旧式者以银皮为里，外面系红木，近已少见，现所有者大抵皆陶制也。

茶本是树的叶子，摘来瀹汁喝喝，似乎是颇简单的事，事实却并不然。自吴至南宋将一千年，始由团片而用叶茶，至明大抵不入姜盐矣，然而点茶下花果，至今不尽改，若又变而为果羹，则几乎将与酪竞爽了。岂醲茶致敬，以叶茶为太清淡，改用果饵，茶终非吃不可，抑或留恋于古昔之膏香盐味，故仍于其中杂投华实，尝取浓厚的味道乎？均未可知也。南方虽另有果茶，但在茶店凭栏所饮的一碗碗的清茶却是道地的苦茗，即俗所谓龙井，自农工以至老相公盖无不如此，而北方民众多嗜香片，以双窨为贵，此则犹有古风存焉。不佞食酪而亦吃茶，茶常而酪不可常，故酪疏而茶亲，唯亦未必平反旧案，主茶而奴酪耳，此二者盖牛羊与草木之别，人性各有所近，其在不佞则稍喜草木之类也。

二十三年五月

附记

大义汪氏《大宗祠祭规》，嘉庆七年刊，有汪龙庄序，其《祭器祭品式》一篇中云大厅中堂用水果五碗，注曰高尺三，神座前及大厅东西座各用水果五碗，注曰高一尺。案此即高果，萧山风俗盖与郡城同，但《越谚》中高果却失载不知何也。

（选自《夜读抄》，上海北新书局一九三五年版）

茶淘饭

叶灵凤

在这夏天的傍晚,肚饿的时候,能够有机会在家里赤了双脚,仅穿汗衫,吃一碗茶淘饭充饥,实在是人生的一种享受。

夏天吃茶淘饭,本来是很寻常的,可是在小时候,大人见了总要加以劝止,说是吃多了会黄脸。到了现在,这一点"吃茶淘饭"的自由,总算由自己掌握到了,但是形势比人强,虽有这自由,却未必一定有时间和方便,因此,本来可以有机会吃一碗茶淘饭的,却终于吃了几块甜饼干,一片牛油面包。

我说能够有机会在肚饿的时候吃一碗茶淘饭,是人生的一种享受,不仅不是矫情之谈,这里面甚至还有点庆幸。因为对我来说,这样的机缘,并不是随时都有的。

讥笑以吃茶淘饭为享受的人,自有他们的庸福,可是每天不得不用茶来淘饭吃的人,也不免有他们的苦楚,唯有可吃可不吃,想吃而无法吃,一旦有机会能顺遂了这小心愿这才会觉得是人生的一种享受。

不过，吃一碗茶淘饭，也不是简单的事。

首先是饭。这一碗饭，虽不一定要是冷饭，但是热饭却一定不行的，最好是新煮而又冷却了的。其次不能是烂饭，以不软不硬，没有大饭团的"剩饭"最为理想。

再有，用来淘饭的茶，也是重要的。用"立普敦"红茶来淘饭，固然大煞风景，可是用碧螺春、龙井来淘饭，不仅暴殄天物，甚至饭与茶皆不得其宜，也是双方都糟蹋了。以我的经验，就用普通的"水仙"，泡得浓一点，以热茶淘冷饭，饭浅茶深，坐下来未吃饭之前，先痛快的喝一口茶，乐在其中矣！

吃茶淘饭不能没有菜，但这个"菜"以"小菜""咸菜"为宜，同时这里面也有点讲究。"肉松"只宜送粥，送"茶淘饭"就不相称；腐乳也是如此。咸蛋倒可以，广东人的茶瓜笋菜心倒是合适的。若是能有云南大头菜、香椿头，自然更合江南人的口味了。火腿也是不相宜的。用火腿来送茶淘饭，简直是呵道游山。

什么都是家乡的好。我们家乡有一种用盐渍的萝卜干，可说是送茶淘饭的妙品。还有那些酱菜，酱莴苣、酱生姜之类，用来佐茶淘饭，可说"天衣无缝"，简直令人说不出究竟是为了这些小菜而吃茶淘饭，还是为了茶淘饭而吃这些小菜。

（选自《叶灵凤散文》，浙江文艺出版社二〇〇三年版）

茶之幸运与厄运

潘序祖

碧云引风推不断,白花浮光凝碗面。一碗喉吻润,二碗破孤闷,三碗搜枯肠,惟有文字五千卷。四碗发轻汗,平生不平事,尽向毛孔散,五碗肌骨清,六碗通仙灵。七碗吃不得也!惟觉两腋习习清风生。……

这是卢仝咏茶的诗。不管茶的效果是不是这样,然经他这首诗一鼓吹,陡然多了许多论茶评茶的人,茶的价值,逐渐地高起来。无论如何,要算茶之幸运的。

做一个中国人,没有不饮茶的。所谓饮茶者殆四百兆,而知茶者,我们只晓得卢仝,这未免是茶之厄运了。

细玩卢仝这首诗,茶的价值,概有七种,分析的说就是生理的,心理的,文学的,伦理的,学术的,哲学的和"美"的。喉吻润当然是生理的。破孤闷当然是心理的。搜枯肠唯有文字五千卷，不用说是文学的。生平不平的事，因为饮茶而生的一阵汗，都向毛孔中发出去，不再搅我之心神，又当然是伦理的。至于肌骨清，我们须得解释一下。肌骨清，是指脸上神气，飘然有神仙之概，温然有君子之风，中国相书称之为有骨气，外国人就要说他脸上有 expression 了。这是饱含艺术气味的面孔，所以我说他是艺术的。通仙灵当然是哲学，不单是哲学，而且还带一些玄学，灵学，催眠的意味，真是好的。至于第七碗，那更便神妙的不可言状。那"吃不得也，惟有两腋习习清风生"，我简直说无可说，只好说他"美"了！

我不是文学家，否则我定要送卢仝一个什么"感觉派"的雅号。但是我却学了两年医，自己又害过病的。所以又深深地觉得卢仝是个医生。他这首诗，好比说人吃药一样，药之入口，一阵苦味，恐惧心将一切闲闷都散了，然后搜枯肠，由血管达于全身，药性发作，毛孔尽开，遍体透汗，顿然觉得肌骨轻松，人也软得很，懒洋洋睡下去，就预备入梦，便是通仙灵了。人已经睡着了，自然是"吃不得也"。唯觉两腋习习清风生，是描写大病脱体，梦境甜美的。

我想，这个解释，也不觉得错。恐怕他是用茶来象征因病服药。可惜我不是文学家，否则我又要送他一个"象征派"的雅号了。

不是文学家而送卢仝的雅号，是恐怕侮辱了卢仝。但是我始终的想着，送雅号是不用花钱的。卢仝也死了，送错了，或是侮辱了也不负什么责任，况且我还可以借卢仝二字的力，可以扶摇直上九万里。我虽没有送，仍是耿耿于心的。

以上两种解释，似乎也含了幸运厄运的意义在内的。不过这幸运和厄运是茶的还是诗的，是有待于研究罢了。

最好的茶，自然是夏历三月的时候。茶叶店告诉我们什么雨前和明前。然而这只是指时间，而忘却空间，所谓空间，不徒是指地点。譬如我们说明前狮峰，是可以代表茶的产地好，采叶的时间好，却不能指明采茶的方法好。

最好的采茶的方法，据人言是由十五六岁的小姑娘入山去寻野茶，采之以细纸包起，纳于衣内两乳之间。归来则叶已干，或未干而略焙之，其味迥异寻常。而我听此言，并不想着饮茶的人，却细味茶的幸运。十五六岁小姑娘两乳之间是好的，温香柔滑，却被茶叶享受去了，可惜！

茶也有采来之后，以人脚揉之而晒干的，这是红茶。据说这种红茶，西洋人最嗜之，我听此言，也不想着西人饮茶时能沾我国人脚汗之余，却细味茶之厄运了。脚下的蹂躏，是一件不堪的事，茶叶当之，亦复可怜！

与茶发生最密切之关系者是水。茶味不佳，我们就抱怨水。固然有理，不过也有时是冤枉的，蒸馏水泡出的茶不见得比普通水好些。西湖的虎跑水，泡出来的茶，有时竟发出霉味。惠泉被人弄污了，茶味也就差了。一个百年的宜兴壶，普通水放进去，就有茶味。

我曾见过一个五十年的宜兴壶,据说水放进去,就会变成茶。我揭开壶盖仔细研究,只见里面有一层绿色的,像石上的青苔差不多,不过不如青苔那样有光泽罢了。

我又喝了那壶中的水,起初倒不大注意,后来朋友说这是水变成的茶,接着又说他这壶是一宝贝,又说值几千几百两,外国人要买他不卖,外国人又难过得很。我满心的惊奇又喝了一口,觉得好像是茶。他于是又接着说了一阵怎样闭目凝神的细味,怎样预备水,多少时间,多少温度,又说三不饮,人多不饮,心乱不饮,醉饱不饮,说的真是天花乱坠,我又喝了一口,觉得简直是在喝茶,不在饮水了。

这或者就是茶的幸运。

我们安徽六安是产茶之地。不知谁想出一个法子来,将茶叶和茎扎在一起,成一菊花的形状,这是预备人用盖碗泡茶用的。一个菊饼,泡一盖碗茶,分量既匀,茶叶又不至于浮在水面。第一次水是取叶之味,第二次水是取茎之味。用意不可谓不善,不过却难为了茶!

他如将茶制为钩形,片形,砖形,都是取悦于目的。总要算茶之厄运。

再如老太太喝茶放西洋参。有火的人放菊花,麦冬。还有的放茉莉花,玫瑰花等等于茶叶中的,都是茶的仇敌,珠兰双熏重窨,更是茶之厄运。

仔细一想,茶之厄运还不止此,已泼出去的茶叶,竟有人拾取之而晒干，夹在茶叶中卖，这经两次蒸晒煎熬的茶叶，厄运当然可以想见！

这还不算厄运，最可恶的，便是煮五香茶叶蛋的人，茶叶到了他那个锅中，真是粉身碎骨，连渣滓都熬化了。我们知道，茶和盐是两不相容的，用盐水泡茶，茶叶都泡不开。如今硬把它俩放在一起，用文火煎熬着，使它们融合，正如诗人所唱的"唐突天下娇"了。岂不罪过！

以上所说，是茶的厄运，也就是茶叶所受的刑罚。这刑罚包含着生命刑，自由刑，财产刑的。此还不足尽茶之厄运，她还有名誉刑和权利刑的。类如"吃讲茶""端茶送客""茶舞会""茶话会"等等，都是假借名义。有茶之名，而无茶之真实享用。茶之名义被侮辱了，茶之权利被剥夺了，社会如此，夫复何言。

我写到此处，便搁了笔，到一个朋友处去谈天。走进了便看一副珂罗版制的邓石如的隶字联对。那联句是：

客去茶香留舌本，睡余书味在胸中。

邓石如是我一个死去的同乡。他的字倒不引起我的赞美。联句却是好的，尤其是"客去茶香留舌本"。

这真太好了。我说不出。我想我们只能意会。这也算茶之幸运，有了这种好句来赞美它！

我坐了一刻，便到第二个朋友房中去。这位朋友是一个生物学家。他房中有一架复式显微镜。他还有大玻璃罩子，罩在显微镜上面的。这是我看惯了，一点也不希奇。不过今晚令我希奇的，便是那大玻璃罩，并没有罩显微镜，乃是罩在一个茶盅之上，盅小罩大，盅内是刚泡的茶，热气喷满了一玻璃罩。

我很希奇的问他这是什么意思。他笑着说：

"一会儿你自然知道的。"

他一手捏着表，那秒针走动得不息。他一面看表，一面注意玻璃罩。过了一刻，他叫我到他身边。他一手捏着罩顶，带笑着，口中说："一，二，三。"

陡然将罩子一揭，那一阵茶香，真是令人欲醉。他一面闻，一面说："闻啦！闻啦！"

过了一刻，他很满意的坐下来，问我说："你喝么？"

我说："你这样费心泡出来的这一小盅，我怎好分肥呢？"

他笑起来了。

"你以为茶泡出来，是喝的么！这就错了。我只要闻，不要喝，一喝，闻的意味就完全消失了！"

他仍在笑。

我联想着。

"这真是茶的幸运了！这一分精神的安慰，到什么地方能求得着。茶若有知，定然会肯为这位生物学家执箕帚，荐枕席的。"

我真不敢再写下去了。我佩服卢仝,佩服邓石如,更佩服这位生物学家!

(选自《饭后茶余》,汉语大词典出版社一九九五年版)

谈喝茶

唐鲁孙

现在正在大力倡导喝茶运动,说喝茶既能帮助消化,又能增加营养,不但有助于茶叶的开拓,且可省下若干买咖啡的外汇,一举数得,何乐而不为。

敝人对于喝茶可以说得风气之先,打从束发受书,就鄙白开水而不喝。所以每天上书房念书,书童就先把茶叶放在小茶壶里,用开水沏好闷着,等上完生书,茶叶也闷出味儿来啦,不冷不热正可口。所以不但养成喝茶的习惯,而且养成了喝酽茶的本事。假如今天晚饭吃得有点儿油腻了,来上两碗又热又酽的浓茶,不但消食化痰,到晚上脑袋一沾枕头照样呼呼大睡,绝对不会两眼瞪着帐顶数绵羊。敝人虽有卢仝之癖,可是对于日本茶道觉得过分严肃,失去一个"逸"字。咱们粤闽一带的功夫茶,好则好矣,可是又觉得太麻烦,所以我对于茶敢说喝,不敢谈品。因为爱喝茶的缘故,倒也喝了几次难得的好茶。

四川藏园老人傅增湘，在北平算是藏书最多的珍本版本鉴定专家了，恰巧我买了一部明版的《性理大全》，请他去鉴定，他愣说是清朝版本仿刻。我这部书是琉璃厂来熏阁刚买的，于是打电话让来熏阁老板来傅宅研究研究，结果校对出我这部书有明成祖一篇大字序文，确定是明刻原版，一点也不假。反倒是傅老收藏的一部书真序假，算是残本，藏书家岂能收藏残本。我因为买这本书是研究学问，真假版本对我来说那是毫无所谓，于是就把这部书跟傅老换，傅老大喜之下，约定三天之后在他家喝下午茶。

到期我准时前往，他已经把茶具准备妥当，宜兴陶壶，一壶三盅，比平常所见约大一倍。炭炉上正在烧着水，书童说，壶里的水是早上才从玉泉山"天下第一泉"汲来的。傅老已拿出核桃大小颜色元黑的茶焦一块，据说这是他家藏的一块普洱茶，原先有海碗大小，现在仅仅剩下一半多了。这是他先世在云南做官时一位上司送的，大概茶龄已在百岁开外。据傅沅老说，西南出产的茗茶，沱茶、普洱都能久藏，可是沱茶存过五十年就风化，只有普洱，如果不受潮气，反而可以久存，愈久愈香。等到沏好倒在杯子里，颜色紫红，艳潋可爱，闻闻并没有香味，可是喝到嘴里不涩不苦，有一股醇正的茶香，久久不散。喝了这次好茶，才知道什么是香留舌本，这算第一次喝到的好茶。

还有一次在扬州，跟几个朋友逛徐园小金山，最后到了平山堂，因为没有坐船，大家是骑驴而往，所以到了平山堂人人觉得口干舌燥。同去的有位吴孝丽，是扬州出名研究陆羽《茶经》的专家，人家有一套茶具，连汲取泉水的竹吊子都齐全。同游的时候看他肩上背了一只锦囊，此时打开一看，是一只双套盖的小锡罐，用竹勺取出不到一两茶叶。看样子，论叶型大小舒卷的情形，也就是雨前所采，而特别的是每片茶叶都隐泛白光，馨逸幽馥，馥而不烈。没喝到嘴，倒也看不出这茶叶有什么出奇的地方，等到闷好了往杯子里倒，酌满过杯口，茶水还不外溢，那是证明平山堂"天下第二泉"的泉水果然名不虚传。等茶一进口，一缕说不出的似淡实浓的香味，直透心脾，可以说这种茶香，有生以来未曾得尝。据孝丽说：这种茶产自四川高山峭壁，人难攀登，茶是猴子爬上去采的，所以叫做"猴茶"。他的舅兄在川经营茶叶，知道他讲究喝茶，所以三五年回趟家，就带个二三两猴茶送他。这种茶在前清向来列为珍贵贡品，每年由四川总督岁时进贡，只能论两，不能论斤进呈，这种茶不但能够克滞消水，而且功能明目清脾，这是我第二次喝到的好茶。

第三次喝好茶是在汉口汉润里方颖初家。他存有极品黄山云雾茶，尽管听说他有好茶，可是朋友们谁也没喝过。有一天星期例假休息，笔者清早到他家聊天，打算约他吃中饭看电影。他说中法储蓄会昨天开奖，我们先对对，如果运气好，也许能够中个千把块钱。不料一对号码,他猛古丁地跳起来了,他那份储蓄单不但中奖,而且是一万元的特奖。在民国二十来年的时候,一万元可不是一个小数目,不但他欢欣若狂,我也跟着高兴,两个人门也不出了,让大吉春送几个菜来吃饭。按说中特奖应该喝点酒才够意思,可是他说:"饭后我要请你喝点好茶,所以咱们吃饭不喝酒,一喝酒,待会儿就喝不出茶的滋味了。"他家是安徽省有名的大茶商,自然有精巧的茶具。等茶沏好斟到盅里,他不让我喝,让我先看,也不知道是水蒸气还是云雾,在盅上七八寸的地方飘忽了好久才散开,再斟第二盅,仍旧是雾气迷蒙的,所谓真正云雾茶,敝人算是大开眼界了。等两盅茶喝完,他把壶盖打开,指给我看,差不多有三分之一茶叶,仍然卷而未舒,根根挺立,我想这就是所谓"几旗几枪"了。茶进嘴有点儿苦苦的,可是后味又香又甜。我所喝过的好茶,算起来可能以此为最啦。

来到台湾二十年,我就是喝最上等的双熏茉莉香片,喝到嘴里总觉得不大对劲。台湾各公私机关,有的开会讲究用咖啡,但远不如香喷喷的茶好。

(选自《中国吃》,广西师范大学出版社二〇〇四年版)

寻常茶话

汪曾祺

袁鹰编《清风集》约稿。我对茶实在是个外行。茶是喝的,而且喝得很勤,一天换三次叶子。每天起来第一件事,便是坐水,沏茶。但是毫不讲究。对茶叶不挑剔。青茶、绿茶、花茶、红茶、沱茶、乌龙茶,但有便喝。茶叶多是别人送的,喝完了一筒,再开一筒。喝完了碧螺春,第二天就可以喝蟹爪水仙。但是不论什么茶,总得是好一点的。太次的茶叶,便只好留着煮茶叶蛋。《北京人》里的江泰认为喝茶只是"止渴生津利小便",我以为还有一种功能,是:提神。《陶庵梦忆》记闵老子茶,说得神乎其神。我则有点像董日铸,以为"浓、热、满三字尽茶理"。我不喜欢喝太烫的茶,沏茶也不爱满杯。我的家乡认为客人斟茶斟酒,"酒要满,茶要浅",茶斟得太满是对客人不敬,甚至是骂人。于是就只剩下一个字:浓。我喝茶是喝得很酽的。常在机关开会,有女同志尝了我的一口茶,说是"跟药一样"。因此,写不出关于茶的文章。要写,也只是些平平常常的话。

我读小学五年级那年暑假,我的祖父不知怎么忽然高了兴,要教我读书。"穿堂"的左侧有两间空屋。里间是佛堂,挂了一幅丁云鹏画的佛像,佛的袈裟是朱红的。佛像下,是一尊乌斯藏铜佛。我的祖母每天早晚来烧一炷香。外间本是个贮藏室,房梁上挂着干菜、干的粽叶。靠墙有一缸"臭酒",面筋、百叶、笋头、苋菜秸都放在里面臭。临窗设一方桌,便是我的书桌。祖父每天早晨来讲《论语》一章,剩下的时间由我自己写大小字各一张。大字写《圭峰碑》,小字写《闲邪公家传》,都是祖父从他的藏帖里拿来给我的。隔日作文一篇。还不是正式的八股,是一种叫做"义"的文体,只是解释《论语》的内容。题目是祖父出的。我共做了多少篇"义",已经不记得了。只记得有一题是"孟子反不伐义"。

祖父生活俭省,喝茶却颇考究。他是喝龙井的,泡在一个深栗色的扁肚子的宜兴砂壶里,用一个细瓷小杯倒出来喝。他喝茶喝得很酽,一次要放多半壶茶叶。喝得很慢,喝一口,还得回味一下。

他看看我的字,我的"义",有时会另拿一个杯子,让我喝一杯他的茶。真香。从此我知道龙井好喝,我的喝茶浓酽,跟小时候的熏陶也有点关系。

后来我到了外面,有时喝到龙井茶,会想起我的祖父,想起孟子。

我的家乡有"喝早茶"的习惯，或者叫做"上茶馆"。上茶馆其实是吃点心、包子、蒸饺、烧卖、千层糕……茶自然是要喝的。在点心未端来之前，先上一碗干丝。我们那里原先没有煮干丝，只有烫干丝。干丝在一个敞口的碗里堆成塔状，临吃，堂倌把装在一个茶杯里的作料——酱油、醋、麻油浇入。喝热茶、吃干丝，一绝！

抗日战争时期，我在昆明住了七年，几乎天天泡茶馆。"泡茶馆"是西南联大学生特有的说法。本地人叫做"坐茶馆"，"坐"，本有消磨时间的意思，"泡"则更胜一筹。这是从北京带过去的一个字，"泡"者，长时间地沉溺其中也，与"穷泡""泡蘑菇"的"泡"是同一语源。联大学生在茶馆里往往一泡就是半天。干什么的都有，聊天、看书、写文章。有一位教授迁在茶馆里读梵文。有一位研究生，可称泡茶馆的冠军。此人姓陆，是一怪人。他曾经徒步旅行了半个中国，读书甚多，而无所著述，不爱说话。他简直是"长"在茶馆里。上午、下午、晚上，要一杯茶，独自坐着看书。他连漱洗用具都放在一家茶馆里，一起来就到茶馆里洗脸刷牙。听说他后来流落在四川，穷困潦倒而死，悲夫！

昆明茶馆里卖的都是青茶，茶叶不分等次，泡在盖碗里。文林街后来开了一家"摩登"茶馆，用玻璃杯卖绿茶、红茶——滇红、滇绿。滇绿色如生青豆，滇红色似"中国红"葡萄酒,茶味都很厚。滇红尤其经泡,三开之后,还有茶色。我觉得滇红比祁(门)红、英(德)红都好,这也许是我的偏见。当然比斯里兰卡的"李普顿"要差一些——有人喝不来"李普顿",说是味道很怪。人之好恶,不能勉强。我在昆明喝过大烤茶。把茶叶放在粗陶的烤茶罐里,放在炭火上烤得半焦,倾入滚水,茶香扑人。几年前在大理街头看到有烤茶缸卖,犹豫一下,没有买,买了,放在煤气灶上烤,也不会有那样的味道。

一九四六年冬,开明书店在绿杨村请客,饭后,我们到巴金先生家喝功夫茶。几个人围着浅黄色的老式圆桌,看陈蕴珍(萧珊)"表演"濯器、炽炭、注水、淋壶、筛茶。每人喝了三小杯。我第一次喝功夫茶,印象深刻。这茶太酽了,只能喝三小杯。在座的除巴先生夫妇,有靳以、黄裳。一转眼,四十三年了。靳以、萧珊都不在了。巴老衰病,大概没有喝一次功夫茶的兴致了。那套紫砂茶具大概也不在了。

我在杭州喝过一杯好茶。

一九四七年春,我和几个在一个中学教书的同事到杭州去玩。除了"西湖景",使我难忘的是两样方物。一是醋鱼带把。所谓"带把",是把活草鱼的清肉剔下来,快刀切为薄片,其薄如纸,浇上好秋油,生吃。鱼肉发甜,鲜脆无比。我想这就是中国古代的"切脍"。一是在虎跑喝的一杯龙井。真正的狮峰龙井雨前新芽,每蕾皆一旗一枪,泡在玻璃杯里,茶叶皆直立不倒，载浮载沉，茶色颇淡，但入口香浓，直透肺腑，真是好茶！只是太贵了。一杯茶，一块大洋，比吃一顿饭还贵。狮峰茶名不虚，但不得虎跑水不可能有这样的味道。我自此才知道，喝茶，水是至关重要的。

我喝过的好水有昆明的黑龙潭泉水。骑马到黑龙潭，疾驰之后，下马到茶馆里喝一杯泉水泡的茶，真是过瘾。泉就在茶馆檐外地面，一个正方的小池子，看得见泉水咕嘟咕嘟往上冒。井冈山的水也很好，水清而滑。有的水是"滑"的，"温泉水滑洗凝脂"并非虚语。井冈山水洗被单，越洗越白；以泡"狗古脑"茶，色味俱佳，不知道水里含了什么物质。天下第一泉、第二泉的水，我没有喝出什么道理。济南号称泉城，但泉水只能供观赏，以泡茶，不觉得有什么特点。

有些地方的水真不好。比如盐城。盐城真是"盐城"，水是咸的。中产以上人家都吃"天落水"。下雨天，在天井上方张了布幕，以接雨水，存在缸里，备烹茶用。最不好吃的水是菏泽。菏泽牡丹甲天下，因为菏泽土中含碱，牡丹喜碱性土。我们到菏泽看牡丹，牡丹极好，但茶没法喝。不论是青茶、绿茶，沏出来一会儿就变成红茶了，颜色深如酱油，入口咸涩。由菏泽往梁山，住进招待所后，第一件事便是赶紧用不带碱味的甜水沏一杯茶。

老北京早起都要喝茶，得把茶喝"通"了，这一天才舒服。无论贫富，皆如此。一九四八年我在午门历史博物馆工作。馆里有几位看守员，岁数都很大了。他们上班后，都是先把带来的窝头片在炉盘上烤上，然后轮流用水氽坐水沏茶。茶喝足了，才到午门城楼的展览室里去坐着。他们喝的都是花茶。北京人爱喝花茶，以为只有花茶才算是茶（很多人把茉莉花叫做"茶叶花"）。我不太喜欢花茶，但好的花茶例外，比如老舍先生家的花茶。

老舍先生一天离不开茶。他到莫斯科开会，苏联人知道中国人爱喝茶，倒是特意给他预备了一个热水壶。可是，他刚沏了一杯茶，还没喝几口，一转脸，服务员就给倒了。老舍先生很愤慨地说："他妈的！他不知道中国人喝茶是一天喝到晚的！"一天喝茶喝到晚，也许只有中国人如此。外国人喝茶都是论"顿"的，难怪那位服务员看到多半杯茶放在那里，以为老先生已经喝完了，不要了。

龚定庵以为碧螺春天下第一。我曾在苏州东山的"雕花楼"喝过一次新采的碧螺春。"雕花楼"原是一个华侨富商的住宅，楼是进口的硬木造的，到处都雕了花，八仙庆寿、福禄寿三星、龙、凤、牡丹……真是集恶俗之大成，但碧螺春真是好。不过茶是泡在大碗里的，我觉得这有点煞风景。后来问陆文夫，文夫说碧螺春就是讲究用大碗喝的。茶极细，器极粗，亦怪！

在湖南桃源喝过一次擂茶。茶叶、老姜、芝麻、米加盐放一个擂钵里，用硬木的擂棒"擂"成细末，用开水冲开，便是擂茶。我在《湘行二记》中对擂茶有较详细的叙述,为省篇幅,不再抄引。

茶可入馔,制为食品。杭州有龙井虾仁,想不恶。裘盛戎曾用龙井茶包饺子,可谓别出心裁。日本有茶粥。《俳人的食物》说俳人小聚,食物极简单,但"唯茶粥"一品,万不可少。茶粥是啥样的呢?我曾用粗茶叶煎汁,加大米熬粥,自以为这便是"茶粥"了。有一阵子,我每天早起喝我所发明的茶粥,自以为很好喝。四川的樟茶鸭子乃以柏树枝、樟树叶及茶叶为熏料,吃起来有茶香而无茶味。曾吃过一块龙井茶心的巧克力,这简直是恶作剧!用上海人的话说:巧克力与龙井茶实在完全"弗搭界"。

(选自《汪曾祺全集》,北京师范大学出版社一九九八年版)

品茶

贾平凹

西安城里，有一帮弄艺术的人物，常常相邀着去各家，吃着烟茶，聊聊闲话。有时激动起来，谈得通宵达旦，有时却沉默了，那么无言儿呆过半天；但差不多十天半月，便又要去一番走动呢。忽有一日，其中有叫子兴的，打了电话，众朋友就相厮去他家了。

子兴是位诗人，文坛上负有名望，这帮人中，该他为佼佼者。但他没有固定的住处，总是为着房子颠簸。三个月前，托人在南郊租得一所农舍，本应早邀众友而去，却突然又到西湖参加了一个诗会，得了本年度的诗奖。众人便想，诗人正在得意，又迁居了新屋，去吃茶闲话，一定是有别样的滋味了。

正是三月天，城外天显得极高，也极清。田野酥软软的，草发得十分嫩，其中有了蒲公英，一点一点地淡黄，使人心神儿几分荡漾了。远远看着杨柳，绿得有了烟雾，晕得如梦一般，禁不住近去看时，枝梢却并没叶片，皮下的脉络是楚楚地流动着绿。

路上行人很多，有的坐着车，或是谋事；有的挑着担，或是买卖。春光悄悄儿走来，只有他们这般儿悠闲，熏熏然，也只有他们深得这春之妙味了。

打问该去的村子，旁人已经指点，问及子兴，却皆不知道，讲明是在这里住着的一位诗人，答者更是莫解，末了说：

"是×书记的小舅子吗？那是在前村。"

大家啼笑皆非，喟叹良久，凄凄伤感起来：书记的小舅子村人尽知，诗人却不知为然，往日意气洋洋者，原来是这样的可怜啊！

过了一道浅水，水边蹲着一个牧童，正用水洗着羊身。他们不再说起诗人，打问子兴家，牧童凝视许久，挥手一指村头，依然未言。村头是一高地，稀落一片桃林，桃花已经开了，灼灼的，十分耀眼。众人过了小桥，桃林里很静，扫过一股风，花瓣落了许多。深走五百米远，果然有一座土屋，墙虽没抹灰，但泥搪得整洁，瓦蓝瓦蓝的，不曾生着绿苔。门前一棵荚子槐，不老，也不弱，高高撑着枝叶，像一柄大伞。东边窗下，三根四根细竹，清楚得动人。往远，围一道篱笆，篱笆外的甬道，铺着各色卵石，随坡势上下，卵石纹路齐而旋转，像是水流。中堂窗开着，子兴在里边坐着吟诗，摇头晃脑，得意得有些忘形。

众人呼叫一声，子兴喜欢地出来，拉客进门，先是话别叙情，再是阔谈得奖。亲热过后，自称有茶相待，就指着后窗说：好茶要有好水，特让妻去深井汲水去了。

从后窗看去，果然主妇正好在村井台上排队，终轮到了，扳着辘轳，颤着绳索，咿咿呀呀地响。末了提了水罐，笑吟吟地一路回来了。

众人看着房子，说这地方毕竟还好，虽不繁华，难得清静，虽不方便，却也悠暇，又守着这桃花井水，也是"人生以此足也"。这么说着，主妇端上茶来，这茶吃得讲究，全不用玻璃杯子，一律细瓷小碗。子兴让众人静静坐了，慢慢饮来，众人窃窃笑，打开碗盖，便见水面浮一层白气，白气散开，是一道道水痕纹，好久平复了。子兴说，先呷一小口，吸气儿慢慢咽下，众人就骂一句"穷讲究"，一口先喝下了半碗。

君子相交一杯茶，这么喝着，谈着，时光就不知不觉消磨过去，谁也不知道说了多少话，说了什么话，茶一壶一壶添上来，主妇已经是第五次烧火了。不知什么时候，话题转到路上的事，茶席上不免又一番叹息，嘲笑诗人不如弃笔为政，继而又说"阳春白雪，和者盖寡"，自命清高。子兴苦笑着，站起来说：

"别自看自大，还是多吃茶吧！怎么样，这茶好吗？"

众人说：

"一般。"

"甚味？"

"无味。"

"要慢慢的品。"

"很清。"

"再品。"

"很淡。"

子兴不断地启发，回答都不使他满意，他有些遗憾了，说："这是名茶龙井啊！"

这竟使众人都大惊了。他们住在这里，一向喝着陕青茶，从来只知喝茶就是喝那比水好喝一点的黄汤，从来不知茶的品法；早听说龙井是茶中之王，如今喝了半天了，竟没有喝出特别的味儿来，真可谓蠢笨，便怨恨子兴事先不早说明，又责怪这龙井盛名难负，深信"看景不如听景"这一俗语的真理了。

"好东西为什么无味呢？"

大家觉得好奇，谈话的主题就又转移到这茶了。众说不一，各自阐发着自己的见解。

画家说：

"水是无色，色却最丰。"

戏剧家说：

"静场便是高潮。"

诗人说：

"不说出的地方,正是要说的地方。"

小说家说:

"真正的艺术是忽视艺术的。"

子兴说:

"无味而至味。"

评论家说:

"这正如你一样,有名其实无名,无乐其实大乐也!"

众人哈哈一笑,站起身来,说时间不早了,该回家去了,就走出门来,在桃林里站了会,觉得今日这茶品得无味,话也说得无聊,又笑了几声,就各自散了。

作于一九八一年九月十七日午,西安

(选自《贾平凹散文选》,百花文艺出版社一九九二年版)

说茶

邓友梅

茶
香叶嫩芽
慕诗客爱僧家
碾雕白玉罗织红纱
铫煎黄芯色碗转鞠尘花
夜后邀陪明月晨前明对朝霞
洗尽古今人不倦将知醉后岂堪夸

这首宝塔诗是唐人元微之写的,算不得最早的吟茶诗,足证明中国文人和茶结缘并不比酒晚,亲密程度也不比酒差。文人如此,普通人更甚,如果做次调查,喝茶的人八成比喝酒的人总数多。开门七件事:柴米油盐酱醋茶。北京的"六必居"据说是当年专卖六样生活必需品,只比以上少个柴字,两者都不包括酒。

中国人喜好喝茶,到了走火入魔的地步。赵佶当皇帝时,放着多少急事不办,却写了本研究茶的专著《大观茶论》。从产地,种植,采摘,到制造与喝法写的都地道,称得上是全世界自古至今唯一有皇帝衔的茶叶专家。他当皇上要也这么在行,不至于后来又当俘虏。我老家有个本族大辈,每天茶不离手,日本鬼子扫荡时,大家逃难,他不带行李却手中提把茶壶。走在半路受到日本兵的追击,叭的一枪正打中他的茶壶。人们全为他的性命担心,他却提着一对铜壶梁说:"可惜了这一壶好叶子!"是我一生中碰到的第一位把生死置之度外的勇士!

中国人喝茶的本事,也到了出神入化的地步。以修洛阳桥著名的状元蔡襄,在喝茶上就有独到功夫。据一本闲书记载,有人得到一点名贵的"小团茶",知道蔡在这方面是权威,就请他来品尝。蔡听了高兴,临时又请来一位朋友陪他一同去。到那里后主人陪他说了一会话,就叫仆人献上茶来。蔡襄喝了两口,主人问他印象如何?他啧啧嘴说:"茶是不错,只是里边掺了'大团茶',不纯了。"主人心想这茶是新得到的珍品,自己亲手交与仆人煮的,怎会有假?为证实心迹,就把仆人召来当面问道:"我亲手交你的茶,你可曾掺假?"仆人见问得单刀直入,只好如实说:"原来备下小团茶是两人份,我见多了位客人,怕分量不够,又不敢找您要,我就掺了点大团茶。"主人听了大惊,对蔡状元的品茶功夫再不敢怀疑。这是名人逸事，可能有帮闲替他吹嘘，我的老师张天翼却给我讲过一个叫花子品茶的故事。闽省有位旧家子弟，不务正业，只好饮茶。最后穷得卖了老婆沿街求乞。因在家乡受人白眼，便流浪到了潮汕地界。这天要饭要到一家著名的大茶庄门口。店主拿出几文钱给他。他说："我不敢收。只求赏杯茶饮。"店主就叫人把日常待客的茶端来一杯给他。他喝了一口，却又吐了，摇头说："四远闻名大茶庄的茶不过如此，承教了。"说完扭头便走。这下子刺伤了店主的自尊心，就把他叫住，连忙吩咐把最好的乌龙泡一杯来。过了会茶冲来了，叫花子喝了一口，叹口气说："茶是上等的，可惜泡法低劣，糟蹋了！"店主听了大惊，便悄悄叫人到后宅，要他小妾泡一杯来。这小妾是他新买的，模样平平，就是善泡茶，店主就冲这一长处才买的她，过了片刻茶泡好送来，那叫花子只饮了一口就泪如雨下，泣不成声。店主忙问出了什么事，那叫花子说："这茶的味道使我想起了前妻，我从没见有人达到她这样火候……"那店主一问他的籍贯、历史，果然和那小妾一样。二话没说，叫人给他包了一包上好茶叶把他打发走了。

皇帝和我那位同乡大辈，对茶的嗜好虽如一，但他们喝的不是一种茶。宋朝时的贡茶是福建产的"龙凤团茶"，从书上记载看大概是"红茶镶绿边"，所谓半发酵茶，类似今天的铁观音、乌龙之类。近年市上也有"龙凤团茶"卖，不知是否就是赵佶和蔡襄喝的那一种；我那长辈喝的茶我却喝过。早年山东的农民全喝那个。是在集上卖酱油、糕点的摊上买来的。茶叶装在一个大木箱中，黑不溜秋，连梗带叶，既没有小包装，也不经茉莉花窖。沏成后褐中透红，又苦又涩，我估计其助消化的能力是极大的。我很奇怪，我的家乡是糠菜半年粮的苦地方，肚子里没什么需要茶叶帮助消化的，为什么家家却都喝茶！我问过老人此风由来。他说是无茶不成礼，山东是礼仪之邦，饭可以吃不饱，茶不能不喝。这话不能令人信服，我觉得家乡人还没傻到不管肚子饥饱只讲精神文明的地步。可也找不出更合理的理由来反驳他。这也可能是我出生于天津并一直在天津度过童年，山东只是我理论上的老家，对它的了解不深的缘故。

我小时家在天津，家里也喝茶。喝的是小叶、大方、茉莉、双熏等大路货，其喝法却是一家两制：我姥姥家是纯天津人，所以我家一年四季桌上摆着个藤编的壶套，里边放一把细瓷提梁画着麒麟送子茶壶。我娘抓一把茶叶，把水烧得滚开，滴到地上先听"噗"一声响，这才高高地沏下去，制成茶卤。喝时倒半杯茶卤，再兑半杯开水，这虽有一劳永逸的好处，但实在喝不出茶的味道。我爹是山东人，但自幼外出，不知受了哪位高人指教，自备了一把小壶，沏茶时先用开水把小壶涮热，放茶叶后先沏一道水，用手晃晃再倒出扔掉，再冲一次才可饮用。一次只喝一两口，马上再兑新水，事不过三，然后就倒掉重来。这喝法虽出味，可实在繁琐耗时。所以到我自己喝茶时这两种传统都没继承，完全另搞一套。

在天津我见过两次特殊的喝法。一次是在梨栈。那时法租界的梨栈大街、劝业场一带是最热闹的地方。在劝业场门口那个十字路口有个警察指挥交通。有天我坐"胶皮"去光明电影院看电影，车刚在路边停下我还没给钱，警察就招手叫拉车的过去，拉车的说："劳驾，您替我看一会车，不知嘛地方又惹着他了。"车夫跑到警察身边，警察说了句什么，车夫拿着把缺嘴的大茶壶就跑了回来，满脸歉意地说："没办法还得耽误您一会儿，老总叫我给他沏壶茶去。"过了会车夫把茶沏好送去，这才回来找我收钱，我远远看见那位中国籍的"法国巡捕"左手端着茶壶嘴对嘴地喝着茶，右手伸直，在两口茶之间抽空喊道："胶皮靠边，汽车东去……"这事给我印象很深，我以为这是法国警察的特有作风，后来去巴黎，还有意观察了一下，才知道巴黎的警察并不端着茶壶站岗。

另一次是法租界仙宫舞厅。一个偶然机会我随亲戚进了那家舞厅。在"香槟酒气满场飞"的乐曲中，一对对时髦男女正在翩翩起舞，却见一位老者，手执小茶壶在场子中央打太极拳，每做两个动作就啜一口茶，旁若无人，自得其乐。多少年后我跟一个天津老乡说起这件事来，他说此人有名有姓，是位租界名人，可惜我没记住名字。

等我自己喝茶上瘾，已经是数十年后的事情了。

我这喝茶上瘾，是从泡茶馆开始的。五十年代初我去西昌。那时的西昌还属"西康省",不仅没导弹基地,没有飞机场,连汽车也不通。从雅安出发一路骑马。每天一站,住的是"未晚先投宿,鸡鸣早看天"的鸡毛小店。店里除去床铺有时连桌子都没有,要想休息、看书就得上茶馆。好在四川的茶馆遍地都是。泡一碗沱茶,可以坐一晚上。在这里不光喝茶,还能长见识,头天去喝茶,几乎吓得我神经衰弱。茶馆中间有个桌子,四周摆着鼓、锣、钹、板。不一会坐下几个人就敲打起来。我正看得出神,忽然背后哇呀一声,有位穿竹布长衫的先生抚案站了起来。正不知出了什么事,那位先生开口唱了:"凄惨惨哪……"跟着周围的一些人就都吼了起来:"凄惨惨命染黄泉哪……"众人吼过,那先生又有板有眼,一字一句,成本大套地唱了下去。我问同行的四川伙伴:"这是怎么回事?"他说这是四川茶馆清唱的规矩,哪位客人唱什么角色都是固定的,不管他坐在哪儿,场面一响该开口的时候自会开口。我说:"那打鼓的也没朝这边看,万一那位先生有事没来,或是迟到了不就砸锅了?"他说不会,要敲半天板还没人应,打鼓的会接着替他唱下去的。这一惊刚过去,我正端起茶碗要喝茶,忽然从脖子后边又伸过根黄澄澄的竹竿来,一回头,那竹竿竟杵到我嘴上。我正要发火,看见远处地下坐着位老头,手执纸媒,噗的一口吹着了火,笑着冲我说:"吸口烟吧!"我才看出那竟是根数尺长的烟管!他坐在中间遥控,身子一转可以供应周围几桌人享用,抽完一个他用手抹一下烟管,再装上一袋伸向另外一人。除此之外在四川茶馆还学到了另外许多学问。回北京后我便开始泡北京的茶馆。直到当了右派,也还是有空就去喝茶听书。

泡茶馆成了我的业余爱好。落实政策后有了旅行机会,到广东,住香港,游西湖,逛上海,甚至到欧洲、美国,有茶馆都非泡一下不死心。

(选自《清风集》,中外文化出版公司一九九〇年版)

我和茶神

邹荻帆

据《新唐书·隐逸》载《陆羽传》,陆羽字鸿渐,是复州竟陵人,传中还说:"羽嗜茶,著经三篇言茶之源、之法、之具尤备,天下益知饮茶矣。"于是当时卖茶的,把陆羽的陶瓷像供在灶上,"礼为茶神"。

竟陵就是现在的湖北天门县,原来茶神是我的同乡。我还记得,当我幼年时,每每唱着"功课完毕夕阳西,收拾书包回家去"的歌时,必定于夕阳中经过西城门外一道小石桥,那桥旁还有一块石碑,刻着"古雁桥"。传说有个老和尚名智积的,冬日路过石桥,桥下芦荻萧瑟,群雁鸣叫,并有婴孩的哭啼声。和尚到桥下一看,发现一个裸体的弃婴,卧在滩边,大雁们怕婴儿挨冻,用翅膀为他挡护风寒。于是和尚把他抱回庙里抚养。他当然无名无姓,长大后,他按《易》经占卦,占得《蹇》之"渐"卦,卦辞说:"鸿渐于陆,其羽可为仪。"(鸿雁落到陆地，它的羽毛可以用来做舞具。）于是用"陆"作姓，以"羽"为名，"鸿渐"为字。

我小学生时所走过的石桥，大概不可能是唐朝的石桥，可能是遗址，因而有碑。可桥边是有芦荻的，大雁也时时鸣叫，只是未听到婴儿的啼声。幼时，天门县有西湖、东湖，西湖有西寺，寺后有一个三眼石盖的井，也有人说是陆羽当年煮茶的井。小学时，清明前后有"春季旅行"。所谓"旅行"或者"踏青"，不过是到近郊去，各自由家长准备点食品，吹号敲鼓整队去"旅行"。地点也大体在西湖西寺一带。那时候古竟陵有民谣唱着本地食品特产：

东湖的鲫鱼西湖的藕
南门的包子北门的酒

春天藕虽然还没有，但湖中的小荷已如绿梭穿织于湖上，我们去旅行时，总要设法饮那井水一二杯，味甘而清凉。至于所说"南门的包子"，南门就是指街名为"鸿渐关"一带的河街，是以陆羽（的）字为街名的。南门的包子也就是指"松茂"酒家和河街一些饭馆所卖的包子，并非武汉汤四美的汤包，也与天津包子不同。其实也不过与北京的肉包子差不多。我幼年家境一般，吃早点多是"炒米"、"江米粉"或"锅馈"（草鞋烧饼），偶吃一次肉包子，算是打牙祭了，那就得专门到鸿渐关去，拜访以陆羽命名的河街。

我幼年时县城还没有电影之类。最引我入胜，而且入迷的，就是到鸿渐关街一家名"枕巾"的茶馆看皮影戏。茶馆入门在左边竖有一块金字剥落的黑底匾牌，写的是"陆羽遗风"。我那时大概八九岁，在木工师傅们带我去看过皮影戏后，我跟着了魔一样天天都要到那"陆羽遗风"的茶馆去看皮影戏。那些《七侠五义》中的英雄，那些《封神榜》中的神话人物，那些《水浒传》中的绿林好汉，无一不使我魂不守舍，而每夜都想去看。可是，父母哪儿可能每晚给钱让孩子去坐茶馆看皮影戏呢？我徘徊于"陆羽遗风"的牌匾下不能登堂入室，听又听不清，看又看不见，可我多么关心那些戏中人物的活动和命运。烧茶炉（茶炉都设在大门外）的人显然猜透了我是想看皮影戏而没有茶钱，于是叫着说："小娃子，是不是想看皮影？成，你给扇炉子，我到里面给客人冲茶，冲完了，你就进去。"我当然乐于成交，于是拿起扇子，在"陆羽遗风"下扇炉子。以后和烧茶炉的成了相识，每夜去扇炉子，每夜都看到皮影戏。我不但是晚上看戏，而且当我读初小时，用学书纸画了好多皮影戏中的人头，自己学着唱，学着表演。这些有韵的唱腔，对我后来写押韵的诗都起了作用。

我在小学毕业后，因为天门县那时还没有初级中学，便进入黎静岑先生的私塾读书。黎老师是个新派人物，自编有《乡土历史》和《乡土地理》，都是谈本县的事的，近乎"地方志"。我那时学名叫"邹文学",因我们邹家是以"人文蔚起"排辈,我属"文"字辈。黎老师看了我的学名后,给我取了一个"字",字"陆泉"。为什么取这个"字"呢?因为陆羽在唐上元初,皇帝诏拜他为"太子文学"官衔,所以也称为陆文学,亦如称杜甫为杜工部。陆文学好饮茶,因此,而给了我字"陆泉"。后来,我也曾用"陆泉"为笔名发表过诗和短文。

虽然从黎老师的《乡土历史》中,知道陆羽著有《茶经》,但在家乡时,以至到家乡解放,我一直都未读到这部著作。但我是常神往于茶神的身世及品格的。《陆羽传》中写着:和朋友们饮酒聚会,他想离开就离开,不拘礼节。与人约会,"雨雪虎狼不避也"。他闭门著书,有时独行郊野,拍打树干,按节拍吟诗,"或恸哭而归"。任命他做的官,他都未到任。陆羽在自传中曾谈到他的少年时期,老和尚原想让他出家诵经,但他却想探究孔子的学说。和尚为了教育他,让他干粗重活,打扫寺院,清理厕所,抹墙盖瓦,在西湖边放三十头牛。但是他仍然用竹枝当笔,在牛背上写字,后来还入戏班子唱戏。看来他是背叛佛教的人。

所有这些传记,都使我想一读他的《茶经》。但多年来,我在他乡的书市上都未见到这部著作。当然,我虽也爱饮"龙井""铁观音",终不是研究茶的专家,也未到大图书馆去查阅。直到一九八二年初,我收到故乡的傅树勤、欧阳勋两同志的《陆羽茶经译注》,这才初读《茶经》。这确实是一本在系统总结前人对茶的利用和研究的基础上,结合亲身经历而写的一本书,这是世界上第一部关于茶叶的专著,对茶的推广、茶的知识的传播都起了巨大作用。

(选自《清风集》,中外文化出版公司一九九〇年版)

台湾饮乌龙

唐振常

十余年前,初得台湾友人馈冻顶乌龙,赏其佳妙,从此一改积习,弃喝了几十年的绿茶如敝屣,日常在家,非台湾冻顶乌龙断档不喝。后得台湾产专喝乌龙的外陶内瓷子母杯,嗜饮更烈。然于泡乌龙饮乌龙之法,懵然莫解,也不想去解。此番在台湾,自然多饮乌龙,三次得见台人泡茶、饮茶程序,其繁、其细、其精,真吓了一大跳。

一次在人家,围着一棵大树根雕成的短长桌。主客对面相坐。主人面前,一块大石板,上置茶壶多把,各种尺寸、各种形状的小瓷杯、小陶杯多达二三十个。主人不断冲水、倒茶、加茶叶,茶倒进一排形状相同的高如酒盅的小杯,客人取茶,并不即饮,须倒进另一种圆形小杯,一饮而尽之后,复取原来装过茶的空杯(实为过渡性的茶杯)置鼻端嗅之至再,其香缓缓入鼻,真是醉人心脾。主人在空杯中再倒茶,客人以之倒入饮杯，饮，嗅，加茶，如是者再，主人手不停舞，客人醺醺然，回肠荡气，而食欲大增，精神奋发矣，于是相偕入座就餐。

一次在旅途中，到了一个山头，于小店午餐，这是一个夫妻老婆店，男主人制茶卖茶，女主人炒菜卖饭。男主人名董根山，本地人，营造园林，自称张大千的摩耶精舍是他设计的，后在此山购地种茶，制所谓董根茶出售，生意很好，致富。看他为我们泡茶，洗壶，放茶，冲水，烫杯，换杯，得心应手，利索之至，而口不停讲，大谈其茶道。饭前饭后，连饮多杯，众人皆快。

一次在玉山公园的鹿林山庄。其地属嘉义县，在山顶，海拔三千九百米，在这里住了两夜。深夜在山腰饭馆就食完毕，返住处，肚饱体寒，主人泡乌龙而大饮之，一助消化，一解体寒，还有消除疲劳、兴奋精神的作用。这次饮茶，工序不及上两次的繁复，规模不比上两次的庞大，但是，具体而微，依然是人各两杯在手，一个装茶过渡，一个饮茶，一喝一嗅，味觉和嗅觉的感受和上次并无不同。

这种享受，和西人饮酒有饭前酒与饭后酒的分别相近，至于西人吃饭时又用另一种酒（多为白葡萄酒，只有香港、台湾和这几年内地豪客才在吃饭时大口喝干邑），台湾吃饭是既喝酒也喝茶，或以茶代酒。喝的茶，自然还是乌龙，真如香港人说的一句口头语：大摆乌龙了。

台湾乌龙之盛,令人叹为观止。市区销售之旺,毋庸置说。愈是高山,茶业愈盛,高山产茶质量自然最优,所谓冻顶,即是其意,或径标明高山茶。某日,从台东县垦丁公园出发,车子开了十六个钟头,进入玉山山区,已是深夜,除了茶庄没有其他商店。行不多远,又是茶庄一片,且店中灯火通明,也有店员围坐饮茶者。尝以为,台湾有二绝,冻顶乌龙和新东阳肉松是也。台湾之茶,本自福建安溪引进,内地最早去台湾的多为茶商,而如今安溪的乌龙不及台湾乌龙远甚,质量不如,包装更不如。在香港和国外唐人街,台湾乌龙压倒了安溪乌龙,只看茶店名,便都是天仁茗茶。台湾苦心经营乌龙茶,每年都举行比赛,参赛的茶必为精品,参赛得奖更是精中之精,嗜者皆争购得奖的茶叶。这几年茶叶价格炒得很贵,但比同样是炒出高价的金门高粱可信多了。新东阳肉松引用浙江东阳的黑头猪(亦称乌猪),经过改良,所做肉松真是上品。现在上海以新东阳同牌出品的肉松,大不如台湾产,不知是否猪的品种不同使然。此次在台湾收的礼物,以乌龙茶和新东阳肉松为最多,连一个和尚庙堂也送了这两样,可见台湾亦以此两物自豪。

虽酷爱冻顶乌龙,而不愿接受他们那一套繁复细微的泡饮方式,是以拒绝了一位老友赠我全套饮茶工具的盛情,有一个子母杯足矣。

(选自《颐之时》,浙江摄影出版社一九九七年版)

一杯一壶

唐振常

我有一杯一壶。杯者茶杯,壶者咖啡壶。终日对此二君,自得其乐。

这个茶杯,并不是古董,但为古器,名称曾闻之于故老相传,所谓子母杯是也。一杯三件,外层乃母杯,质地是外陶内瓷。内层称子杯,顶端与母杯大小相若,其下较小,置母杯中,天然相接而中有空隙,杯上再加盖子。子杯与杯盖全为陶制。子杯下端有小圆孔两圈。茶叶放入子杯,沏滚水。饮时,缓缓拿起子杯,茶水从小孔中流入母杯,茶叶留存子杯,滴尽后,将子杯放在反放的盖上,而以母杯饮用。此物之妙,一在有保暖作用,二在母杯中不见茶叶,尤其是讨厌的茶叶末(自然得用整齐均匀的好茶),三在一具而兼享陶与瓷的妙用。

一位台湾朋友多次馈我以著名台湾冻顶乌龙,惊为绝品,改变了不喜饮半发酵茶叶的多年积习。朋友闻而大悦,托他的学生带来这个子母杯。名茶佳具,相得益彰。几年来,经常置桌上的便是此茶此杯,饮日本茶的日制凸式竹节杯(庶不喜用中国和日本的小茶杯,除了喝功夫茶),饮中国绿茶的茶杯和四川盖碗,乃多废置。台湾冻顶乌龙难乎为继之时,以福建安溪乌龙代之。台湾乌龙源自安溪,而茶味大佳于安溪,饮之真如陆羽《茶经》所谓"啜苦咽甘,茶也"。台湾茶粒粒大小一致,整齐可观,一筒见底,亦无碎末。安溪茶就难看多了,大小异样,干枯瘦弱,取不及半,已是叶末,喝时,母杯中碎屑必入嘴中。细碎并不是天然的缺点,日本茶包括京都宇治名茶就都是细叶,然整齐,无茶叶末。近年安溪茶渐求装潢之佳美,这是必要的,关键还在得质之精。

一位朋友在意大利讲学一年,归来赠我一个小咖啡壶。意大利咖啡驰名世界,钱穆写过,他在意大利买了一袋散装咖啡,挂在旅途所乘飞机箱锁上,香闻全机,惊动座客,动问何处所购。我最喜喝意大利的Cabccino咖啡,香浓无比。香港铜锣湾有个小咖啡店,名叫Martino,门前挂了一把硕大无朋的茶壶,灯光照去,壶口冒气,人以大茶壶名之,其实这是天津人骂人的话,观《日出》第三幕知之,未免唐突了。Martino此店店房小,座位不多,布置典雅,绝无珠光宝气,其咖啡驰名全港,品种极多,我极喜它的Cabccino,每饮必尽二杯。日本京都大学职员会馆对面一小店,所售Cabccino,亦得其妙。美国的咖啡最不好喝,但店中一般花不到一美元,可以让你尽量喝，服务员不断主动为你加咖啡，绝无不愉之色，坐上一天，也不会赶你走。在上海，我从不敢迈入咖啡店。喝不起，也不愿看脸色。

自得此壶，家中尽享咖啡之乐，壶的结构原理，颇和子母杯相近。分两截，下截盛水，上置有许多小眼的漏斗，漏斗内放咖啡。火烧水沸，自漏斗长孔经小眼浸咖啡，再经上截之孔上倒流入上截杯内。水方开时，香气满室，令人沉醉。本来就不喜欢速溶咖啡，自得此壶，近十年来，再也不去听那"味道好极了"的吹嘘了。

茶与咖啡，各显其趣，各得其妙，我向不厚此薄彼。只是咖啡可以数日不饮，茶则不可以须臾离。虽不能说一杯一壶之中自有天地，更不敢说天地为之一宽，但也因此而使我善忘，所以说是自得其乐。

（选自《饕餮集》，辽宁教育出版社一九九五年版）

风庐茶事

宗璞

袁鹰兄约稿并命题，题曰《燕园茶事》。因思无论什么"事"，知其详者还在风庐，乃擅改为《风庐茶事》，以求贴切。

茶在中国文化中占特殊地位，形成茶文化。不仅饮食，且及风俗，可以写出几车书来。但茶在风庐，并不走红，不为所化者大有人在。

老父一生与书为伴，照说书桌上该摆一个茶杯。可能因读书、著书太专心，不及其他，以前常常一天滴水不进。有朋友指出"喝的液体太少"。对于茶始终也没有品出什么味儿来，茶杯里无论是碧螺春还是三级茶叶末，一律说好，使我这照管供应的人颇为扫兴。这几年遵照各方意见，上午工作时喝一点淡茶。一小瓶茶叶，终久不灭，堪称节约模范。有时还要在水中夹带药物，茶也就退避三舍了。

外子仲擅长坐功，若无杂事相扰，一天可坐上十二小时，照说也该以茶为伴。但他对茶不仅漠然，更且敌视，说"一喝茶鼻子就堵住"。天下哪有这样的逻辑！真把我和女儿笑岔了气，险些儿当场送命。

女儿是现代少女，喜欢什么七喜、雪碧之类的汽水，可口又可乐。除在我杯中喝几口茶外，没有认真的体验。或许以后能够欣赏，也未可知，属于"可教育的子女"。近来我有切身体会，正好用作宣传材料。

前两个月在美国大峡谷，有一天游览谷底的科罗拉多河，坐橡皮筏子，穿过大理石谷，那风就不用说了。天很热，两边高耸入云的峭壁也遮不住太阳。船在谷中转了几个弯，大家都燥渴难当。"谁要喝点什么？"掌舵的人问，随即用绳子从水中拖上一个大网兜，满装各种易拉罐，熟练地抛给大家，好不浪漫！于是都一罐又一罐地喝了起来。不料这东西越喝越渴，到中午时，大多数人都不再接受抛掷，而是起身自取纸杯，去饮放在船头的冷水了。

要是有杯茶多好！坐在滚烫的沙岸上时，我忽然想，马上又联想到《孽海花》中的女主角傅彩云做公使夫人时，参加一次游园会，各使节夫人都要布置一个点，让人参观，彩云布置了一个茶摊。游人走累了，玩倦了，可以饮一盏茶，小憩片刻。结果茶摊大受欢迎，得了冠军。摆茶摊的自然也大出风头。想不到我们的茶文化，泽及一位风流女子，由这位女子一搬弄，还可稍稍满足我们民族的自尊心。

但是茶在风庐，还是和者寡，只有我这一个"群众"。虽然孤立，却是忠实，从清晨到晚餐前都离不开茶。以前上班时，经过长途跋涉，好容易到办公室，已经像只打败了的鸡。只要有盏浓茶，便又抖擞起来。所以我对茶常有从功利出发的感激之情。如今坐在家里，成为名副其实的两个小人在土上的"坐"家，早餐后也必须泡一杯茶。有时天不佑我，一上午也喝不上一口，搁在那儿也是精神支援。

至于喝什么茶，我很想讲究，却总做不到。云南有一种雪山茶，白色的、秀长的细叶，透着草香，产自半山白雪半山杜鹃花的玉龙雪山。离开昆明后，再也没有见过，成为梦中一品了。有一阵很喜欢碧螺春，毛茸茸的小叶，看着便特别，茶色碧莹莹的，喝起来有点像《小五义》中那位壮士对茶的形容："香喷喷的，甜丝丝的，苦因因的。"这几年不知何故，芳踪隐匿，无处寻觅。别的茶像珠兰茉莉、大方六安之类，要记住什么味道归在谁名下也颇费心思。有时想优待自己，特备一小罐，装点龙井什么的。因为瓶瓶罐罐太多，常常弄混，便只好摸着什么是什么。一次为一位素来敬爱的友人特找出东洋学子赠送的"清茶"，以为经过茶道台面的，必为佳品。谁知其味甚淡，很不合我们的口味。生活中各种阴错阳差的事随处可见，茶者细微末节，实在算不了什么。这样一想，更懒得去讲究了。

妙玉对茶曾有妙论，"一杯为品，二杯即是解渴的蠢物，三杯便是饮牛饮骡了"。冠心苏合丸的作用那时可能尚不明确。饮茶要谛应在那只限一杯的"品",从咂摸滋味中蔓延出一种气氛。成为"文化",成为"道",都少不了气氛,少不了一种捕捉不着的东西,而那捕捉不着,又是从实际中来的。

若要捕捉那捕捉不着的东西,需要富裕的时间和悠闲的心境,这两者我都处于"第三世界",所以也就无话可说了。

(选自《清风集》,中外文化出版公司一九九〇年版)

粗饮茶

张承志

自幼看惯了母亲喝茶。她总说那是她唯一的嗜好，接过我们买来的茶时，她常自责地笑道：怎么我就改不了呢？非要喝这一口！

那时太穷，买不起"茶"，她只喝"茶叶末"。四毛钱一两的花茶末，被我记得清清楚楚。后来有钱了，"茶"却消失，哪怕百元二百元一两的花茶，色浊味淡，沏来一试，满腹生疑。干脆再买来塑料袋装的便宜货，与昂贵的高级花茶各沏一杯，母亲和我喝过后，都觉不出任何高下之别。苦笑以后，母亲饮茶再也不问质地价格；我呢，对花茶全无信任，一天天改向喝绿茶或者——姑且说"粗茶"。

提笔前意识到：以中国之辽阔，人民之穷窘，所谓粗茶之饮一定五花八门不胜其多。我的一盏之饮，也仅限于内蒙古、哈萨克和回三族的部分地区，岂敢指尾做身，妄充茶论！

一

在尝到蒙古奶茶之前,我先在大串联时期喝过藏族的奶茶。后来我才懂得他们比蒙古人更彻底地以茶代饭。藏民熬茶后加入酥油,这个词又在北亚各牧区各有其解。当然,说清楚游牧民族的黄油、酥油、奶油不是一个易事,难怪日本学者总听不懂;因为他们对这些其实是奶制品的油只有一个词描述,而且是外来语:Butter。加酥油的茶拌上炒青稞面,就是使伟大的吐蕃文明温饱生衍的糌粑。汉人们吃不惯,觉得酥油茶是惩罚,因此住一阵就溜,而酥油还算奢侈;第二碗糌粑是用"达拉"拌的,达拉就是脱脂后的酸奶。一般人们一餐两碗糌粑,一碗用酥油一碗用达拉——然后再慢慢喝茶。

蒙古人的文明可能并非与西藏同源,他们喝奶茶时不吃面,吃米。与粗糙的青稞面对应的是粗糙的带壳糜子,蒙语译为"黑米"。主妇用一个铁箍束住的圆树干挖成的舂筒,装进炒熟的黑米,有空就捣。那种家务活儿很烦人,插队时我经常被女人们抓差,抱着杵,一边捣一边问:"行了吧?"

——在奶茶里泡上些新舂出来的黑米,刚脱壳和炒得半焦的米,使这顿茶喷香无比。当然,我们不像高寒的西藏;我们还往茶里泡进奶皮子、奶豆腐。有时,比如严冬泡进肥瘦的羊肉,喜庆时泡进土制的月饼。

蒙古牧民的奶茶用铁锅熬。砖茶被斧子劈下来(大概蒙女人唯此一件事摸斧子），再用皮子或布片垫着砸碎。茶投入滚锅，女人一手扶住长袍前襟，一手用一只铜勺把茶舀起又注回锅里。加一勺奶，再注进，再舀起——那仪态非常迷人，它如一个幻象永远地印在了我的记忆里。

然后投进一撮盐池运来的青盐。

蒙古牧民用小圆碗喝茶。儿童用木碗，大人用瓷碗。景德镇出产的带有透明斑点的蓝边细瓷碗，特别是连景德镇也未曾留意的"龙碗"——最受青睐。吃着饮着，空腹饱暖了，疲乏退去了，消息交换了，事情决定了。

那一勺奶举足轻重。首先它是贫富的区分，"喝黑茶的过去"，说着便觉得感伤。今日若碰上个懒媳妇没有预备下奶，倒给一碗黑茶，喝茶人即使打马回家时，心里也是愤愤的。

字面意义的六十年代，我在草原上的茶生活，基本上靠的是无味的黑茶。奶牛太少，畜群分工，牧羊户没有牛奶。蒙古牧民不能容忍，于是夏天挤山羊奶——也许是古代度荒的穷人技能。奶茶都是在牧民家喝的，而且集中在夏季。春黑米，饮黑茶，那全套旧式的日子，大概只有今天流行的民族学社会学的博士们羡慕了。当年的我们并没有在意，历史特别宠爱我们这一代，它在合上本子之前让我们瞟了瞟最后一页。

即便在炎热的骄阳曝烤之后，蒙古牧民不取生冷，忌饮凉茶，晒得黑红的人推门弯腰，脚迈进来时嘴里问的是：有热茶吗？

待客必须端出茶来,这是起码的草原礼性。对白天串包的放羊人,对风尘仆仆的牧马人更是如此。而寻求充饥的男人则必须有肚子,不能咽吞不下。还需要会一种舐舌嚼的饮茶法,漫谈时舒服地躺在包角,半碗茶放着不动;要走时端起碗,把它在虎口之间转着,舌头一舐,奶茶一冲,嚼上几口——炒米奶食的一顿茶就顿时结束。然后立起身来,说完剩下的几句,推门告辞。

我就学不会这种饮茶法。有时简直讨厌炒米。我的舌头每舐只粘一层米,而碗里的却愈泡愈胀,逼得人最后像吞沙子似的把米用茶冲下胃。而且不敢争辩:因为不会喝茶,显然是因为没挨过饿,闯荡吃苦的经历太少。

今年夏天我回去避暑,一进门就是一句"空茶"。这是我硬译的,也可还原为"空喝",就是不要往碗里放米、奶豆腐,只喝奶茶。其实阿巴哈纳尔一带风俗就与我们乌珠穆沁不同,人家把奶食炒米盛为一盘,听便客人自取,主妇只管添茶。我曾经耐心地多次向嫂子介绍,无奈改不了她的乌珠穆沁习惯。

习惯真是个不可理喻的东西。北京知识青年里有不少对,移居城市,两口子还遵从奶茶生活。一次我去东部出身的一对知识青年家喝茶,发现他们茶里无盐。我惊奇不已,这才知道东部几苏木的牧民茶俗不同。我们均是原籍西乌旗的移民家住熟的知识青年,茶滚加盐绝不可少,居然和他们旧东乌旗残部再教育出来的知识青年格格不入。

蒙古奶茶的最妙处，要在寒冷的隆冬体会。不用说与郑板桥"晨起无事，扫地焚香，烹茶洗砚"——相反，其时疾风哀号，摧摇骨墙，天窗戛然几裂，冻毡闷声折断。被头呵气结冰，靴里马鬃铁硬，火烤前胸，风吹后背。嫂子早用黄油煮熟小米，锅里刚刚熬成奶茶。抽刀搬肉，于红白相间处削下一片，挑在灶筒壁上。油烟滋滋爆响，浓香如同热量。吃它几片以后，再烙烤一片胸杈白肉，泡在米中。茶不停添，口连连啜。半个时辰后，肚里羊肉、黄油饭、滚茶样样热烫，活力才泛到头脚腰背。这时抖擞精神，跳起穿衣，垫靴马鬃已经烤干。系上帽带，抓起马嚼，猛一推门，冲进铺天盖地狂吼怒号的风雪之中，大吼一声：好大的雪啊！随即大步踏进风雪找马。

其时里外已被寒风浸透，但是满肠热茶，人不知冷——严酷的又一个冬日，就这样开始。

没有料到的只是：从此我染上了痛饮奶茶的癖习，以后数十年天南地北，这爱癖再也无法改掉。

二

刚刚接触突厥语各族的茶生活时，我的心里是既好奇又挑剔。对哈萨克人的奶茶滋味，虽然口中满是浓香，心里却总嫌他们少了一"熬"——哈萨克的奶茶是沏兑的。但是很快我就折服了。

伊犁牧区的柯扎依部落，在饮用奶茶时的讲究，不断地使人联想到他们驻牧地域的地理特性。他们显然接受了波斯，甚至接受了印度和土耳其或地中海南岸的某种影响。一只造型优美的大茶炊，是不可少的，旁边顺次排开鲜奶、奶酪、黄油以及一小碟盐。另一只是浓酽超度的、事先煮好的茶，当然更不可少的是主妇：她继承了古老的女人侍茶的风俗，把一撮盐、一块黄油、一勺奶皮子、一碗底鲜奶依序放进碗里，然后注入半碗或三分之一碗酽茶。最后倾过大茶炊，滚沸的开水冒着白烟冲进碗中，香味和淡黄的颜色突然满溢出来。

然后她欠身递茶，先敬来宾、尊敬老者。她在自己喝的时候，留意着毡帐里每个人的碗，随时放下自己的碗，再为别人新沏。这一点，女人在这种时辰的修养和传统，通行北亚诸族毫无区别，我猜它古老之极。

常有美丽的少妇蹲在炊前侍茶，她们不会接过话头，大多根本不答。最后一角的老者接过话题，让答问依主人的规矩继续进行。

第二碗下肚以后，头上汗珠涔涔。这就要补充关于碗的事：哈萨克牧区喜用大海碗。我尽管在早期用蒙古龙碗对之质疑，但是后来，我懂了，让滚热的奶茶不仅暖和肚肠，还要让它使全身发汗，让人彻底从内脏向四肢地松弛暖透，最后让心里的疲惫完全散尽——非用柯扎依部落的这种大碗不可。

在天山中，一名骑手或游子目击了过多的刺激。梦幻般的山中湖已经失去了，但从雪峰上远远瞥见了它。鞍上已经没有叉子枪甚至没有一把七寸刀子，但在小路上看见了野兽。冬季暖日，看见大块的积雪从松梢上湿漉漉地跌下，露出的松枝和森林都是黛青色的。牧场如此峻峭，道路如此险恶，从亲戚家的老祖母的乃孜勒回家一路，有那么多大大小小的事情发生。事情经常令人不快，而天山如此美貌——矛盾的牧人需要休息，需要用浓浓的香奶茶把累了的心泡一泡。

在新疆走得多了，我被哈萨克的奶茶逐渐改造，以至于开始为它到处宣传。也许是由于疲累的纠缠，我变得"渴茶"。我总盼望到哈萨克人家里去，放松身心，喝个淋漓痛快，让汗出透，让郁闷发散。北京有两家哈族朋友，他们已经熟悉了我的内心，总是不问时间地在我敲门进屋以后，马上就开始兑茶。

哈族式奶茶的主食不是炒米，是油炸的面果子包尔撒克，这个人人都知道。哈式饮茶重要的是音乐。毡旁挂着一柄冬不拉，奶茶几巡之后，客人就问到这柄琴。他并不说弹。主人递给他后，话题便转到琴上；不知不觉谁弹了起来，突厥的空气浓郁地呈现了。他们是一个文学性非常强的集团，修辞高雅，富于形容，民歌采用圆舞曲的三拍子。

这样，在天山北麓的茶生活就不单是休憩和游牧流程的环节，它在和谐的伴奏中，发育着丰满的情调。

视野中又不仅仅是单调草海,而是美不胜收的天山。蓝松、白雪,无论沉重或者欢快总悄然存美感——所谓良辰美景对应心事,所谓"四美",好像差一丁点就会齐备。

那时禁不住赞叹。茶后人们都觉得应该捧起双手,感谢给予的创造者。我的慨叹还多着一层,我反复地联想起蒙古草原,想着我该怎样回答这样的经历。

最后是个砖茶的输入问题。砖茶是农耕中华和游牧民族之间的联系。古语有"茶马交易",一句千钧,确实,唯有这句概括本质。其余比如"绢马交易"就未必影响远及牧区奥深;宋与西夏之间的"青白盐之争"更是地理决定历史。一个游牧社会,尤其是一个纯粹的游牧社会,它可以不依赖农耕世界繁衍和生存下去,只要给它茶。

不穿绢布可以有皮衣,不食粟米可以"以肉为食酪为浆",茫茫草海虽然缺乏,但并非没有盐池。草原蕴藏复杂,自远古就盛行黄金饰具和冶铁术。

——只是,生理的平衡要求着茶。要浓茶,要劲大味足易于搬运的茶。多多益善,粗末不拘。于是,川茶、湖茶、湘茶应召而至,从不知多么久远的古代就被制成硬硬的砖头状,运向长城各口,销往整个欧亚内大陆的牧人世界。

唉,砖茶,包括湖北四川的茶场工人在内,有谁知道砖茶对牧民的重要呢?同样的青黑砖茶,在蒙哈两大地域里,又受到了不同的鉴赏。哈萨克人把色极黑、极坚硬的砖茶,描写式地称作"Tascai",即"石头茶"。对另外几种压制松紧和色泽不同的砖茶,不作过分严格的区分和好恶。据我看,他们饮用更多的是蒙古人称之"黄茶"的黄绿色、近两寸厚、质地比较松软的砖茶——而这种黄茶被蒙古牧民视为性凉、不暖,比"石头茶"差得多的劣等货。乌珠穆沁牧民坚持认为石头般的Haracai(黑茶)性热、补人,甚至能够入药。

三

成人之后又走进第三块大地,在肃杀荒凉的黄土高原度世。我在数不清的砖房、厦子房、土夯院、窑洞和卵石屋里,结交农户,攀谈掌故,吃面片,饮粗茶,一眨眼十数年。

在河州四乡,人们喝的是春尖茶。产地多是云南,铺子里都是大簸箩散装。摊铺主人经营茶叶买卖多是几辈子历史,用两张粗草纸,把一斤春尖包成两个梯形的方块锭子,再罩上一张红艳的土印经字都哇纸,绳儿转过几转,提上这么两锭茶,就是最入俗的礼性。

春尖茶也大多含些土,沏水前要把茶叶先扑抖一番。渐渐泡开的茶原来都是大叶,仿佛没有打砖压型的茯茶一般。我心里有时琢磨,春尖茶和蒙疆两地使用的砖茶,味道不同,源头不一,只一个粗字概括着它们的共性。粗茶对着穷日月。慢慢地,我几乎要立志饮遍天下的穷人茶,为这一类不上茶经的饮品做个科学研究。

不过在甘宁青,黄土高原的茶饮多用盖碗子。这种碗用着麻烦,其中诀窍是——有一个伺候茶的人,在一旁时时掀开碗盖续水。做客的不必过谦,尽管放下便聊天扯磨,由着那侍者提着滚开的壶添水。确实那仅仅是添一口水;盖碗子里面,民俗礼节要求碗口溢满。

在清真寺里闲谈最方便:一个眉清目秀的小满拉,永远一头津津有味地听,一头微倾开壶,注上那一口水。若是话题重大,他添水时更加庄重,注水时不易察觉地嘴角一动,轻轻地自语一声"比斯民俩西"。

在农民家炕头上也没有两样,大都是晚辈的家儿子或者侄儿子斟水。女人不露面。似我一来再来的客,日久熟识了,女人不再规避,也只是立在门口听。她若倒茶,要先递给自家男人,再转给客。贫穷封闭僻壤,民风粗粝。一旦有缘和那些农民交了朋友,便觉得揪面片子喷香诱人,春尖粗茶深有三昧。老人们立在屋角,过意不去地说:"山里,寻不上个细茶,怕是喝不惯?"而我却发觉,就像内蒙古新疆一样,所谓Xiar、Hara和Tas,所谓春尖和粗细的种种命名分类,其实都是后来人比附。在茶叶和茶砖的产地,一定另有名称和茶农、茶工的职业见解。南北千里之隔,人们径自各按各的方式看待这些茶,其中观念差之千里。若说还有什么相通之处,也许只在一个粗字。

粗茶的极致，是西海固的罐罐茶。

我是在久闻其名之后，才喝到了它的。当然我完全没有料到，这种茶居然与我发生了那么深刻的关系。我还懂了：其实贫瘠甲天下的排名，未必就一定数得上西海固。若以罐罐茶为标志划分，就我陋见，甘肃的朗县也许才是第一。

满掌裂茧的粗黑大手，小心翼翼地撮来一束枯干的细枝。不是树枝，是草丛中或者能算木本的、一些豆细的蓬蓬干枝。架起的火苗只有一股。这火苗轻轻舐着一个细筒（约一尺高、寸半粗细、熏烧得焦黑的铁直筒）的底儿，而关节粗壮的手指又捏起一撮柴，颤颤抖抖地添在火上。铁筒有个把子，焊在顶沿。煮的水，并不是满罐，而是一盅。茶是砸碎的末，而且，是蒙古人称作"黑"、哈萨克称为"石头"的砖茶末子。

令人拍案惊奇的是，如同一握之草的那几撮细枯枝，居然把罐罐煮开了！我判定是因为那寸半的底面积：火虽细，攻一点。惊叹间，火熄了，主人殷勤地立起身，恭敬地给客人斟上。果然只有一盅，罐筒里不剩一滴。

客人推辞不过，持盏慢饮，茶味苦中微甜，呷着觉得那么金贵。火已经又燃起，头一罐罐是客人的——主人解释着。而炕上有三四人围坐，都微笑，欢喜这罐罐茶给客人添了个新鲜。煮滚的第二罐又不是主人家的，炕上一个老汉半推着接过杯盏。三一罐罐，四一罐罐，最后的一个罐才轮到主人家——又称奇的是：头一罐敬客的茶还没有饮完。

于是大家娓娓而谈。水早已注上，火苗还在舐着罐底。很快新一轮的头一罐，又斟进了客人的杯盏里；怪的是，如此久熬，茶依然酽酽的。我十余年横断半个大西北，住过数不尽的村庄，后来饮这种罐罐茶上瘾忘情，伴着这茶听够了农民的心事，也和农民一起经了不少世事——我没有见过有谁换茶叶或者添茶叶。

茶是无望岁月里唯一的奢侈。若是有段经文禁茶，人们早把这残存的欲望戒了，或者说把这一撮茶钱省了。而罐罐茶，它确实奇异，千炖百熬，它不单不褪茶色而且愈熬愈浓，愈炖愈香！

在西海固的三百大山里，条条沟里的村庄都睡了。出门小解，夜空五月，深蓝的天穹繁星满布。四顾漆黑，只有我们一户亮着灯火。爬回炕上，连说睡睡，话题却又挑出一个要紧故事。人兴奋了，支起半个身子说得绘声绘色。"娃！起给！架火熬些茶！"于是乖巧的儿子蹦下炕，捅着了炉子。年年我一来，他们就弄些煤炭，支起炉火。罐罐茶用煤火炖，多少是浪费了些。

半夜三更，趴在炕上盖着被，手里端着一碗滚烫的罐罐茶。小口喝着，心里不仅热乎而且觉得神奇。茶不显得多么浓，只是有一丝微涩的甜味留在舌尖。我们有时压低声音，好像怕隔墙的妇人女子的耳朵听了去。有时禁不住嗓高声大，一抖擞，掀翻了被子。旋即又自己不好意思，赶紧侧着卧下。人啊人，生在世上行走一遭，如此的情义和亲密，究竟能得着几分呢？想着，仰脖咽下一大口，苦苦的甜味一直沁穿了肚肠。

不只是居城，即便乡下和草原，新的饮茶潮流也在萌动。

也许是因为砖茶产自南方，毕竟不够清真；或者是由于品尝口味的提高——近年来又是由操突厥语的奶茶民族领先，开始了使用红茶煮奶茶的革命。蒙古人同步地迎合了改革，内蒙古出现了工业生产的奶茶粉。

我用一个保守分子的眼光，分别对上述新事物怀疑过。但是，红茶熬出的奶茶，澄不出一点泥渣；伊利牌的速溶奶茶粉与乌珠穆沁女人们烧出来的茶相比，不只惟妙惟肖，甚至凝着同样的一薄层奶皮。

不管民众怎样清苦，不管他们就在今年也可能颗粒不收，从山里到川里，从青海到甘肃，黑白电视，简易沙发，已经慢腾腾地出现在农民的庄户里。"细茶"一词，正在愈来愈多地挂上他们嘴头，就像"Haohua"（豪华）成了一个蒙古语借词一样。

——历史真的就要合上最后的一页，悄然而生硬。

一个银闪闪的考究托盘递了过来，上面满刻着波斯的细密画图案。盘中有一只杯，半盏棕黄色、喷香细腻的奶茶，在静静地望着我。红茶煮透后的苦涩，被雪白的牛奶中和了，轻轻啜了一口，这新世纪的奶茶口感很正，香而细，没有杂味。

我沉吟着，端着茶杯心中怅然。那么多的情景奔来眼底。

冬不拉伴奏的和平，嫂子铜勺下的瀑布，黄土大山里的星夜，都一一浮现出来。那时我不是在做"诗人的流浪"，那时我和他们一起流汗劳累。那时我是一个孩子，不引人注意，在辽阔的秘境自由出入。如今饮着纯正红茶和全脂牛奶煮成的香茶，却觉得关山次第远去，人在别离。

我随着时间的大潮，既然连他们都放弃了黑黄砖茶，也就改用了红茶鲜奶过冬。暑季则喝完全是凉性的绿茶，甚至是日本茶消夏。只是，一端起茶，我就感到若有所动。我虽然不多说出来，但总爱在一斟一饮之间回味。

（选自《粗饮茶》，春风文艺出版社二〇〇三年版）

漫说茶文化

唐挚

中国人爱喝茶,洋人则爱饮咖啡。民族习惯不同,不足为怪。近年来,善做广告、深谙经营之道的外商,把名牌咖啡雀巢、麦氏之类,打入我国市场,行情看俏,颇有趋之若鹜之势,"味道好极了"之声,甚嚣尘上。

但依我的习惯和直感,在饮料中,最令人神往的欣赏的,还得首推饮茶。中国人的煮泉品茗,是别有一番情趣,一番境界的,可以说构成了文化的一部分。只可惜,我虽爱饮茶,对此却毫无深究,至多也只能算个极普通的茶民罢了。

对饮茶引起兴趣,还得追溯到抗日战争初,我在重庆上小学时期。那时重庆茶馆很多,而且开板营业极早,当我背着书包上学时,我家对面那座茶楼,常已顾客盈门。在我印象中,重庆人那时似乎是一起床,就先进茶馆的,洗脸、品茶、早点,都在其中。茶馆陈设并不讲究,只是一排竹躺椅,夹杂着些茶几。顾客一进门，便潇洒散漫地在竹椅上一躺，只听伙计大声地、热情地吆喝着，一手取来盖碗茶，一手便以大铜壶的开水冲泡之。一道白光辉，冒着热气从壶口喷出，然后稳稳地落入杯中，适满而止。童年的我，常为茶伙计的这手绝活，伫脚观看，心中暗暗惊服。茶馆内是一片嘈嘈杂杂之声，不论是老友还是新知，一面啜茶，一面便天南海北地摆起龙门阵来，滔滔不绝。四川人口才好，脑子快，能言善辩，大事小事都能说得天方地圆，如云如雾，我老觉得这与经常爱上茶馆有点什么渊源关系。那年月，信息手段远不如现在先进，社会的封闭性是显而易见的。茶馆便像是个信息交流中心。在这里，人们似乎除了品茶之外，还可获得各式各样的信息。当然流言蜚语、以讹传讹的谣言，也是少不了的。但在当时极度封闭的社会中，一些从报上看不到的新闻和信息，便也从这里传出，或者传递了某种社会心态。后来，国民党统治更其高压时，茶馆里就贴出了"莫谈国事"的告示，便足可证明茶馆的这一作用，当然从文化涵义上讲，这也只能是"俗文化"罢。遗憾的是，对这些似乎没人考据研究过，我自然更说不出所以然来。这些茶客固然嗜茶如命，对于茶却也看不出有什么讲究，要论等级，恐怕也只能算是一般的茶民而已。

我父亲很爱喝茶，每天是都离不了的，而且茶泡得极酽。每逢他翻书或刻印，总有浓茶一杯相伴。他是湖南人，茶泡过几道后，淡而无味了，他就拿手指把茶碗中的茶叶全部纳入口中，细细咀嚼，然后咽了下去。最初我见到这情景觉得很奇怪，怎么喝茶还把茶叶也吃进肚去。小时不敢问，大了曾问过他，他想了一下说："这倒是湖南人喝茶的习惯，但这是个好习惯，一来茶叶很有营养，帮助消化；二来茶叶采来不易，喝了几道便弃去，太可惜了。"后来，我见到有同志写回忆毛主席的文章，写到毛主席也有把泡过的茶吃掉的习惯，大概是在湖南省相当普遍的了，只是我却至今也没养成这个习惯。

我对茶的兴趣越来越浓，以至须臾不可或离，是与我从事编辑、写作生涯密切相关的。五十年代，我还不会吸烟，那时也无雀巢、麦氏之类的速溶咖啡可饮，遇到赶稿，便泡上一杯酽茶，文思遇阻时，即品茶苦思，或深夜困倦袭来，更全赖酽茶支持。就我的经验而言，浓茶确有提神醒脑之效，其功力绝不在咖啡之下。只要有酽茶为伴常可坚持写作，通宵不眠。只是我喝茶水平相当低。茶的种类极其繁富，种种名茶都各有富于诗意的雅号，更有各自的特色，但我却只能大概分出红茶、绿茶、花茶的区别。当然，真正的绝妙佳品，啜饮一口，满颊生香，会令我赞叹不止，却不能像有些精于此道的同志，立刻可以将各种名茶的来历、好处、冲泡之法一一道来。我每每听到他们论说茶道种种，不能不叹服，觉得此道确有悠久历史积累下的深邃学问，不能等闲视之。在他们看来，我的饮茶，实在远没有入门，至多也只能算个业余爱好者罢了。

记得有一次到宜兴开会，这可是个既产茶又产茶具的著名胜地，会议间隙，主持者邀大家到附近茶场一游。那正是春雨迷蒙、柳叶泛青的季节。在茶场小楼上，场长盛情地为我们每人泡了一杯刚刚采制的新茶。透亮的玻璃杯中，茶水微绿，清香扑鼻，大家赞不绝口。我们倚凭在小楼的走廊栏杆上，远眺环绕四周的茶园。只见微雨初罢，叠翠如洗，一簇簇矮矮的茶树，密密匝匝地排列成行，逶迤起伏在丘陵上，淡绿精碧，如画如屏；十几个采茶少女，肩背茶篓，穿行其间，两手不停地采撷着新叶，仿佛是天然一幅"采茶图"。场长告诉我们，采茶十分辛苦。尤其是初采嫩叶，每位茶工采撷一天，也不过焙制新茶一两左右，要焙制名茶，工序繁杂细致，几乎要经过几十道的加工，所以高级茶叶售价高昂，并不奇怪，这本是大量劳动汗水凝聚而成。关于制茶手艺更有一套专门本领，这全凭茶场技师与技工的钻研和讲究了。场长的一席话，令我想起老父亲把泡过的茶叶吃下去的情景，和他向我作"采茶不易，弃去可惜"的解释，确实是深味甘苦的话。

中国的饮茶，可以说极普及，极大众化。在日常生活中，几乎家家户户离不开它，有客进门，总是先泡茶相待，开门七件事，柴米油盐酱醋茶，也有茶这重要的一项。可谓是构成俗生活的组成部分。但是老舍先生的杰作《茶馆》，却就这极俗的生活中，从王掌柜起伏坎坷的命运中，概括出了极深刻的时代风云与历史变化，而其中带来的人生况味，更与茶一样浓郁幽远。

可见俗中有雅。茶文化经历长期历史与民族文化的陶冶,除了俗的一面,还有极雅致、极讲究的一面,这不是偶然的。历代文人墨客在品茶中,得到极大的情趣和某种净化情感的满足,甚至达到了某种境界,这往往是其他文化活动所不能给予的,因此,历代诗人常以咏茶入诗。诗人陆游就有句云:"细啜襟灵爽,微吟齿颊香;归时更清绝,竹影踏斜阳。"把饮茶带来的悠然心境,表达得多么细致酣畅!范仲淹则有著名的《斗茶歌》,歌云:"黄金碾畔绿光飞,碧玉瓯中翠涛起;头茶味兮轻醍醐,斗茶香兮薄兰芷。"对于茶的色香味的歌赞,可说达到了极致,或者也可以说陶醉神往其中了。近日偶读郑逸梅老先生的《天花乱坠》,其中说到近人"夏宜滋有卢仝、陆羽癖,自制梅花、水仙、茉莉等茶,人呼茶圣"。像这样善于品茶、制茶,又从品茶制茶中获得某种精神上的高度感受,称之为"茶圣",以区别于我们这类"茶民",倒也可以说名副其实了。

但是我由此想到,作为茶文化的特点,或许就是它的雅俗共赏,雅俗并至,雅俗同好。中国茶文化之悠久不绝,或许于此可察端倪。据史载,人工制茶始于春秋,商业制茶则始于西汉,而历代研究茶的专著,除陆羽的《茶经》早已名闻遐迩外,其他的竟达百余部。似乎人在各种心情境遇下,茶都可以给人以慰藉、支持和满足,无论是"茶圣"还是"茶民",无论是老少贤遇,咸有此好。茶文化之绵绵不绝,或有至理在焉。

据说,日本的"茶道"也是从中国传去的。我从电视中看介绍,觉得无论茶具、冲法以至饮茶仪式,都堪称典雅之至。我不知道当初中国人喝茶是否也曾形成过这样一整套的繁文缛礼,抑或是被日本人接受后又重新改造发展成了这样的规范。金克木教授曾感慨地说:"中国对日本,近代打了快一百年的交道,但是不热心研究日本。"对于日本的"茶道"和中国的茶文化究竟有什么关系,似乎也还是值得研究的一个题目。不过看了日本的"茶道",我总觉得把饮茶搞到那么"神圣""典雅"的程度,就有点担心,雅俗共赏如果终于只剩下了"雅"与"圣",那么茶文化恐怕也就难于有蓬勃发展的生机了。

(选自《清风集》,中外文化出版公司一九九〇年版)

龙井寺品茶

韩少华

北京城大小茶叶店里难得见着龙井,这可是有些日子的事情了。

好在我自幼喝茶就杂。凡红、绿、花茶,乌龙茶,沱茶,以至高末儿,老梗儿,都来者不拒。不过,既生在京里,日常解渴倒是离不了京花茶,如"张一元"老茶庄的"香片"之类。有时候亲友们捎些个西湖龙井、武夷肉桂或是洞庭碧螺春,就往往要等来了客,才陪着尝尝。以至于搁得久了,竟味同芦荟了,也是有的。所以听说龙井脱销,倒也没怎么留意。

去年年底,有个杭州的读者朋友,不知怎么得知我祖上原属浙籍,就寄来一筒龙井,附言说是"一级成色","暇时无妨品一品"。等我把茶沏了,斟上了,喝下去了,也没觉出什么了不得的味道来。心想,不是北京水质的过,就是我这个"京籍浙人"口味上早已木得可以了。至于"品一品"么,依然是不甚了了。

记得那年登莫干山,就试过剑溪水沏的莪山乌龙;后来游无锡惠山寺,又尝过"二泉"泡的大叶儿炒青;去年的伏天里,还在车过黔南小镇罗甸的时候,蒙主人好意,给我们一伙子喉咙里冒着烟儿的赶路人,烧了刚从苔岩底下汲来的清泉,沏了一大壶都匀毛尖……可细想这几遭儿跟茶的缘分,要么好茶缺好水,要么名泉陪了俗叶子,要么茶也好、水也好,却干脆就为了个解渴。只是三年前立春之后两天,在西湖龙井寺那回,仿佛才隐约着沾了沾那个"品"字的边儿。

那天,一场春雪过后,又续上了雨丝儿。冒着雨沿湖走去,还没到龙井寺,就渐渐觉出一阵子爽人的气息,挟着涧底崖头的松、柏、乌桕、冬青交融成的满山翠色,都扑着脸儿迎了来。转过山脚,又听得涧水从好一片山茶丛底下经过。拾级而上,才到了青岩环护着的龙井泉边。只见泉水从岩口里涌落,积成一凹清潭,静得跟凝住了似的。潭面上缓缓蒸腾着淡淡的、轻轻的暖烟,让人疑惑那泉脉里真的含着地母怀里头的温存。向潭的深处看去,不但见着了水底的细细的苔痕,还从那一片又一片苔茸静如沉碧的光景里,觉出了潭水的凝重。

这一潭水里,不见鱼。

不知道过了多久,抬头四下里一看,见山间一片青森森的,才猛觉出轻寒袭面,周围也不见个人影儿。想到这么一大片潭光烟景都归我独享了,心上头一时竟感到有些承受不

龙井寺品茶　　387

住似的。

傍着龙井潭,又流连了好一会儿,才进了古寺的中庭。仰望正殿五间,隔着明窗也不见里面的庄严法相。佛殿似早已改作茶室了。进了殿门,又不见一个茶客,只得就近拣了个临窗的小桌子落了座。略一回顾,还没等我开口,就从那边窗下灶台旁早迎过一位老阿嫂来,见她含笑捧着个小巧的紫砂秋柿壶,并一只细釉子素白瓷挂里儿的紫砂枇杷盏,都轻轻儿安放在桌面上;放妥帖了,又微微一笑,说了句"难得好兴头,就尝尝梅家坞的吧",随后转身到灶台那边,忙着自己的事情去了。

一对叫不上名目的小山雀,穿过雨丝,并着膀儿落到殿檐子外厢那棵老冬青上,躲到密密的枝叶间去;依稀见它们一边抖了抖翅子,一边头靠了头,轻音曼调,你言我语起来,这倒让我心头不免生出一点儿憾意:只听得鸟语,却没等上领略花香;这趟西子湖,来得似乎急躁了些……

估摸着壶里的叶子正渐渐舒展着,就浅浅地斟了半盏——见那茶色么,只得袭用前人拈出的"宛若新荷"几个字形容;也心领了紫陶杯偏挂上一层素白釉子里儿的那番美意。等举着茶盏到唇边,略呷了呷,只觉得淡而且爽,不像铁观音那么浓,那么执重;再呷一呷,又感到润喉而且清腑,不同于祁红那样一落肚就暖了个周到;随后,又细细呷了一呷,这才由心缝儿里渐渐渗出那么一种清淳微妙感觉来——哪怕你是刚从万丈红尘里腾挪出半侧身子,心里头正窝着个打翻了的五味瓶儿,可你一脚跨进此时此地这情境中来,举盏三呷之后,也会觉得换了一挂肚肠似的;什么"涤浊扬清""回肠荡气"一类话头,早已丢了用场。你或许压根儿也无缘玩味龚定庵"自家料理肠直"的句子,可你此时会觉得出,在这雪后雨中的龙井寺,任凭这窗下灶上煮滚了的龙井泉泡开了的龙井茶,经三呷而入腹,就把你的百结愁肠给料理得舒活起来——说得直白些,那可是连老妻幼子都不一定抚弄得到的去处呢……哦,记得《说文解字》段氏注里有"三口为品"的意思。既然"三口"之数已足,好歹也算把个"品"字给凑齐整了,何况窗下茶灶头的款款的沸声,檐前绿叶间的绵绵的情话,乃至那一潭的暖烟,满山的寒碧,已在不知不觉之间,悄悄儿地融进手掌心上这小半盏清茶的几许氤氲里来了呢。

茶盏,就这么半空着,我竟不敢也不忍斟第二盏了;纵然那些品茶品烟的里手们常说,"烟尝头口,茶饮二道",也只得……

我简直无从知道此后还能不能机缘得再。即便有机会再游这古寺,再品一品这名茶,怕也难以重温今日这番情韵了。固然,这古寺长存,清泉长在,名茶也是长久备于此处的,似乎并不难重聚;可这雪后的微雨,这雨中的轻寒,这轻寒微雨中笼罩着的暖烟冷翠,以及这檐前的娇语同这窗下的炊声所相互溶融而生出的好一片恬静清空,怕是我此生此世绝难再遇到的了——更何况这一切竟是尽由我一个人独占独享的呢!

等我放下茶盏,舍下这半壶的荷色;等我起身离去,也没敢略一回眸;等我出了寺门,迤逦到山路转折处,才回头想再望一望那半山风物的时候——目光却被好一脉幽香挽在了一棵披着雪絮的山茶跟前。就这一瞬间,只见枝头竟绽出些似含羞又似含笑的花骨朵儿来。这就把我在寺里那点所谓"仅得鸟语,未领花香"的遗憾,也给补偿个圆满周详了;也就在这一瞬间,我竟肃然,惶然,悚然,回不转身子,挪不动脚步,只觉得一阵轻轻的战栗掠过了心头……

莫非……莫非这人生所绝难企及的境界,或者叫做人世间的无憾之境,给人留下的原就是因惊悚乃至敬畏而生出的心灵的震颤么?

匆匆回到北京,正遇上龙井脱销,仿佛也没引起什么感触。或可谓"曾经沧海"了吧……后来偶然从一位前辈藏书家那里,捡出了明人田艺蘅的笔记《煮泉小品》来,不禁又怀几许敬畏,把其中述及龙井泉、龙井茶的字句,随手抄下了这么几行:

今武林诸泉,惟龙泓入品,而茶亦惟龙泓山为最。又其上为老龙泓,寒碧倍之。其地产茶,为南北绝品。

而那天从龙井寺下山,到茅家埠头搭船时,蒙同舱一位老者告诉,说龙井寺偶尔拿出的梅家坞茶,是连杭州人也难得尝到的;至于梅家坞么,老者说,那地方正处于老龙泓山麓的阳坡上——未经古籍印验,那天所享即为"绝品",让我难免又是一惊……

记得当日离龙井寺已渐近黄昏,雨复为雪。满湖里雪落无声,那老者也不再言语。舱间更只剩了些个空寂,也只可危坐舷边,任小船向着"平湖秋月"那边渡去……

(选自《清风集》,中外文化出版公司一九九〇年版)

坐茶馆

舒湮

茶在中国有悠久的历史。茶的祖籍是在西南地区。贵州发现四千年前的茶籽化石。现在仍生存的云南勐海县黑山密林中的野生大茶树树龄约一千七百年,树高三十二米,可谓茶树之王了(茶是灌木,向无如此之高)。最早,茶是作为治病的药物,大约与"神农尝百草"的传说有关。茶由野生发展到人工栽培,在西汉时期。从晋到南北朝,茶树的栽培才沿江而下,传到江南,而到了唐代已渐普及全国,"天下尚茶成风"。著名的茶研究学者陆羽、卢仝便是唐代人。每诵"寒夜客来茶当酒,竹炉汤沸火初红"句,便使我想起当时是用清洌的泉水烹茶,茶叶煮熟味必苦涩,不一定合乎现在人的饮茶习惯。宋代民间茶肆林立,我去开封,曾去樊楼故址访古,怀想当初汴梁勾栏、瓦舍和茶楼的流风余韵,一点影子也没有了。一问,方知东京的陈迹,经过几度黄水泛滥,早埋藏在地下两三米处了。对茶道，我是外行，所知仅此而已，不敢炫惑欺人。

婴儿是喝奶水成长的，与茶无缘。我是什么时候开始喝第一口茶的，记不清了。童年时代，我生长在镇江，大人吃茶，我也跟着吃茶。当时一点不懂得茶叶有许多学问，饮茶有许多讲究，喝的究竟是龙井还是雨花茶也不知道。记得那时每逢伏天，父亲便在家门口设缸施茶，供过路的穷苦人解暑。我想那茶叶一定好不了，绝不会是毛尖、雀舌。茶杯从不消毒，人人拿起就喝，也没听说过闹肝炎。镇江江边有家"万全楼"，最近我去察看，原址早已不存，仅有一块基石："万全楼旅馆"。据邻人说：楼早毁于火。当时，大人去吃早茶，常带我去。讲究的人自己带茶叶，这时才听说"龙井"这名字。茶博士的胳膊能搁一摞盖碗，他手提铜壶开水，对准茶碗连冲三次，滴水不漏，称作"凤凰三点头"。其实，我那时心不在茶，而注目于眼镜肴肉、三鲜干丝和冬笋蟹黄肉包子，吃完这些还得来碗刀鱼面或鳝丝面或鸡火面，肚子填满，然后牛饮几大碗茶解渴而去。离"万全楼"不远，还有家"美丽番茶馆"，当时是所谓"上流社会"的时髦交际场所。有一次，用罢奶油鲍鱼汤、牛排，端上一杯墨黑的茶水。我的塾师冬烘先生见别人往杯里加牛奶、加糖，也如法炮制，不料竟错将盐当糖，呷了一口，不禁皱起眉头勉强咽下喉咙，再也不敢喝了。事后，塾师对我说："番茶好吃，可最后这杯又咸又苦的洋茶,实在不敢恭维。"这种"洋盘"笑话今天听来还以为是故作惊人之笔呢。

镇江的对岸是扬州。众知扬州人泡茶馆和泡澡堂子是两手绝活,流行一句谚语:"早上皮包水,晚上水包皮。"我年少时仅去过扬州一次,亲戚邀我上闻名的"富春花局"吃早茶。当时这爿茶馆还是一座旧式的瓦房院落,摆设了许多花卉盆景,前前后后挤满了茶客,据说大都是盐商和买卖人谈交易。"富春"的茶叶与众不同,讲究"双拼",杭州的龙井与安徽的魁针镶成,既有龙井的清香,也具魁针的醇厚。它的点心最精致,拿手的是三丁包子(鸡丁、肉丁、笋丁)、三鲜煮干丝、干菜包、烫面蒸肉饺、萝卜丝烧饼、翡翠烧卖、千层油糕等等,包子的美味至今半个世纪了依然为之垂涎。干丝讲究刀功,薄薄的一片豆腐干能切成二十片,再切细丝,切得细才入味。最近我又去了扬州一次,"富春"还是"富春",可是点心的质量下降了。另外,扬州的"狮子头",确比镇江高明,考究细切粗剁,肉嫩味鲜,团而不散,入口即化。扬州人取笑镇江的"狮子头"扔过江来能把人脑砸个大鼓包,言其坚硬而肉老。这是题外话了。

我在南京读中学,星期天也和同学上夫子庙吃茶,什么奇芳阁、六朝居、魁光阁都去过。我的目的不在饮,而在吃。茶馆供应的茶叶不讲究,那几家的点心也不如扬、镇,但是清真的煮干丝和牛肉面不赖。我喜欢用长条酥油烧饼蘸麻油吃。这样的烧饼不输黄桥，至今向往。泮池的秦淮画舫上也卖茶，不过那里以听歌选色为主，醉翁之意不在茶也。

后来到了上海，我一次也未去过城隍庙湖心亭的茶馆，更不敢上大马路和四马路的茶馆，那是流氓"白相人"吃"讲茶"的地方。南京路"新雅"每天下午开放二楼茶座。广东馆子不兴喝绿茶、花茶，我叫一壶水仙、菊普或铁观音，慢慢品茗。"新雅"的广东点心也很道地。一到四点钟，茶座上经常可以遇见文艺界的朋友，包括三十年代的"海派"作家、小报记者和电影明星之类，相互移座共饮，谈天说地，有些马路新闻和名人身边琐事的消息，便是由茶余中产生而见诸报章的。有时谈兴未尽，会有熟人提出会餐，愿"包底盘"下馆子吃一顿，五六个人也不过四五元钱。

苏州人也爱坐茶馆，多半是"书茶"，是为听评书、弹词而每日必到的老茶客。这种茶馆遍布大街小巷，而我却爱上"吴苑"。这里庭院深深，名花异草，煞是幽雅，似乎不见女茶客，也不卖点心，闲来嗑嗑瓜子而已，茶馆毕竟是男人的世界。

我在广东住的时间较久，不但城市到处有茶楼，农村四处也有茶居。广东人饮茶是"茶中有饮，饮中有茶"。珠江三角洲的耕田佬是每天三茶两饭。解放前是早、中、晚都有茶可饮。天刚发亮，就有人赶去饮茶了。如果一个人独溜，先在茶楼门口租一叠小报慢慢消遣。老茶客照例是"一盅两件"（一杯茶，两个叉烧包或肠粉、烧卖、虾饺、马拉糕两件），花费有限，足以细水长流。午茶实际是午餐，除了各式茶点外，添售可以果腹的糯米鸡、裹蒸、炒河粉、伊府汤面、什锦炒饭等等。广东朋友常说："停日请你去饮茶。"实际算是最经济的请吃便饭。也有的只是一句随便应酬话，我也碰到这样的"孤寒佬"，晚茶都在晚餐之后，旨在朋友之间白天忙了一天，饭后休息，更晚的是十点以后的"消夜"了。广东茶点真是五花八门、名目繁多，不像北京、天津一年四季的豆浆、油饼、果子。点心是推着车子送上桌的，随意开列几种：咸点如彩蝶金钱夹、肫片甘露批、脆皮鲮鱼角、香葱焗鸡卷、栗子鲜虾酥、鲜菇鸳鸯脯、煎酿禾花雀……甜点如生磨马蹄糕、杭仁莲蓉堆、鲜荔枝奶冻、云腿甘露菊、冰肉鸡蛋盏……另外有小碟豉汁排骨、凤爪、鸡翼等等。

真正考究饮茶的是粤东潮汕和闽南人。饮茶就是饮茶，一般去人家做客，主人捧出紫砂小壶、白瓷小杯和安放茶具的有孔瓷罐，随饮随沏，步骤有：治器、纳茶、候汤、冲煮、刮沫、淋罐、烫杯、洒茶八道程序，真是讲究到家了。壶内茶叶放得满满的，茶汁之浓似酒，缓缓地呷，细细地品，醇厚浓酽，清香甘芬，饮后回味无穷。闽南人非常考究叹茶（叹即品赏赞叹的意思）。茶叶用的是乌龙，讲求安溪的铁观音或武夷山岩茶，几乎天天饮、时时叹。所以人说："闽南人有因喝茶喝破产的。"我到了泉州、厦门，方知其言不虚。

抗日战争时期,我有大半时间在四川,东西南北的主要县城几乎跑遍。四川人惯饮沱茶,这是一种紧压茶,味浓烈而欠清香。四川到处有茶馆,山沟沟的穷乡也不例外。茶馆只卖茶,不卖点心,是名副其实的喝茶。沱茶很经泡,一盅茶可以喝半天,有人清早来沏盅沱茶,喝到中午回家吃饭,临走吩咐"幺师":"把茶碗给我搁好,晌午我还来。""幺师"便将他的茶碗盖翻过来,撂在一边。因此,茶可以上午喝,下午又喝。这种茶客可谓吝啬到家了。茶馆是"摆龙门阵"的地方。人说,四川朋友能说,可能是从"摆龙门阵"练出来的功夫,也许有此道理吧?四川茶馆也是旧社会"袍哥"们谈"公事"的场所。那时代,某些茶馆是与黑社会有联系的。有一次,我独自去川西北彝族地区办事。到了江油中坝,当地人说:"再往山里去,路上不太平。中坝镇子上商会会长王大爷是这一带的'舵把子'。这人爱面子、讲交情,何妨去看望他,包管你沿途有人接待,平安无事。"果然,我每逢在墟场的茶馆歇脚,马上店老板就上前恭恭敬敬地连声问好。临走,我开销茶钱,店老板硬是不收,说是:"王大爷打了招呼。你哥子也是茶抬上的朋友,哪有收钱的道理?二回请还来摆嘛。"我正纳闷,长途电话也没这样快,店老板咋个晓得的?原来抬滑竿的伙子已被叮嘱过,让我一进茶馆就坐在当门的桌子口上,自有人前来照料,他们当我也是"袍哥大爷"呢!

谈到这里,我始终没涉及北京的茶馆。为什么?我在北京前后住了四十多年,说实在的,除了若干年前去中山公园长美轩、来今雨轩和北海漪澜堂、仿膳喝过香片之外,一次也未进过其他茶馆。现在公园里久不卖茶了,有的只是大碗茶,太没意思,对不起,不敢领教。

(选自《清风集》,中外文化出版公司一九九〇年版)

孵茶馆

秦绿枝

早年，上海的退休老人所以能打发日子，靠的是这三样消遣：听书、孵混堂（浴室）、坐茶馆。这三样又都与茶有关系，坐茶馆自然要吃茶，听书、孵混堂也要吃茶。浴室里的老客人总是自己带一包茶叶，交给堂倌（服务员）。等到你从"大汤"（大浴室）出水以后，给你泡来，热腾腾的手巾揩上两把，再喝一口热腾腾的茶，只觉百脉通畅，一会儿便呼呼入睡了。近年，这三样都起了变化。浴室还是那么几家，浴客却多了好几倍，经常是人满为患。堂倌的面孔时时换，老的走了，新的来了。他们的眼里，只有一批能够提得出外烟的青年个体户。仅靠退休金度日的老浴客能够插上一脚，让你洗把澡已是天大面子，再要享受以前的"特权"，请打消此念吧。

听书呢，首先是书场大都关停并转，只剩了两三家，有一家新开的"乡音书苑"，倒恢复早先的老传统，不但有茶吃，还可吃点心。只是座位不多,仅容纳百把人,书目又是一星期换一次,无论是老听客还是老茶客,都觉得不过瘾。

现在该说到坐茶馆了。老舍笔下的北京《茶馆》,反映了社会的变迁。在其他的地方的茶馆,又何尝不是如此?当政者如要体察民情,即使自己不便去,也不妨派手下人经常去坐坐茶馆,可以听到真正的民间声音。不过,老百姓也知道利害,在公共场合不能随便瞎说,所以早先的茶馆的板壁上贴有"莫谈国事"的条子。最近有朋友写信来约我上茶馆,说他和几个老友新近觅得一个好地方,茶四角一杯,点心吃否随意。他们每逢星期日清晨六时在那里碰头,上下古今,天南地北,无所不谈,但又订一条原则:"从心所欲不逾矩"。我明白这是什么意思。但我一次未曾赴约,一是路太远,要换乘两三辆公交车;二是休息天好不容易捞到睡懒觉的机会,起不来。

我这人就是有点懒,更缺少恒心,连上茶馆吃茶也是这样。从前我的老宅邻近上海的复兴公园(原法国公园),里面有家茶室,天天高朋满座。其中有不少老朋友,还有些是我当年颇为敬仰、渴想一见而见不到的人。他们垂老之年,都到这里来消磨生涯了。有的还是从老远的地方赶来的,风雨无阻。他们有时带信叫我去坐坐。但我平时没有空,星期日则怕挤。难得去一两次,也发觉了一点,公园茶室的茶叶也并非上乘,要喝好茶尽可以在家里泡来吃,坐在沙发上,舒舒服服,不比茶室里的椅子强?却偏偏要来忍受这吞云吐雾的气氛。原来老人最怕的是一种孤独感。家里不是有老伴，有儿孙，算孤独吗？是的，不孤独。但有些言不及义的话却是不好同老伴、同儿孙讲的。只有在茶馆的那种环境里才能尽情宣泄。所以，吃茶亦如饮酒，如果不仅仅是为了解渴，而要享受一种人生稍稍放纵之乐，须要有两三个谈得来的朋友共同沉湎其中。好在茶瘾要比酒瘾、烟瘾好些，不会戕伤身体，而且有明目清脾之效。但是爱吃茶的人好多都爱饮酒、吸烟，"老来唯爱烟酒茶"，这是一个朋友的自白，他认为这三样是晚年最低的生活要求，再也不能减免的了。

令人感到遗憾的是：上海现今的一些公园茶室，纷纷转业，经过装修，改为高级饭馆。这使一些老茶客未免有流离失所之叹，提了意见也不怎么有用，卖茶能有多少赢利，奖金又从何而来？老茶客再想想，也就谅解了。但早上到公园的习惯还是改不掉的，没有茶喝就自己带。我看见有好几位老先生，用一只保暖杯，在家把茶泡了，放在拎包里，谈得兴浓，就掏出来喝两口。还有一老先生一天要赶好几个场子，因为在别的公园里还有他等着碰头的朋友。各个公园有各自的常客，不光是地理位置的关系，还有行业、同乡、爱好这类的因素的，比如唱沪剧的退休的老人多爱在上海淮海路上的嵩山公园碰头，玩鸟的人又喜欢到南市文庙去，让自己的宠物在众鸟面前比试歌喉。

照我个人上茶馆的经历，我十分怀念在一九五五年至一九五七年夏天,与杂文家林放先生,报界老前辈姚苏凤先生等经常在风光晴好的下午,把报纸编完付印以后,一同逛老城隍庙,在那里的春风得意楼吃茶的情景。上海老城隍庙内的茶馆很多,但我们偏爱得意楼。这是一幢古老的三层楼建筑,那格局在想象中与旧小说中描写的茶楼酒肆相近似。楼下吃茶的地方,用现在的话说,稍微低级一点,以所谓贩夫走卒为多。但门口有一烧饼摊,出来的香酥大饼,令人馋涎欲滴。二楼吃茶兼听书。三楼玩鸟者聚会,但也不过是一个早市的热闹,下半天便冷冷清清,只有寄养于此的几声鸟鸣。三楼的南端有一三面是玻璃窗的小间,里面放了几张桌子和若干把藤椅,显然,这是有点身份的熟客的雅座。我们凭着新闻记者这个特殊职业,也被允许入内。踞座其中,纵谈一切,茶叶虽不属上品,但也够味。我们在这里领略了一种"闲情"的意趣。

上海人称上茶馆、上咖啡馆为"孵"茶馆、"孵"咖啡馆。一个"孵"字,点出了个中心滋味。与北京人说的"泡",有异曲同工之妙。"一张一弛,文武之道"。我们这些做文字工作的人被工作和生活的担子压得不轻,思想上的弦又绷得很紧,能够有茶馆这种场所让精神松弛一下,未始不可收延年益寿之效。

可惜,老城隍庙后来进行改建,扩大原来的豫园范围,拆掉了不少旧的房舍,得意楼亦在其内。其实何必!把它整修油漆一下,不是更能保存传统的旧貌。现在豫园里的一些厅堂,可供观赏，难以盘桓。也有那么一二处楼堂可供饮茶，但平时朱门紧闭，绣帘低垂，那是专供外宾或贵客休息的，一般游客唯有仰望兴叹而已。

现在老城隍庙内只剩下了一家茶馆店，即九曲桥上的湖心亭，这是一幢有百年历史的古建筑。于是引起了文物工作者和商业工作者的争议。文物工作者主张这地方应该保护起来，不能轻易让游客随便糟蹋。园林专家陈从周对此尤为固执己见，说总有一天，茶炉子会烧掉了这所古建筑。商业工作者则认为这是群众的需要，湖心吃茶原是游老城隍庙的一大特色，如再取消，那就太不考虑一般人的实际了。

即使在从前，老城隍庙茶馆多的时候，我们也很少去湖心，嫌那里人多嘈杂，吃来吃去还是得意楼。近年我常常向林放老人提议："到个什么地方坐坐好不好？"他先说"好啊"，继而又说："哪里再找一个像得意楼那样适合我辈口味的地方呢？"那些灯红酒绿，或者充满了幻影奇彩的宾馆茶座，他随便怎样也不肯去，再说，也开销不起啊！

我常常想，上海开了那么多的酒吧、咖啡屋，为什么就不开爿茶楼，像广州的茶楼那样，营业保证鼎盛。我要有钱，并有做生意的本领，一定出资造上一家，既为娱客，兼亦自娱。

（选自《清风集》，中外文化出版公司一九九〇年版）